文春文庫

キングレオの冒険

円居　挽

文藝春秋

目次

主な 登場人物

たつきやまかぜ
龍樹山風
公社理事。
桜花の夫

かわらまちぎでお
河原町義出臣
通称：和製ギデオン・フェル
公社所属の伝説の名探偵。
獅子丸&大河は
子どもの頃より
指導を受けていた

しろさかろんご
城坂論語
謎の美少年。
陽虎同様、
高校2年生
らしい……？

あまちかたいが
天親大河

獅子丸のわがままを
受けとめる心優しき助手。
獅子丸の従兄弟であり、
公社のスクリプトライター
でもある

たつきおうか
龍樹桜花

公社が誇る名探偵。
謎が多い

あまちかししまる
天親獅子丸

通称：キングレオ

若き超人探偵として
名を馳せている
日本探偵公社所属の
若き名探偵

あまちかようこ
天親陽虎

大河の妹。高校2年生。
獅子丸は子どもの
頃からたいそう
かわいがっている

キングレオの冒険

赤影連盟

「さあ、どちらを選ぶ？」

怪人アプロポスは挑発的に問いかけた。

アプロポスは密造した違法ドラッグを使って部下を増やし、京都にドラッグのシンジケートを築き上げていた。アプロポスの組織は無数の親と子の関係から成り、仮に末端を捕らえても売人は自分の親のことしか知らず、これまで捜査の手が組織の上層部まで届くことはなかった。

アプロポスはテーブルに転がった二つのカプセルに視線をやりながら再度問いかける。

「赤のカプセル？　あるいは青のカプセル？」

それでも警察の執念により、一度だけ幹部と思しき人間を事情聴取する寸前まで行ったことがある。だが対象に接触する前日に、青酸カリによって服毒自殺されるという幕切れを迎えたため、組織の全貌は茫として摑めていなかった。

「それがお前のゲームか」

テーブルを挟んで反対側に立っていた黒衣の美丈夫がどこか冷めた口調でそう言った。

「まさかあの名探偵キングレオに参加していただけるとは光栄だね」

アプロポスの言葉に美丈夫――キングレオはその整った顔の口元を少しだけ歪めて不快感を表明した。

キングレオは黒い角帽、黒の詰め襟、そして黒の外套と、まるで明治期の学生か警官のようなファッションを纏っている。精悍な肉体を包む黒衣はキングレオのトレードマークとなっていた。

「オレを招待したのはお前のほうだろう。しかし思っていた以上に退屈だ」

京都市内で起きていた青酸カリによる変死事件とドラッグのシンジケートとを結びつけたのが名探偵の誉れ高きキングレオだった。

ここ数カ月、京都市内で青酸カリを服毒して死んだのは八人。その内五人の胃から消化途中の赤か青のカプセルが見つかっており、中には事情聴取の前に死んだシンジケートの幹部も含まれていた……。

当初は全て自殺と考えられたが、キングレオは該当者がいずれも違法ドラッグの売買に関わっていたことを突き止め、彼らの死をアプロポスによる口封じと断定した。

「キングレオ、残念ながら途中退出は認められていない。君は自分の運命を選ばなければならないのだよ」

アプロポスは懐から拳銃をそっと抜くと、キングレオのほうに向けた。

「私は彼らにチャンスをあげたんだ。私に代わって組織を統治するか……組織の礎となって死ぬかのね」

「銃で脅しておいて何がチャンスだ」

「銃はあくまでゲームを進行させるための道具だ。私は勝負の末、勝利を獲得したにすぎない」

「銃は嫌いだ。そんな無粋なものはしまえ」

アプロポスは黙って銃を下ろす。だが用心のためか、銃把(じゅうは)から掌を離すことはなかった。格闘技(バリツ)の心得があるキングレオの武勇をよく知っているようだ。

「では赤のカプセルを貰おうか」

キングレオは無造作に赤のカプセルをつまみ上げると、水の入った未開封のペットボトルを取った。応じてアプロポスも残りのカプセルとペットボトルを取る。

「いざ、運命の分かれ道。勝つのはキングレオか、あるいはアプロポスか」

だがキングレオはアプロポスの顔を静かに睨(にら)みつけていた。

「その顔は気に食わんな。自分の勝ちを確信している顔だ」

「だったら今からでもカプセルを交換するかい？　もっともこのゲームの犠牲者の内の二人はこの申し出に飛びついて死んだがな」

アプロポスは青のカプセルを掌で転がしながら、そんな風に嘯(うそぶ)いた。

「構わん。オレが選んだカプセルが正しい」

そう言い切ると、キングレオはカプセルを水とともに嚥下(えんか)した。アプロポスはその様子を確認すると、銃をテーブルに置き、続いてカプセルを嚥下する。私はこの青酸による醜い死に際が好きでね」

「……さて、もうじきどちらかの体に異変が起きる頃だ。私はこの青酸による醜い死に際が好きでね」


アプロポスが期待を込めた眼差しをキングレオに向ける。だが、キングレオは不敵な笑いで受け止めた。

「ギャンブルの華は不合理にこそある。そして小細工で自分の勝ちを確信しているギャンブラーの顔ほど醜悪なものはない」

そう言うと、キングレオはゆっくりと体を動かしてみせた。即死を免れたことを見せつけているのだ。

「被害者たちの胃で発見されたカプセルの残骸と死因から、警察は青酸カリ入りのカプセルを飲まされたと判断したが……オレは違うと考えていた。そして今、こうやって会話を交わしていることでそれは証明された」

まるでコンクリートにヒビが入るように、アプロポスの口元が微かに歪んだ。

「やはりカプセルの中身は青酸カリではなく、青酸配糖体だったようだな」

青酸配糖体は青酸と糖が結合したものだ。青酸配糖体が含まれる身近な食物の例としては青梅やアーモンドがあげられる。青酸配糖体は胃酸による加水分解によって青酸を生じ、摂取した人間から呼吸を奪い、文字通り息の根を止める。

「そしてアプロポス、お前はＰＰＩ製剤を飲んでいるな」

　ＰＰＩ製剤とは胃酸の分泌を強く抑える薬で、一般的には治療のために使用されている。

「実はオレも飲んでいる」

　かのロシアの怪僧ラスプーチンが青酸カリによる暗殺を免れたのも、一説には青酸カリ入りのケーキが青酸配糖体に変わった上、胃が空の状態だったからと言われている。

「もういいだろう。赤も青もない。どちらも青酸配糖体入りのカプセルだ。だが、オレも胃酸の分泌を止めた上で青酸配糖体を摂取した。今すぐには死なん」

　キングレオはアプロポスの使ったトリックを予め看破した上で、敢えて敵の土俵に上がってみせたのだ。

「ただし、対策をしなければどちらを選ぼうが確実に死ぬ。相手の死を確認した後ですぐに胃洗浄を行ったのだろう。それがお前の必勝の策、解ってみれば実に下らない」

　アプロポスは動揺していた。まさか看破されているとは思っていなかったのだろう。

「このままお互いＰＰＩ製剤の効果が切れるのを待つのもいい。これこそが本当のギャンブルだ」

　ポケットに手を入れ、キングレオはゆっくりとアプロポスのほうへ進む。

「勿論、今すぐ逃げるのもいい。容易に薬剤の調達ができ、胃洗浄用の設備を持つ開業医を当たれば、そう遠からずお前の正体に辿り着くと思っている」

　青ざめたアプロポスが卓上の銃に手を伸ばす。

「……銃は嫌いだと言ったろう」

　刹那、キングレオの脚が閃いたように消えたかと思うと、重い爪先がアプロポスの右腕を粉砕していた。ポケットから手を抜いていなかったが、蹴りの威力は充分だったようだ。

「そんなものよりオレの脚のほうが早いからな」

　右腕を押さえてうずくまるアプロポスをキングレオは見下ろしていた。そしてポケットから手を抜くと、拳銃を拾い上げる。

「もしもお前が本当に運と実力でこのゲームを勝ち抜いていたのなら、このキングレオの良い好敵手になると思ったのだが……つまらんな。悪党は悪党らしく、薬屋稼業に専念していればよいものを。いや、本業は医者だったか……」

　すっかり興味を失ったという顔だった。だが、アプロポスは納得がいかないという表情で食い下がる。

「そのために……そのためだけにわざわざカプセルを飲んだというのか！」

「それがどうした？」

「お前の推理が外れていた可能性だってあったのだぞ？」

「己の推理と心中できないようでは探偵稼業は務まらん。それにオレは間違えない」

　どこからかパトカーのサイレンの音が聞こえてきた。後は警察に任せるとでも言うかのようにキングレオはその場を後にする。

——音に聞け。我が名は名探偵、キングレオなり。

「……終わった」

今週分の『キングレオ』の原作を書きあげた大河は時計を見て安堵する。今は二月五日の午後四時四十五分、約束の五時にはどうにか間に合ったらしい。

天親大河は東京の出版社にメールで原作を送りつけると、大きく伸びをした。明日はメディアミックス監修のため、この原作について直接東京で打ち合わせする予定だが、とりあえず大河の本日の業務は終了だ。

オフィスは京都市四条烏丸の北東角、文句なしに一等地だ。窓際から外を見下ろすと、交差点を歩く浮き立った人々の姿が視界に入る。まるでアフター5の喧噪の気配が微かに立ち上ってくるようだった。

大河は当年とって二十五歳、知的な顔立ちをした、どこか学者っぽい雰囲気を持った長身の優男だ。その佇まいには清潔感があり、一日仕事をしても崩れた様子がないところに育ちの良さが表れている。

故に女性からの人気は高いが、読書家の大河には本が恋人のような面があり、恋愛に発展するようなことはなかった。以前に同僚から、大河の響きに反して草食動物みたいな奴だと笑われたことがあった。

「……明日は東京支社に顔出さないとな」

大河の所属する日本探偵公社は日本で唯一、公的に犯罪捜査に関わることを許された企業だ。

公社の探偵たちは日々、警察と連携して治安維持に励んでいる。そのスタイルは様々で、デスクから動かずにコンサルティングを行う探偵もいれば、自ら現場に出向いて捜査に参加する探偵もいる。

そんな公社の歴史は明治時代にまで遡る。維新の立役者である岩倉具視（いわくらともみ）がイギリスを視察した折、ロンドン警視庁（スコットランド・ヤード）と王立探偵協会（ワーズワース・ワークス）の連携に深い感銘を受け、帰国後に自身の出身地である京都の優秀な人材を揃えた上で、公社の前身である偵務庁（ていむちょう）を創設した。

一説には偵務庁の創設は薩摩閥で占められている警視庁を牽制する目的があったともされるが、現在は探偵と警察の関係は極めて良好だ。

戦後、偵務庁は解体され、その組織と人員の一部を引き継いで誕生したのが日本探偵公社である。公社は東京をはじめ、全国の主要都市に活動拠点を持っており、中でも人材の層が厚いのが、本社でもあるここ京都だった。流石（さすが）は岩倉卿のお膝元と言われているが、これは警察関係者に鹿児島の出身が多いのと根は同じで、京都に縁の深い公社関係者が多いということだ。

大河の生まれた天親家もまた、偵務庁の創設から関わっており、多くの探偵を輩出した名門である。大河自身は探偵ではないが、探偵という人種のことをよく理解しており、公社ではしばしば重宝された。

大河が帰り支度を始めていると、後輩が出社してきた。これから打ち合わせをして、朝までオフィスに籠もりきりで脚本を書くのだろう。

大河はモスグリーンのジャケットを羽織りながら、後輩に声をかける。

「お疲れ様。僕はもう帰るよ」

広報部脚本室では公社の広報活動の一環として、様々なメディアに探偵に関する物語の原作を提供している。

脚本室は偵務庁時代から存在し、他人のプライバシーを暴き立てる存在として蛇蝎（だかつ）のごとく嫌われていた探偵の社会的な地位を向上させる目的で設立された。設立当初は随分苦戦したものの、平井太郎――後の江戸川乱歩である――が脚本室に入り、名探偵明智小五郎の活躍を描くようになってから状況は一変する。日本に探偵が誕生してから百数十年経つが、今や探偵は文化系の青少年の憧れの職業になっていた。

脚本室で作られる原作はかつて公社で扱った事件をネタ元にしていることも多い。当然ながら発表しても問題の無い形に書き換えてから世に公表している。

大河もまた原作を執筆するスクリプトライターの一人として忙しい日々を送っていた。

公社の原作は各種メディアからの人気が高い。中でも大河が手がける『キングレオ』シリーズは、天上天下唯我独尊を地で行く超人探偵キングレオがライバル怪人と戦いを繰り広げる痛快娯楽ミステリで、若い世代から圧倒的な支持を受けている。

二年ほど前にｗｅｂ小説から始まり、今では多方面に展開されていた。漫画は単巻数十万部を超え、少し前に始まったドラマも既にシーズン２の制作が決定している。『キングレオ』は公社にとってドル箱コンテンツと言っても過言ではなかった。

大河のスクリプトライターとしての給料は決して悪くはない。まあ、キングレオの人気を考えればむしろ少ないぐらいだがそこは宮仕えの身、仕方の無いことだ。

しかし大河は密かに退職することを心に決めていた。勿論、今軌道に乗っている『キングレオ』の担当を降りる以上、事は大河だけの問題では済まなくなる。何よりやっかいなのは……大河にとっては極めて残念なことに、名探偵キングレオは実在しているのだ。


大河が公社ビルの最上階にある個人オフィスを訪ねると、黒衣の貴公子は天井から吊したサンドバッグにきれいなハイキックを叩き込んでいるところだった。よくやる暇潰しだが、サンドバッグがなかった頃は壁を殴って穴を開けていたことを考えると随分マシになったと言える。

「なんだ、原作はもう上がったのか」

獅子丸は上機嫌な様子でそう言うと、ぎいと軋んでいるサンドバッグの前から離れた。

天親獅子丸、通称『黒獅子』。獅子丸という雄々しい名前に反して目元涼やかなこの美男子は、大河と同い歳の従兄弟にして、名門天親家が生んだ京都本社の大看板であった。

性格は傲岸にして不遜だが、神はその性格に相応しいだけの才能を獅子丸に与えた。学業成績は生まれてこの方トップしか取ったことがないし、運動は何をやらせてもオリンピック出場が狙えるレベル、芸術にしても人並み以上にこなす。特に文芸の才能は秀でており、高校生の頃に初めて書いた小説で文学賞の最終選考まで残ったことがある。人気が出ないほうがどうかしている。

公社はキングレオのモデルが獅子丸だと公式にはアナウンスしていないものの、熱心なファンの間では公然の秘密となっている。

「今回はあんまり悩むところがなかったからな。書けないようなこともしてないし」

『キングレオ』は獅子丸が関わった事件を再構成したものに過ぎない。一応、青少年への悪影響を考慮して、いくらか抑え気味に脚色してあるが、基本的には現実にあったことに基づいて書いている。さっき送ったばかりの原作を例にすれば、獅子丸が犯人のゲームに乗ったのも本当のことなら、毒を飲んだのも本当のことだ。

「前から言ってた通り、明日は日帰りで東京、明明後日は早上がりさせてもらうからな」

「ああ、今度の事件はお前がいなくても大丈夫だ」

獅子丸が探偵業を続けているのは、この仕事が退屈を紛らわせるのに最も適しているからに過ぎない。もしも非合法の世界に自分をもっと楽しませるものがあれば、躊躇うことなく今の地位を捨て、闇の中へ飛び込んでいくことだろう。何せ、こいつは退屈しのぎのために平気で毒を飲むのだ。今のところはまだ探偵業を楽しんでいるようだが、果たしていつまで持つか……。

「いつもよりめかし込んでるな。そのジャケット、久しぶりに見たぞ」

獅子丸は自分の椅子に腰を降ろすと、どこかからかうような調子でそう言いながら大河の服装を眺める。

「今夜は何を食べるんだ？」

これは食事の誘いだろうか。そうだとしたら残念なことに、夜は『エル・ヒガンテ』という店で食べる先約があった。

「まあ、和食や中華という感じではない。おそらくエスニックだ。ところでお前は機嫌が良さそうだな」

大河はスクリプトライターであると同時に、獅子丸の助手でもある。他に獅子丸を扱える人間がいないからという極めて消極的な理由で選ばれたのだ。したがって、辞めるとなった時に後任が見つかるかどうかは大河の最大の関心事とも言えた。

「聞け。新しい敵が現れた」

普段よりも声が弾んでいるような気がする。よほど面白い事件なのだろう。

「お前の相手になるような奴がそうそういるとは思えないが」

まずは機嫌良く話をさせるに限る。その後でなければ自分の退職のことなんて聞きもしないだろう。

「もしも未来予知ができるとしたらお前はどうする？」

獅子丸は何気ない口調でそんなことを大河に訊ねた。

「さあ、どうだろう。試しに馬券でも買ってみるかな」

大河はさほどギャンブルに興味がない。金なんて生活できるだけあればそれで充分だと思っている。

「馬券はやめておけ。たとえ勝っても税金で持って行かれる。馬鹿馬鹿しい」

「ああ、例の裁判か」

何年か前、ある男が競馬の勝ち分を競馬に再投資し続け、数十億の元手をかけてたった一億円分浮いたところ、これまでの勝ち分に対して払いきれない額の税金の支払いを国税庁から求められたことがあった。

馬券の勝ちなんて少額だったら申告しないのが普通だし、そもそも購入時に税金は引かれている。男は新たな課税を不服として訴訟を起こした。まだ係争中だが現時点では原告の男の旗色は悪く、それに引きずられるようにして公営ギャンブルの収益も落ちているそうだ。

「さて、本題に入ろうか。三日前の二月二日の夜、円山(まるやま)公園の一角で日下部(くさかべ)文彦(ふみひこ)という男が死んでいるのが発見された。死因は扼殺(やくさつ)、被害者はタートルネックにジーンズという格好で財布はなく、当初はただの物取りの犯行として捜査が進められた」

大河には引っかかることがあった。二月二日……冬の寒い時期だ。たとえ近所に住んでいたとしても、外を出歩くには不適当な格好ではないか？

「被害者はどんな人間だったんだ？」

「四十四歳、身長一七八センチメートル体重七五キログラム。伏見区のアパートで一人暮らしだ。過去に二度逮捕歴がある。一度目は空き巣、二度目は木屋町の地下カジノでの賭博だ。どちらも予想しようのないアクシデントが原因で捕まっているが、侵入の腕も博打の腕もなかなかのモノだったらしい」

「空き巣で元手を稼いでは小博打で増やすというのが彼のスタイルだったのかもしれないな」

「出所は去年の末、かつての知り合いのツテを使い、今は京都でセールスマンのような仕事をしていた」

「セールスマンなんていくら飛び込み営業をかけても殆ど追い返される厳しい仕事だろ？」

「その会社は様々な名簿を買い集めていたらしい。訪問前にどんな家庭か解っているなら、それなりに戦略も立てられる。扱う商品は化粧品から電気機器まで様々、勤務態度も真面目で売り上げもそう悪くなかったそうだ」

大河の知っている範囲では、出所後の生活としてはかなり良い方に入っている気がする。

「それにしても……伏見か。コートも無しに円山公園というのは考え難いな」

決して歩けない距離ではなかろうが、真冬の京都を軽装でぶらりと行くのは自殺行為だ。

「被害者の着ていたコートは持ち去られたようだ」

「抵抗されて自分の血が付着したのか？」

あるいは何か別のものが目的だったのか。財布に限らず、貴重品類をコートのポケットに入れて持ち歩く人間がいる。もしもその何かを探す時間がなかったのなら、コートごと持ち去ったほうが早い。

「いや。解剖のために被害者の服を脱がせたところ、右足の靴下に手帳が挟まれるようにして隠されていた。おそらくはこれが本当の目的だったのだろう」

賭場で勝ち金の一部を靴下や腹巻きに隠すギャンブラーがいると聞いたことがある。手帳ならコートにしまっていてもおかしくはないが……果たしてその手帳にはそれだけの価値があったのだろうか？

「職場への聞き込みの結果、日下部は革製の茶色のロングコートを愛用していたらしい」

「なかなか目立ちそうだな」

いざ持ち去るとなったら、丸めても目立つだろう。

「ああ。実際、事件当夜現場でそれを着ている人間を見かけたという証言が取れた。微妙に日下部とは食い違う面もあったが、警察は日下部がロングコートを着て公園に行ったと見ている」

　そこでふと、大河はこの話のきっかけを思い出した。

「そもそも……その話と未来予知がどう繫がるんだ？」

「これが日下部の手帳の写しだ……見てくれ」

　そう言って獅子丸はタブレット端末に映した資料を拡大して大河に渡す。そこには日下部のものと思われるやや癖のある筆跡でこう書かれていた。

2月3日　社長　クワバタカンジ
2月4日　学部長　メグロジュンイチ
2月5日　家元　セングウジケイコ

「二月三日にすぐ近所の浜渦製作所の社長に就任したのが桑畑寛二、四日に新しく決まった京大法学部の学部長が目黒純一、そしてつい先ほど華道の瓶千流の新家元が千宮寺桂子に決まったというニュースが飛び込んできた。この意味が解るか？」

「死んだ日下部は未来を予知していた、と」

　獅子丸は肯く。

「おまけにもう一つ面白いことがある。日下部のアパートにあったボストンバッグから、セールスで扱っていた大量のトリプルタップの下に隠すようにして現金九百二十万円が見つかった。どう思う？」

トリプルタップというのは家庭用コンセントの差し込み口を増やすもので、家電量販店からコンビニまで、幅広く流通しているものだ。まあ、そんなものを売り込めるということはそれだけ日下部のセールスの腕がいいということかもしれない。

「地下カジノで勝った金じゃないのか？」

「出所後、日下部は地下カジノへ足を運んでいないらしい。それに大きく稼げそうな場所は既に摘発を受けている。この大金と未来予知、二つは無関係ではないだろう」

だが有名な占い師ならともかく、「あなたは次に××に選ばれます。私の予言は当たるので報酬を下さい」と伝えて金を払ってくれる人間はいないだろう。

「そして最後の予言が面白いんだ」

そう言うと獅子丸は画面をスクロールさせる。そこに一際目を引く一文が映し出された。

2月8日　アカイカゲ　ワタシハコイツニコロサレル

「……なんだこれは？」

「実に興味深いじゃないか。少なくとも三日分については間違いなく未来予知を成功させた男が、自分の死期を読み違えるとは。犯人は予知能力を持った人間をどうやって殺したのか……誤った未来を見せた？　それとも未来を書き換えた？　いずれにせよ、久々に沸き立つような事件だ」

　獅子丸は今、この事件を心から楽しみにしているようだ。まるであのキングレオのように。

「アカイカゲ……仮に日下部を殺した犯人を赤影と呼ぼうか」

　獅子丸はこうやって犯人に異称をつけることが多い。獲物に名前があるのとないのとでは力の入り方が違うそうだ。

「ひとまず日下部に未来予知能力があったと仮定しよう。実際、何か裏があるにせよ、日下部が未来を当てたのは現実だ。では未来予知の能力を持ったら人は何をする？」

「素直に考えるなら、まず利益を獲得する方向に使う。あるいは不利益を回避する方向だってある」

「その通りだ。だとしたらこの点で日下部の能力は既におかしい。予知は全て他人の進退に関わることばかりで、かつては自分の逮捕さえ予知できなかった。何より最悪の不利益である自分の死を避けることができないなんて、おかしいとは思わないか？」

「そうだな……能力に目覚めたのが出所後だという可能性は考えられるかも」

　予知が限定的な能力だったとしたらどうだろう。例えば他人の運命だけを予知できるような……いや、この仮説では最後の予言が説明できない。少なくともこれは自分自身について予知した結果のように思える。

「……どうした大河。何か考え込んでいるようだが」

実は大河には何かが引っかかっていた。この違和感を解消できるに足る何かを知っているような気がするのだ。

だが、大河は自分が獅子丸の元を訪れた本来の目的を思い出し、微かな直感を他の一切と一緒に頭の片隅に押し込めてしまった。

「……獅子丸、話がある」

大河は退職の件を切り出しに来たのだ。どれだけ社内で根回しを行おうが、獅子丸の了承なしにうまくいくはずがないのはよく解っている。

「その必要はない」

獅子丸はにべもない返事をよこす。半ば予想はできたが、大河にとってはあまりありがたくない展開だ。

「頼む。大事な話なんだよ」

「お前こそオレの話を聴くべきだ……その格好、女と待ち合わせだな。しかもデートではない」

この瞬間、大河は自分が主導権を逃したことに気がついた。

「どうしてそう言い切れる」

「先ほどお前は今夜の食事を『おそらくエスニック』と言った。だがお前の性格から考えて、デートならばお前自身が店を予約しているはずだ」

今夜の店は『エル・ヒガンテ』、響きはラテン系だがメキシコ料理かブラジル料理か解らなかった。それを曖昧に誤魔化したのは失着だった。獅子丸の前ではこの手の発言は命取りになると解っていたというのに。

「そしてもう一つ。今お前が着ているジャケットは二カ月前に買ったものの、職場では派手だとあまり評判が良くなかった。それで殆ど袖を通されずにクローゼットにしまい込まれていた」

図星だが、獅子丸が他人のファッションにそこまで興味を抱いていたとは意外だ。

「下手をすれば何年もそのままになっていたかもしれないジャケットを何故今日になって引っ張り出したのか。職場の相手でないからこそもう一度着ようという気になったというのはあるだろうが……何よりその派手なジャケットを待ち合わせの目印代わりにしようと思ったからでは？」

「……ああ」

「つまり相手はお前と面識がない。しかし二人きりで食事に行く……デートでないとしたら、ビジネスだ。そしてさっきから何かを言いづらそうにしていたお前の様子から考慮するに……新しい仕事が決まりそうというわけだな」

ああ、流石は獅子丸。もうほぼ正解だ。

大河はため息とともに言葉を吐き出した。

「……まだ内々定の段階だよ。退職願も出してないが、先にお前に話を通しておくのが筋だと思ってな」

「何を浮かない顔をしている。オレがお前の門出を祝わないとでも思ったか？」

「いや。ただ、引き留められるとは思った」

「未だかつてオレがお前に何かを乞うたことがあったか？」

「……そうだな」

獅子丸は決して誰かに乞わないし、請わない。ただし、現実は獅子丸の望む方向へ動く。

もしも獅子丸が大河の退職を願わないのであれば、おそらく大河は退職にとてつもなく苦労することだろう。

「そろそろ出る時間じゃないのか。さっさと行ってこい」

この話題はこれきりという様子で獅子丸は会話を打ち切ってしまった。覚悟していた儀式がすんなりと終わったのに、大河はついこんなことを訊いた。

「なあ、獅子丸。僕が公社を辞めて何をするのか、聞かないのか？」

大河のそんな問いかけに、獅子丸は笑ってこう答えた。

「お前の選ぶ道が正解だ。だから何を選んでも構わない」

高校の終わり頃から、大河の夢は推理小説家になることだった。公社でスクリプトライターをしているのもそんな夢に少しでも近づければと思ってのことだ。

そして今、その夢は叶う寸前のところまできていた。

仕事の傍ら、渾身の一作を書き上げた大河がその作品をみやこミステリー大賞へ応募したところ、数日前に最終選考まで残ったという連絡があり、今日はこれから顔合わせを兼ねて担当者に会うことになっていた。

みやこミステリー大賞は地元の企業の後援による小説の新人賞で、総額二百万円近い賞金は筆頭後援者である大手予備校グループ『雨新塾（さめしんじゅく）』が支払い、作品の出版作業は大手出版社へ委託するという仕組みになっている。

ちなみにかつて獅子丸が応募して最終選考で落ちた賞でもある。選考は後援企業の役員他出版部の人間や京都在住の作家などによって行われるそうだが、詳しい選考過程は明らかにされていない。

大河の担当である三ツ橋悦子（みつはしえつこ）は雨新塾出版部の人間で、普段は参考書の編集をしているそうだ。参考書と推理小説では勝手が違うだろうが。

悦子とは京阪三条駅のすぐ近く、有名な高山彦九郎の土下座像の前で待ち合わせの約束をしていた。だが、約束の時間になっても彼女は姿を現さなかった。

確か悦子の働いている雨新塾は三条駅よりやや東、東大路（ひがしおおじ）通沿いにあったはずだ。予備校の校舎も兼ねた大きな自社ビルで、立地的に近いということもあって、円山公園を歩くとリフレッシュ中の雨新塾生を見かけることがある。雨新塾の校舎からここまでは歩いても十分ほどで着くはずだが……

「あ……天親さんですか？」

約束の時間にほんの一分遅れて、息を切らしながら大河に声をかけてきたのは、一見就活生のような若い女性だった。紺色のスーツ姿から初々しさが漂ってくるようだ。

「すいません！　お待たせしました」

「いえ、大丈夫ですよ」

実際、一分の遅刻なら電話するよりも走った方が良い。

「実は出る前に塾長に捕まってしまいまして……」

塾長という言葉に大河は苦笑いしてしまう。雨新塾の塾長の平家はみやこミステリー大賞の審査員長であり、実質的なオーナーでもある。聞けば随分アクの強い人物らしいし、これればかりは悦子に文句を言っても仕方が無い。

「お電話では挨拶させていただきましたが改めまして。三ツ橋です」

悦子は伸び上がりながらそう言う。長身の大河に対して少しでも視線の高さの差を縮めようとしているのだろう。

「では、行きましょうか」

悦子に案内されて辿り着いた『エル・ヒガンテ』は三条木屋町の一角にあるメキシコ料理屋だった。二人はコロナビールで乾杯し、つきだし代わりに出てきたトルティーヤをアボカドのソースで食べ始めた。

「お勤め、もう辞めてしまわれるんですか？」

飲み食いがかなり進んだ頃、悦子はたいそう驚いたような口調でそう言った。まあ、昨今の労働事情を考えると無理もなかろう。

「はい。最終選考の段階で気が早いとは思いましたが、引き継ぎのことを考えると早めに動かないと社に迷惑がかかりそうでしたから。幸い、蓄えもありますし」

最終選考まで残れば選に漏れても、よほどのことがない限りは担当がついて、出版へ向けて動き出すと聞いていた。そして賞が獲れなくても、出版に値する小説を書き上げるだけの自信が大河にはあった。

「私、天親さんなら大丈夫だって期待してます。なんて言ってもあれだけ面白い『キングレオ』を書いているんですから！」

そう言われると、社交辞令でも嬉しいものだ。

「ですけど、探偵公社のスクリプトライターなんて大手出版社の編集さんぐらい人気のあるお仕事じゃないですか。それを捨てて作家として独立されるなんて、とても勇気がいりますよね？」

まあ、収入のことだけ言えばそうだろう。本が売れなくなったと言われて久しい今となっては、生涯年収の期待値は作家よりスクリプトライターのほうが圧倒的に高い。

「スクリプトライターは夢を追うための手段だったんですよ。僕が昔味わった感動を、世間の人にも味わわせたい……そういう意味では採算は度外視してます。勿論、収入が全くなかったら辛いと思いますが……」

「独立なんて羨ましいです。私も社会人五年やってますけど、しょっちゅう向いてないって思いますから」

悦子は自分より歳上だったらしい。人は見かけによらないものだ。そんなことを思いながら大河がグラスを傾けていると、悦子の口からとんでもないフレーズがこぼれ落ちた。

「そういえばアカイカゲさんもお仕事辞められるそうです」

アカイカゲ……だと？

「すいません、三ツ橋さん。アカイカゲさんとはどなたのことですか？」

悦子はしばらくきょとんとした顔で大河のことを見つめていたが、やがて得心が行ったという表情でタブレット端末を取り出すとブラウザを立ち上げ、大河にあるページを見せてくれた。

第十回みやこミステリー大賞　最終候補
丹井景　『私はこいつに殺される』
田井中浩二『桃源郷往還記』
弓田満久部『エニグマ』

深山礼子　『風媒館の殺人』
渡辺鈴彦　『千本コーリング』

　なお、受賞者の発表は授賞式当日（2月8日）に行います。ご了承下さい。

　それは今回の最終選考の告知ページだった。ちなみに弓田満久部というのが大河のペンネームだ。

「……この『私はこいつに殺される』の作者の方ですよ。丹に井に景で、アカイカゲさんと読むんです。ちなみに本名だそうですよ」

　ワタシハコイツニコロサレル……どこかで見た気がしていたが、これだったのか！

　てっきり作者はタンイケイだと思い込んでいたが、まさかアカイカゲと読ませるとは……いずれにせよ、これぐらいは獅子丸と話している時に気がつくべきだった。

「ちょっと失礼します」

　大河は悦子に断りを入れて席を外し、慌てて獅子丸に電話をかける。だが、何度かけても繋がらず、結局留守電に残すことにした。

「獅子丸、アカイカゲの正体が解った。ほら、昔お前が最終選考で落ちたみやこミステリー大賞覚えてるか？　あれの今年の最終候補作が『私はこいつに殺される』で、作者の名前が丹井景だった。取り急ぎそれだけ。じゃあな」

自信はあったんだがな……。

日下部の予知の精度を考慮すれば、丹井景の大賞受賞はほぼ間違いないだろう。思わぬ形で自分の落選を知った大河の心中はなんとも複雑だった。

勿論、そんな心中はおくびにも出さず、大河は何食わぬ顔で自分の席に戻った。そして席を外したことを詫びた。

「お待たせしてすいません。電車の時間は大丈夫ですか?」

「一人暮らしですから門限はありませんし、どうせ歩いて帰れますからご心配なく」

悦子はゆっくりと首を横に振りながらそう言った。女性を一人で帰すのは心配だが、この辺りの治安ならおそらく大丈夫か。

「ところで、もし違ったら失礼ですが……天親さんはあの天親獅子丸さんのご親族ですか?」

違うはずがなかろう。大河は自分たち一族の他に天親を知らない。

「ああ、従兄弟です」

悦子は途端に花が咲いたような笑顔になる。

「本当は私、『キングレオ』の大ファンなんです。ほら、ファンサイトにも登録してるんですよ。レオ様、格好いいですよね……」

そう言うと悦子はタブレット端末の画面を触り始めた。新着ニュースの確認をしているのだろう。

獅子丸はファンからレオ様やキングと呼ばれることが多い。本人はそんなファンの存在を特に心に留めていないということは言わないほうが良いだろう。

「あっ、これ……」

悦子が驚いた様子で画面を眺めていたので、大河もそっと覗き込んだ。せいぜい獅子丸の写真が一枚載っているぐらいだと踏んだのだ。

だが、その内容は大河を驚かせるのに充分だった。

日本探偵公社：助手の募集

日本探偵公社では探偵である天親獅子丸の助手として相応しい人材を募集します。
基本給月四十万円、危険手当、その他手当あり。
性別・年齢不問。仕事の関係上、京都在住の単身者を優先的に選考します（持ち家などはない方が望ましいです）
応募する方は下記の投稿フォームに必要事項を記入して送信して下さい（なお、顔写真等は不要、受付は投稿フォームでのみ。公正な選考のため、郵送されてきた履歴書は破棄します）

「僕の条件より圧倒的にいいじゃないか！」という声を大河はかろうじて飲み込んだ。

「どうかしましたか？」

そんな悦子の質問を曖昧な笑顔で誤魔化すと、大河はこの『赤毛連盟』を連想させる募集の意味を考えた。

『赤毛連盟』は、かのシャーロック・ホームズの活躍を描いた作品群の中の一編だ。ある日、赤毛の質屋ジェイベズは雇っている男から奇妙な新聞広告を見せられる。赤毛の富豪が自分の死後、同じく赤毛の者に自分の遺産の一部を分け与えるために作ったという赤毛連盟の欠員募集で、連盟の人間は簡単な仕事で高給を貰えるという。応募した結果、ジェイベズは赤毛連盟に入ることを認められた。それからジェイベズは簡単な仕事をこなして給料を貰っていたが、入って八週間が経った時、突然赤毛連盟は解散してしまう。

ジェイベズは赤毛連盟の痕跡を調べ始めたが、まったく手がかりが摑めなかった。そしてこの奇妙な体験をホームズたちに相談することにした……という話だ。

獅子丸が『赤毛連盟』を知らないはずがない。小学生の頃、読んで互いに感想を言い合った記憶がある。

「変わった内容ですけど、レオ様らしいです……もしかしてこれ、お嫁さん募集ってことですかね？」

そう言って悦子は顔を伏せる。どうやら照れているらしい。本人もロクに知らないでいい気なものだ。そう思った大河が再び募集記事に目を向けると、画面の下のほうにまだ文面があることに気がついた。大河が画面を指でスライドすると、以下の文面と一枚の画像が現れた。

ただし、勤務に当たっては下記のマスクを着用していただくことになります。ご了承下さい。

そしてその文の直下には眼だけを隠す赤いマスクの画像があった。まるで仮面の忍者赤影のマスクとそっくりで……大河は思わず叫んでしまった。

「あ、赤影連盟かよ!」


二月七日、大河は二日ぶりに出社した。日帰りの東京出張は大変だったが、まあ首尾は悪くない。これで獅子丸と連絡がつけば良かったのだが……。

あれから獅子丸は一度も電話に出なかった。性格的に考えると、大河への嫌がらせというよりはおそらく事件に没頭しているのだろう。

大河は脚本室のミーティングが終わった後、退職の意志を伝えるために上司のいる理事室を訪ねた。

「そうか、辞めるんか」

龍樹山風は眉を歪めると、少しだけ寂しそうに笑った。

「はい、お世話になりました」

山風は京都本社の理事であり、大河と獅子丸の直接の上司に当たる。

組織の性格上、どちらかと言えば役人っぽい管理職が多い中、山風は珍しく清濁併せ呑むタイプの人間で、獅子丸の無茶な捜査も笑って許してくれることが多かった。実際、獅子丸も山風のことは気に入っているらしく、やたらと困らせるような真似はしないように心がけているようだった。

「それにしても、ええセンスしてるな獅子丸君。まるで赤影のマスクやん」

判子を押したのはあなたでしょうが、とは流石に大河も言えなかった。

「昨日の早朝からずっと申し込みが殺到しとるわ。流石は獅子丸君、昨日の夕方から早速面接しとったで。君の後任が決まるんもそう遠くないかもな」

山風は見かけこそスーツの似合うロマンスグレーの紳士だが、あの獅子丸とうまくやっていけていることからもわかる通り只者ではなかった。誰かが山風のことを指して「京都のぬらりひょんだ」と言っていたが、それには大河も同意できた。

「獅子丸君の持ってきた書類見た時、昼間からゲラゲラ笑ってもうてな。後の会議でも思い出し笑いしそうになって難儀したわ」

大河は社会人らしく愛想笑いで受け流そうとしたが、山風がとても聞き捨てならないことを口にしたことに気がついてしまった。

「……ちょっと待って下さい。判子を押したのは一昨日の夜じゃないんですか？」

「いや、一昨日の昼過ぎやったで。獅子丸君とキエフにランチ行ってからすぐ押したから」

キエフとは川端四条北東のホテルにあるロシア料理屋だ。

「何か気になることでもあるんか？」

「僕が獅子丸に辞める意志を伝えたのは一昨日の午後五時過ぎの話です」

「ふーん。ま、そんな気にせんでもええやろ」

普通ならそうだが、なんせ相手はあの獅子丸だ。山風の話が本当なら、赤影連盟の件は大河の辞職とは無関係ということになる。

「獅子丸と何か話しましたか？」

「そうやな……獅子丸君、ギャンブルに興味持ったんかな。まず僕に競馬の達人知らんかって訊いてきてな。知ってるけど引退してる言うたら、それでもいいから是非教えてくれって……その男、馬券師のマツっていうねんけど、今は麻雀打ってるから、マツがよう通ってるマンション麻雀の紹介状書いたわ」

警察の目を逃れるために、営業している無許可の場だ。

バックに暴力団がついている場合もあるが、個人営業の店も多いと聞く。

紹介状を書けるということは少なからず山風も行ったことがあるということだろうが……まあ、今は何も言うまい。

「まあ、なんや。辞める言うても、向こうさんにも都合があるからな。出版の話がポシャったら遠慮なく撤回してええで」

そんな軽いノリの山風に礼を言って、大河は理事室を後にする。

大河は脚本室の自分のデスクに座ると、リラックスできる体勢になった。考え事をするなら、体を楽にするに限るのだ。

獅子丸との付き合いは誰よりも長い。それぞれの思考ステップに大きな飛躍があるにせよ、その気になれば考えをトレースできないことはないはずだ。

まずはあの赤影連盟の募集だ。何故急にあんなことを思い立ったのか。

とりあえず犯人候補をおびき寄せるため、という推理が浮かんだがすぐに却下した。どれだけ良い求人情報を餌にしても、それで釣られるような人間が獅子丸の望むような犯人像とは思えない。だが犯人逮捕が直接の目的ではないとしたら、何が狙いなのだろう。

そもそも赤影連盟の募集は日下部の未来予知がきっかけだったと思われる。だが日下部の未来予知の能力は、彼の手帳を見る限り、他人のことに限られているようだ。

まあ、他人の運命なんて予知できても仕方ないな。そう思った時、大河の脳裏にふととりとめのない考えが浮かんだ。

「……ああ、でもイギリスなら使い道があるか」

　イギリスにはブックメーカーという職業がある。彼らは賭けになりそうな様々な出来事に独自に倍率をつけて賭け事を主催するのだ。まあ、いわゆるノミ屋だが、イギリスのブックメーカーは免許制なのだ。勿論、日本で同じことをしたら違法だ。こういう職業が生まれた背景にはイギリスのお国柄もあるのだろう。

「そう、日本では違法だ……いや、だからこそなのかもしれない！」

　日下部の残した予言はいずれも結果のはっきりと解る性質のものばかりだ。彼に実際に能力があったかどうかはともかく、ああいう幅広い事柄を対象にノミ行為が行われているとすれば一攫千金のチャンスではないか。

　おまけに対象は全て京都市内のことばかりだ。京都を中心としたノミ屋が存在しているという可能性は考えられないだろうか？

　そういえば獅子丸は山風にギャンブルのことを訊ねていた。獅子丸がどういう思考を経てその質問に辿り着いたのかはまだ解らないが、大河にはなんとなく自分が獅子丸の後を追っているという感覚があった。

　大河は京都府警の馴染みに電話をかけて、京都市内のノミ行為について訊ねることにした。

「あ、昨日獅子丸さんから同じ問い合わせ受けたねー」

　電話を握る手に思わず力が入る。やはり間違っていなかったようだ。

「けど獅子丸さんにも言ったけど、流石に大きなノミ屋はしょっ引いたよ。身内の小博打はまだまだあるだろうけど、黒い団体の資金源になるにはほど遠い額だしね」

「本当ですか？」

「……そうだね。だけど、まだ捕まっていない大きなノミ屋が存在する可能性は否定しない。最近の連中は生き残るために巧妙なやり口を使うからね。正直、対応しきれてない面はあると思う」

大河は礼を言って電話を切ると、一度この案を脇に置いて、別のアプローチから獅子丸の思考をトレースすることにした。

大河はパソコンを起動させると、社内用のメーラーを立ち上げた。獅子丸は気に入った事件と関係のない仕事は好まない。だから獅子丸が投げ出した雑務を大河が拾えるように、獅子丸宛てのメールは大河のアドレスにも転送される設定にしてある。

まず例の日下部の事件についてのメール。これは山風経由で依頼が行われたようだ。一昨日の朝一に届いている。

メールには事件に関係する資料が添付されていたが、他にそれらしいメールは見当たらなかった。表題に事件名と公社で採番した事件ナンバーを入れるのが習わしなので、見落としはないはずだが……。

念のため、自分の目で一件一件確かめていく。すると、一昨日の朝十一時に一本フォーマット外のメールが届いていることに気がついた。無題で、おまけに携帯電話のアドレスだ。随分非常識なメールもあったものだとアドレスを見たら、妹の陽虎からだ。

大河は慌てて、メールの本文へ視線を動かす。


獅子丸兄さん、こないだトリプルタップをたくさんつなげた男の人を見かけたんだ。と言ってもこれ見よがしにというんじゃなくて、たまたまぶつかった拍子に落としたっぽかったんだけど。

これって変だよね？　トリプルタップって一つの家庭に何十個も要らないじゃん。見た感じ、同じ型番でただの色違いってのも混じってたし……

きっと大河兄さんは日常の謎で済ませようとするだろうけど、なんか犯罪の匂いがするんだよね。

何か役に立ちそうな情報だったらお小遣いよろしく！


大きなお世話だ！

内心妹に毒づきながら大河はメーラーを閉じる。私用メールを公社のアドレスに送ってくるなんて学生らしい。

大河は再び深く考える。

獅子丸の性格的に考えて、この手の謎をいつまでも放置しないだろうし、なんらかのアクションを起こしているとは思うが、生憎獅子丸の書いたメールは大河のところに転送されるようになっていない。

いや、もしも仮に獅子丸がこのメールに返事を書いたとして、それに対して陽虎が更に返事を書いていれば、大河のメーラーに転送されているはずだ。

とすればおそらく、獅子丸は陽虎にメールではなく電話で反応した可能性が高いと思われる。電話にしたのは忙しかったのか、あるいはメールに書きにくいようなことを伝える必要があったから……。

この時点で厭な予感しかしない。獅子丸は犯人を捕まえる最短ルートを進むためなら、平気で法律を無視するような奴だ。そして悲しいかな、陽虎にもそういう面があった。

時刻は三時過ぎ。じきに学校も終わるだろう。大河は『用があるから公社まで来い』とだけメールを送ると、トリプルタップの謎について考えることに没頭し始めた。

午後四時半、四条烏丸のドトール。大河の向かいの席ではブレザー姿の少女が頰杖をついていた。緩くウェーブのかかったボブカットと妖しく輝く大きな瞳はまるで猫のようだ。実際、性格も猫みたいなところがあった。

「……ボク、獅子丸兄さんに用があったんだけどなあ」

そう言って天親陽虎は唇を尖らせる。

昔の陽虎は男の子のように活発で、鍵開けの才能を活かしてあちらこちらに忍び込んではイタズラをしていたものだ。あれから数年、陽虎が可愛らしい少女に育ったことに兄として安堵していた。

もっとも中身まで少女らしくなったかどうかは疑問だ。大河もなんだかんだでこの歳の離れた妹を甘やかしてきた自覚がある。あの獅子丸でさえ陽虎には甘いのだ。

「獅子丸には連絡が取れない。だが、お前の知りたがっていた沢山のトリプルタップの謎は解けたぞ」

「本当？」

陽虎はそう言うと、キャラメルラテを啜りながら上目遣いに大河の顔を見た。どこまでアテにしているのか解らないが、なかなかコケティッシュな表情だ。

「ああ。トリプルタップを何十個も連結して持つ目的はそこまで難しくない。陽虎、お前が見た沢山のトリプルタップの構成はどんな感じだった？」

「……種類を揃えましたって感じだったかな。同じものも幾つかあったとは思うけど」

「まあ、そうだろうな。ある程度種類を揃えてないと対応できないからな」

大河は自分の推理を陽虎に披露することにした。

「トリプルタップには電源の供給口を増やす以外にもう一つ有名な使い道がある」

「なーに？」

「盗聴器だ」

トリプルタップは単純な構造だから盗聴器のような余計なものを仕込むスペースが充

分にある上、盗聴器を動かしておくのに必要な電力を常に供給できるという利点がある。一般家庭の盗聴被害の殆どがトリプルタップに仕込まれた盗聴器によるものだ。

「その男は特定の家に忍び込んでは、その家の中にあるトリプルタップと自分が持ち込んだ盗聴器入りのトリプルタップとを入れ替えていたんだ」

だからこそ、不自然に連結したトリプルタップを持ち歩いていたのだ。

「既にあるトリプルタップを分解して盗聴器を仕掛けることも可能だろうが時間がかかる。持ち込んで入れ替えて出るだけならすぐに逃走が可能だ。おまけに元からあるものと同じだから疑われる心配もない」

「でも、留守番してる人に出会ったらそれまでだよね？」

「対象はおそらく日中仕事で部屋を空けていて、留守番をする人間のいない単身者だ。更に言えば、マンションかアパートで暮らしているほうが望ましい。部屋数が少なければ、一つの盗聴器で電話などの声が確実に拾えるからだ。盗聴器入りのトリプルタップをいくつも仕込めば、露見のリスクも上がるしな。そして陽虎、お前が見たのはこの男じゃないのか？」

そう言うと大河は日下部の写真を向かいの陽虎に向けて差し出した。陽虎は何も言わずに肯いた。やはり思った通りだ。大量のトリプルタップをボストンバッグに札束と一緒に隠していたのは、それが後ろ暗いものだったからだろう。

「別に驚かないところを見ると、お前は昨日、獅子丸から同じように面通しを受けたな？」

「……そうだよ。昨日もこのドトールだったから、ちょっと面白かった」

ようやくボロを出したな。

大河は少々冷酷な気持ちで陽虎への追及を開始した。

「じゃあ、もう一つ質問だ。獅子丸はお前に何をさせた？」

「何って……何のこと？」

「とぼけても無駄だ。お前は昨日ここで獅子丸と一度会ってる。抜け目のないお前なら情報提供の報酬は昨日のうちに貰っているはずだ。今日も獅子丸に用があったということは昨日から今日の間に何か追加で報酬の貰えるような仕事をしたからだろう」

陽虎はしばらく黙って天井を見ていたが、観念したようにため息を吐いた。昔から陽虎がしたイタズラを白状させるのは大河の仕事だった。

「あーあ、兄さんには敵わないや。昔みたいにお尻叩く？」

「いや、獅子丸の命令なら捜査に必要なことなんだろう。怒らないから話してみろ」

「そんなこと言って話すといつも怒るじゃない。ねえ、そんなに優秀なのに、どうして助手やスクリプトライターなんかに甘んじてるの？　公社に兄さんより能力のない探偵なんていくらでもいるよ。下手したら獅子丸兄さんの次ぐらいにはなれるかも」

大河は思わず口に指を当ててしまった。辞めるつもりとは言え、下手に同僚に聞かれたら気まずいどころの話ではない。たとえ陽虎の言葉が真実を衝いているにせよ……。

「陽虎、もしお前に好きな人ができたとして……その次ぐらいに好きな別の人から告白されたらどうする？」

「二人を争わせて、勝ったほうを好きになる」

「……喩え話ぐらいストレートに答えてくれ」

我が妹ながら本当にひねくれている。誰に似たんだ。

「まあ、いい。僕だったら、本当に好きな人以外の告白は断るよ。つまり僕が探偵をやらないのは、それが本命じゃないからだ」

「じゃあ、大河兄さんの本命って何？」

そう言って陽虎は大河の眼をのぞき込む。自分で選んだ表現だが、いざ口にすると気恥ずかしいものがある。

「昔、獅子丸が小説を書いたことがあった。高一の頃だ」

「ボク小さかったけど、なんか覚えてるな。結構いいところまで行ったんだっけ？」

「ああ。賞の最終選考まで残ったが、なぜか佳作にさえ届かなかった。僕はその小説を読ませて貰ったが……あれは間違いなく傑作だった」

「じゃあ今度読ませて貰おうかな」

「それは無理な話だ。落選の知らせを受けた後、獅子丸はデータを消し、印刷した原稿も焼いてしまった。そして周囲がどれだけ説得しても二度と筆を執らなかった。あれが獅子丸の絶筆になったんだ」

「どんな話だったの？」

「悪の怪人ジェダ・マクベスが京都に巣くう悪人たちを司法に成り代わって裁いていく話だよ。いわば悪を狩る悪の物語、そのダークさが良かったんだけど、審査員長が『高校生らしくない』という理由で落選にしたんだ。まったく馬鹿馬鹿しい」

　何度思い出しても腹立たしい。そう、あの時も審査員長は平家だった……。

「僕はあの感動を他の人間にも味わって欲しいんだよ」

「それでスクリプトライターやってるんだね。大河兄さんってお堅いと思ってたけど、案外ロマンチストなんだ」

　そう言うと陽虎は「トイレ」と断りを入れて鞄を持って席を立った。大河はなんとなく肯くと、陽虎を見送った。

　だが五メートルも歩かない内に陽虎は足を止めて、くるりと大河のほうへ向き直った。

「どうした陽虎？」

「三ツ橋さんだっけ。あの人はやめといたほうがいいと思うな。部屋、汚かったし」

　陽虎はそう言うと店から滑るように出て行ってしまった。

「お、おい！」

　そういえば昔から陽虎の逃げ足は一流だった……。

　大河の頭の中では陽虎の言葉がずっと反響していた。何故、陽虎がそんなことを知っている？

程なく大河はその意味に気がつく。そして反射的に獅子丸に電話をかけていた。

五度のかけ直しの末、ようやく獅子丸は電話に出た。

『後でもいいか？　今は大事な勝負の最中なんだ』

着信の回数で用件の重大さはとうに察しているだろうに、獅子丸はあっさりとそう言ってのけた。

「こっちのほうが大事だ。お前、陽虎に空き巣の真似事をさせたな！　赤影連盟の意味も解った。赤影のマスクはレッドヘリング、本当の目的はホームページの応募フォーム経由で沢山の個人情報を集めることだったんだ」

『何故そう思う？』

大河は日下部が盗聴器を仕掛けていたという推理を駆け足で説明した。

「……最近の日下部の本業はノミ行為でのイカサマだった。日下部は賭けの対象に直接関係のありそうな単身者の部屋に盗聴器を仕掛け、精度の高い予想を手に入れていたんだ。日下部はセールスに名簿を利用していたという……関係者の自宅住所を調べ上げるぐらい容易いことだったはずだ」

日下部の情報は全て盗聴器経由、だからこそ手帳に残されていた予知はカタカナで書かれていたのだ。

「そしてお前はそれを確かめるために、赤影連盟の募集を通じて様々な人間の個人情報を手に入れ、狙われた可能性の高い家に陽虎を送り込んで盗聴器の有無を確かめさせた……」

『なんだ、もうそこまで解ったのか。実際、オレの指示で対象者の部屋を調べさせたら盗聴器が山ほど見つかった……ああ、それはロンだ』

すぐに牌が混ぜられる音が聞こえた。どうやら今獅子丸は麻雀を打っているようだ。おそらく山風から紹介されたというマンションだろう。山風さえ近くにいたら、場所を聞き出して直接怒鳴り込んでいるところだ。

『紙の履歴書では応募から到着までラグがあるし、何より一括で条件の絞り込みができないからな。ネットで募ったお陰ですぐに対象者を絞り込めたし、陽虎が侵入した部屋の主はオレが丁度面接をしているわけだから、鉢合わせする心配もない』

まるで感謝しろと言わんばかりだ。

「そういうことを言ってるんじゃない！」

『ところで大河、この京の街を泳ぐように自在に動き回れる人間を知っているか？』

突然の問いに大河は少し考えてから答えを口にした。

「……ホームレスか？」

『いや、もっといい存在がいる……学生だ。彼らは京都のいかなる場所にも存在を許され、誰も警戒しない。今や京都府警の警官たちよりも彼らのほうが優秀だと言えるだろう』

「それで陽虎を……」

『河原町遊撃隊（カワラマチ・ストリート・イレギュラーズ）だ。小中高、一応大学生まで揃えた』

「今すぐ解散させろ！　というか、お前今どこにいるんだ？」

『寺町の三密堂そばのマンションだが、ちょうどいい。どうせ来るなら、オレの代わりに銀行に寄って、引き出した金を受け取ってきてくれ。いつもの銀行だ』

　それだけ言うと電話が切れた。大河はいつの間にか痛み始めた頭を軽く押さえながら、銀行のある四条通のほうへゆっくりと歩き始めた。まあ、銀行から出る頃にはこの頭痛も治まるに違いないと思いながら……。

　だが、大河の頭痛は治まることはなかった。大河が銀行に行くと、番号を控え終えた三千万円がジュラルミンケースに収まって出てきたからだ。


　流石に三千万を持ったまま街を歩く気にはならず、大河は銀行を出てすぐの四条通でタクシーを捕まえた。残念なことに頭痛はひどくなる一方だ。

　四条以南の寺町通と言えばかつては東京の秋葉原や大阪の日本橋のような電気街として有名だったが、古き良き個人営業の電気屋は殆ど姿を消し、代わりに高級なマンションが建つようになった。

獅子丸から指定された場所もそんなマンションの一つだった。インターフォン越しの低く押し殺したような声に応対された大河は、どうやらあまり居心地の良い場所ではなさそうだとエレベーターに乗りながら思った。

案内された部屋は思っていたよりも狭く、卓は一つしか無かった。手前の席に座っていた獅子丸は卓から視線を外すことなく、大河に声をかけた。

「ああ、来たか」

何か文句の一つでも言ってやろうと思った瞬間、向かいに座った実業家風の男が牌を捨て、獅子丸はロンと言って牌を倒した。

「国士十三面はダブルだったか。これでオレの三連勝だ」

「もう勘弁してくれ！　週末の仕入れの金もなくなっちまった」

「じゃあ、一緒に来て貰おうか」

獅子丸はうなだれる男を促すと、さっさと部屋から出て行ってしまった。来たばかりでもう帰るのか。大河はジュラルミンケースを抱えて獅子丸の後を追う。

マンションを出た獅子丸は、そのまま男を近くの空也寺の境内に連れて行く。幸いにして人気(ひとけ)はなく、内緒の話をするにはうってつけの場所だった。

「頼む、借用書を書くからこの金だけは……」

男の萎縮した様子を見て、獅子丸は急に鼻白んだような表情になった。

「勘違いするな。金なんかどうでもいい。オレはただ、馬券師のマツに話があってきた」

これが山風が教えた腕のいい馬券師か。

「な、なんのことだ?」

「マツムラ物産の社長、松村俊樹。通称、馬券師のマツ。万馬券を獲ることはあまりなかったが、堅実な予想で収支をプラスで終える腕に定評があった……」

競馬のことはよく知らないが、どの馬が一着でゴールするのかを当て続ける難しさを考えれば、プラスで終えられるというのはよほどのことなのだろう。

「う、馬はもう引退したんだ。あんな裁判があっちゃ、競馬はもうやるなってお上が言ってるようなもんさ」

「確かにあの裁判が原因で引退したギャンブラーはそれなりにいただろう。だが、アンタほどの腕があってあっさり辞めるというのは考えづらいな。金の問題だけじゃない。人は限りある能力を抑えて生きて行けるほど強くできていないからな」

獅子丸の言葉に、大河は不意に胸が締め付けられた。少なくとも自分は探偵業界ではいっぱしの腕を持っている。それを捨てて、新しい世界で心から楽しくやっていけるのだろうか……。

「ノミ屋の世話になっているんだろう?」

やはりそうだったのか。大河は自分の考えが間違っていなかったことを確信した。

「ノミ屋のほうが払い戻し率がいいからな。それに、京都には公営ギャンブルに限らず選挙や賞など、様々なことを広く賭けの対象にするノミ屋が存在しているはずだ。で、誰が黒幕だ？」

「よく知らん。別に隠してるわけじゃなくて、本当に知らないんだ。俺も人から紹介されただけで……」

大河は警察の知り合いの言葉を思い出した。彼も暴力団などのノミ行為は徹底的に潰されたが、それ以外のノミ屋は巧妙に水面下に潜むようになったと言っていた。

「基本的には賭けは電話で受け付けてるし、勝ち負け一回清算でなく帳面で管理されてる。百万単位で動く時は流石に受け渡しの人間が来るんだが……」

日下部はおそらく続けて大きく勝ち過ぎたのだ。きっと一度に支払うとノミ屋が潰れるだけの額を勝ってしまったに違いない。それで命を落とすことになった。

「金の受け渡しは学生が行うのだろう？」

男はポカンと口を開けていたかと思うと、勢いこんで話し出した。

「そう、そうなんだ。それもほぼ毎回違う学生で。名門高校の制服も見たことがある」

「やはりな。京都で手足にするなら学生に限るというわけか」

大河はようやく、獅子丸が陽虎を動かしたのはその辺りに着想を得たのだということに気がついた。勿論、だからといって許されるものではないが……。

「賭けの締め切りはいつまでだ？」

「前日中までなら何口でも追加ＯＫだ。百万単位の場合の金も当日渡しでいい」

獅子丸は満足そうに肯くと、男にこんな提案をした。

「解った。ではまずお前にノミ屋を紹介した人間を教えろ。他に参加している人間を知っているならそれもだ」

獅子丸はスマートフォンを取り出すと男に向けた。録音するのだろう。

男は六人ほど名前を挙げた。大河の記憶では、二人ほどこの辺の名士らしい名が混じっていたような気がするが……。

「ご苦労。最後にもう一働きして貰おうか」

そう言うと獅子丸は大河からジュラルミンケースを奪って百万円の束を四つ取り出すと、男に手渡した。

「こ、これは？」

「二月八日分の賭けの対象はみやこミステリー大賞だろう。丹井景の『私はこいつに殺される』にこれを全額賭けろ。それで今日の負け分はチャラにしてやる。着服なんて考えるなよ。解ったら行け」

男は小さく何度も肯くと、四百万を懐にしまってどこかへ去ってしまった。

「獅子丸、お前何をして……」

「一つ、日下部の予想に乗ってみようかと思ってな。これから残りの六人にも同じような提案をして回るつもりだ」

大河は急に目眩に襲われた。

「残り六人って……三千万全額賭けてしまう気か⁉」

しかし獅子丸は涼しい顔でこう答えた。

「まあな。どうせ必要経費で落ちるだろう？」

「落ちるか！」

経理の人間が聞いたら憤死するかもしれない。

まあ、実際はこの行為が犯罪の捜査に必要であることが証明できればその分の控除を受けられるが、誰がその書類を用意すると思っているんだ。

「お前のお陰で引き継ぎマニュアル作るのが大変だ。助手としての仕事がないなら、僕は帰って退職作業に戻るぞ。明日は早上がりの予定だし、仕事を片づけておきたいんだ」

大河は事件についてあれこれ推理することをきっぱりと止めることにした。辞める人間がいつまでも獅子丸に付き合う必要はないし、付き合う限りはきっと推理からも離れられない。

「なあ、大河」

その場を去ろうとした大河を獅子丸が呼び止めた。

「どうした獅子丸？」

「お前はこの仕事が嫌いか？」

「いや」

「だったら、何も辞めなくてもいいだろう」

「まあ、そうかもしれないけど……これは僕なりのけじめなんだ」

これが大河の精一杯の言葉だった。ここまでに至った経緯の説明ならいくらでもできる。だが、これ以上何かを口にすると、余計なことまで言ってしまいそうで……。

「……獅子丸、もう小説は書かないのか？」

もしもまた獅子丸が小説を書いてくれるのなら、自分は小説を書かなくてもいい。それが大河の嘘偽りのない気持ちだった。

だが、獅子丸は珍しく苦笑いしてこう言った。

「一度落ちたんだ。未練がましく何度も挑戦するのはオレらしくないだろう？　それに今はこの仕事が楽しい。全てお前のお陰だ」

獅子丸は獅子丸なりに過去の挫折を苦々しく思っていたのだろう。怒ることもなく、素直な心情を吐露してくれたのは探偵と助手の付き合い故か。

「お前は新しい世界でも楽しく過ごせそうか？」

お前ができなかったことを代わりに僕がするんだ……そう言おうと思ったが無理だった。こんな大事なことを、恨み言みたいに取られたくない。

「……ああ。自信はそんなにないが、それでも本当にやりたいことを我慢して生きるのは辛いからな」

獅子丸は満足そうに笑うと、大河に背を向ける。そして、顔を見せずにこう言った。

「ならいい。もし辛くなったら、また戻って来い」

翌二月八日、黙々と退職作業をこなした大河は予定通り早く上がり、六時にはもう御所の近くのブライトンホテルに来ていた。今日は待ちに待った授賞式だ。

既に会場入りしていた悦子が受付で声をかけてきた。

「こんばんは、天親さん。素敵です」

普段あまり袖を通すことのない紺のスーツを選んだ。まるでリクルートスーツだが、あながち的外れでもない。

「まあ、新しい仕事の内定式だと思えばこそ、こんな格好もできるんですよ」

大河の軽口に悦子は少し笑うと、急に神妙な顔になって小声でそっとこう囁いた。

「……あの、天親さん。何があっても驚かないで下さいね」

悦子のそんな物言いに、悪い想像が爪先から脳天まで一気に駆け上った。

「内定取り消しですか？　それとも、悦子さんの転職が決まったとか？」

悦子は困った表情で周囲を見回す。

「いえ、そういう話ではないんですが……とにかく悪いことではないと思うので、素直に喜んでいただけると嬉しいです。では入りましょうか」

悦子に促されて歩いている間、大河は今夜がロクでもない夜になる予感を覚えていた。

大河と悦子が着席して程なく時間が来た。マスコミ関係者たちが席を埋める中、式は始まった。

壇上には固太りした背の高い中年男性が立っている。雨新塾の塾長、平家敏三だった。顔を見るのは初めてだ。

「今夜は第十回みやこミステリー大賞の授賞式にお集まりいただいてありがとうございます。私めの音頭取りで始まったこの賞もはや十回を迎え……」

これは探偵助手の仕事じゃない。自分にそう言い聞かせながら、大河は少し後に訪れる未来から眼を背けていた。

「……それでは発表に参りたいと思います。栄えある今回の大賞は……弓田満久部さんの『エニグマ』です。おめでとうございます」

やはり丹井景じゃなかった。だが、よりによってこの結果は……。

万雷の拍手の中、すぐそばで「おい、話が違うじゃないか」と抗議している青年がいた。おそらくあれが丹井景本人だろう。

大河はゆっくりと立ち上がった。今やもう、真相は眼を逸らせない距離にあるのだ。

「それでは弓田さん、壇上へお上がり下さい」

大河は隣の悦子を一顧だにせず、壇上へ進んだ。

「他の審査員からは反対意見もありましたが、今回は私の独断で押し切らせていただきました。何故なら、この『エニグマ』こそ出版界の未来を照らす救世主だと私は信じているからです」

式の前に悦子が仄めかしたのはこのことだったのだ。

やはり悪い予感は的中するものだ。大河は心中苦笑いしながら、平家に直截な質問をぶつけた。

「失礼します。それは審査員長の心からの言葉ですか？」

虚を衝かれた平家は一瞬、狼狽したようだったが、すぐに冷静な口調でこう答えた。

「……勿論ですとも。改めて、おめでとう」

その言葉で大河は全てを理解してしまった。悲しいかな、骨の髄まで探偵気質なのだ。

平家は威厳を取り戻すように自ら大河に手を伸ばしてきた。

次の瞬間、大河は平家の襟首を摑んでいた。

「何をするんだ！」

場内がざわめく。当たり前だ。授賞式で大賞受賞者が審査員長に摑みかかるなんて前代未聞のことだ。

「アンタがノミ屋の元締め……日下部殺しの犯人だったんだな」

大河が平家にだけ聞こえるようにそう言うと、平家の顔色がリトマス試験紙の反応のように瞬時に変わる。

丸めても目立つ革のコートを見咎められずに公園の外に持ち出すには、自分で着るのが一番だ。だからこそ、革のコートを着た人間についての証言が一部食い違った……当たり前だ。それは日下部ではなく、平家だったのだから。

他人のコートを着るためには、自身はコートを着ていてはならない。その点、雨新塾のビルからならば円山公園はコート無しで歩ける距離だ。平家は最初から日下部のコートを持ち去る目的で自分のコートを着ずに雨新塾のビルを出た。だから、日下部のコートの中にイカサマの証拠になる手帳が見つからなかった時は、大層焦ったことだろう。

「当初の予定では、大賞はそこにいる丹井さんに決まっていた。ところが今日になってアンタは丹井さんに大賞を獲って貰うと困る立場になった。何故なら昨日、突然三千万円もの額が丹井さんの受賞に賭けられたから……」

学校も学年もバラバラな学生たちを組織的に動かす……予備校の人間なら可能だ。更にノミ行為で確実に儲けようと思ったら、結果が自分の意のままになるイベントが一番だ。みやこミステリー大賞は賞金類を全部合わせてもせいぜい二百万円足らず、ノミ行為の利益を考えたら充分に引き合う。

「そもそもこの賞はアンタのノミ行為のために設立されたんだな」

日下部による連続的中を殺人でどうにか防げたと思いきや、今度は三千万円の賭け金でパンクの危機が襲ってきた。こうなれば黒幕は保険として用意してあった賞のオーナーとしての権利を行使するしかない……これが獅子丸の狙いだったのだ。

既に獅子丸の三千万円は平家の元にある。紙幣番号を控えている以上、平家がノミ行為に関わっていたことが家宅捜索で明らかにされるのは時間の問題だろう。

「落ち着きなさい。君が丹井景に賭けた金は払い戻す、その上で君は大賞を貰える……だから今の話は忘れるんだ。悪い取引じゃないだろう?」

平家は大河がノミ行為に一口乗っていて、外れたことに怒っているらしい。実におめでたい頭をしている。

「……僕の気持ちはお前に解らなくていい」

平家がいくら稼ごうが大河の知ったことではない。だが、大河には解ってしまった。九年前の賞でもまったく同じことが起き、平家が私利のために獅子丸の小説を落選させたことが。

「何をどう読んだら獅子丸が落選で、僕が大賞受賞になるんだ。獅子丸の作品の方が面白いだろうが！」

しかし大河が振り上げた拳は平家に届くことはなかった。

「やめておけ。小説家が人を殴るなんてらしくない」

いつの間に現れたのか、獅子丸が大河の腕を摑んでいた。

「それにお前が殴らなくてもこの男はもう終わりだ」

「獅子丸……何故ここに？」

大河の疑問に獅子丸は不敵に笑って答えた。

「お前が弓田満久部だということはすぐに気がついたからな。折角だからお前の晴れ舞台を見に来た」

弓田満久部……獅子丸の創造した怪人ジェダ・マクベスから取った名前だ。

「お前の作品、読ませて貰った。何、捜査の一環だ」

そう言って獅子丸はちらりと悦子のほうへ視線を向ける。キングレオのファンである悦子に獅子丸の申し出を拒めというほうが酷な話だ。

「だが大河、お前にデビューはまだ早い」

言われなくても、獅子丸に比べて及ばないのは大河自身がよく解っている。何より、『エニグマ』は獅子丸の書いた作品の影響下にあるのだから……。

大河がばつの悪い思いをしていると、獅子丸は少し面映ゆそうに笑った。

「オレの下らん作品のことなんか忘れろ。何も焦らずともお前にはもっと面白いものが書けるはずだ。それまでは『キングレオ』で腕を磨くんだな」

その瞬間、大河は今回の選考を辞退することを決意した。

「それにお前がいなくなったら誰が『キングレオ』を書くんだ」

今回の事件も公序良俗に反する手段で捜査している。上には報告するにせよ、『キングレオ』にそのまま書くわけにはいかない。だが、それこそがどうしようもなく面白いのだ……この顚末を、事件の魅力を損なうことなくうまくアレンジして書ける人間を、大河は自分以外に思いつかなかった。

握った拳が緩みそうになって、大河は拳を握った理由を思い出した。

「だけど、こいつは金のためにお前の小説を落とした人間なんだぞ」

獅子丸はまるで虫でも見るような眼を平家に向けた。

「……ああ、そういえばそうだったたな。確か、高校生らしくないとか言われたような気がする」

　平家は獅子丸の剣呑な視線に気がついたようだ。

「あ、ああ。君があの時の……どうだろう。特別措置として、あの時の落選を取り消すというのは」

　何を血迷ったことを言っているのか。覆水盆に返らず、だ。

　獅子丸は冷酷な表情で笑うと、冷たくこう告げた。

「オレの天職は探偵だ。だから探偵は探偵らしく、悪党を成敗させてもらう」

　そして獅子丸は平家を文字通り一蹴する。平家はそのまま何メートルも飛び、床に叩きつけられて気を失ったようだった。

　後の始末が大変そうだ。だが、不思議と胸のすく思いだった。

　獅子丸はもう平家には興味を失ったように視線を外すと、高らかにこう吼えた。

　音に聞け。我が名は名探偵、キングレオなり、と。

踊る人魚

「……では暗号の内容についてはリライトということで。はい、五日後には必ず。それでは」

大河はそう言って電話を切ると、脚本室の天井を仰いでため息を吐く。先方には五日後とは言ったものの、いいアイデアが湧く保証はない。大河は改めて公社のスクリプトライターという立場の弱さを思った。

そもそもこの厄介な仕事は東京支社からねじ込まれたものだ。分類的には暗号モノになるのだが、モデルとなる事件は暗号そのものが機密事項にあたるため、新しい暗号を丸々でっち上げないといけない。一応、それなりの暗号を考えてみたのだが、先ほど先方からリライトを宣告された。どうも映画の原作にしたいとかで、もっと明快な話にして欲しいそうだ。

……そもそも明快な暗号モノってなんだ？

考えたところですぐに答えが出るはずもなく、大河は時計を見る。時刻は夜の七時過ぎ、今日はこれ以上仕事に手をつける気にはならず、退社することにした。

大河は四条烏丸の喧噪を避け、大丸の裏手にある小さなイタリアンレストランで一人ひっそりと夕食を摂った。しかし仕事のことを考えているせいか、ロクに味も解らない。

実は大河には作家として独立するという夢があった。そのためにはさっさと新人賞を獲って円満退社したいのだが、スクリプトライターの仕事は大河から創作リソースを削り取る。特に今回のような面倒な仕事があるともうお手上げだ。三月末には次の新人賞の応募〆切があるというのに……まだ一カ月以上先とはいえ、二月が二十八日しかないことを恨めしく思う。

もっとも大河の足抜けを阻む原因は他にもあるのだが……。

八時半過ぎ、元田中の自宅まで戻ってきた大河は自室のドアノブに手をかけ、鍵がかかっていないことに気がついた。大河の住んでいるアパート『メゾンドヴァンヴェール』は、部屋はもちろん共用エントランスもオートロック式だ。心当たりは一人しかいない。

ドアを開けると、黒の編み上げ靴がまるで玄関の主人のように鎮座していた。大河は端のほうで靴を脱ぐと、ため息を吐きながらリビングに向かう。

「帰ったか。お前にしては遅かったな」

案の定、リビングのソファには獅子丸がゆったりと横になっていた。手にはコントローラー、四〇インチの画面に映し出されているのはよりにもよってレトロな8ｂｉｔゲームだ。

天親(あまちか)獅子丸は大河の従兄弟であり、日本探偵公社が誇る名探偵だ。性格は天上天下唯我独尊で社会性も皆無だが、その飛び抜けて優れた頭脳と涼やかな美男子ぶり、加えてその他諸々の才能込みで何もかも許されている。その才能はフィジカルな方面にも強く、中肉中背の華奢(きゃしゃ)な体軀(たいく)を甘く見て格闘戦を挑んだならず者たちは皆獅子丸の蹴りで地面を這(は)う羽目になるのだ。

そんな獅子丸の面倒を見るのは助手である大河の仕事だった。

実際、獅子丸を主人公にした『キングレオ』シリーズは小説もドラマも好評で、公社内でも結構なドル箱コンテンツになっている。勿論、手がけているのは助手である大河だ。

口さがない者は『キングレオ』を書いていれば作家なんか志さなくてもいいだろうと言うが、大河にしてみれば小説ではなくノンフィクションを書かされているようなものだ。絵空事を書いて生きたいという欲求が満たされるはずがない。

「……今日は外で夕食を食べて来たんだよ」

大河はジャケットを脱ぎながらそう言って、ソファの獅子丸を窺う。帽子こそ脱いでいるが、トレードマークである黒の詰め襟姿のままゲームに興じている姿は子供の頃からあまり変わってない。

天親の男には珍しく女性的な顔立ちをした獅子丸は、勉学も運動も人並み以上にこなすこともあって、小学校の頃にはもう人気者だったのを憶えている。もっとも当人は普通の人間には興味がなく、周囲の喧噪には一切耳を貸さずにゲームに興じていた。隣でプレイを見せられ続けた大河が言うのだから間違いはない。

そう、獅子丸は生まれてからずっと退屈しているのだ。探偵の仕事についたお陰でようやく全力で自分の力を振るえるようにはなったものの、常に好敵手がいるわけではない。だからこそ獅子丸は退屈しのぎに大河にちょっかいをかけてくるのだ。

「そうか。オレのほうはすこぶる順調だ。若干一名、レベルの上がりの遅い者がいるがな」

獅子丸は黒髪を搔き上げながらそう言う。昔から髪が人よりもさらさらとしているせいで、少し伸びただけで視界が悪くなるのだ。普段は帽子で押さえているから問題ないが、プライベートではもっぱら髪留めを愛用している。それを今日は忘れてきたらしい。うちにも置いてあったかな……。

大河はどこに仕舞ったのかも思い出せない髪留めを探しながら、文句を言う。

「だいたい、ゲームなら自分の家でもできるじゃないか」

獅子丸は北白川のタワーマンションの最上階――それも一フロア丸々――に住んでいる。敢えて値段は言わないが、それが探偵公社で指折りの存在になるということだ。

「オレが生活する場所はどうしても荒れるからな」

獅子丸は色々なものを少しずつ食べるのが好きだ。既にリビングのテーブルには獅子丸の爪痕がくっきりと残っていた。

無残にも食い散らかされた夕食。誰が片付けると思っているんだ。

元々兄弟や従兄弟の多い大河だが、獅子丸とは学年も同じであるため、よく面倒を見させられる羽目になっていた。周囲も大河に悪いとは思いつつ、それが一番コストがからないということを承知しているのだ。

「お前の狭い部屋のほうが荒れる面積が減るのは道理だろう?」

「厭味（いやみ）を言いに来たのか!」

女性誌の巻頭グラビアを飾れるぐらいのいい笑顔で言われても許せない。大河は髪留め探しを止め、その辺にあった輪ゴムを獅子丸に飛ばす。

「それにしても……メタルスライムを貯蓄できたらいいのにな」

大河の抗議と輪ゴムを無視して獅子丸はそんなことを言う。

「なんだって?」

「必要に応じて一気に倒したり、取引できたりしたら経験値稼ぎも楽になるだろうに……」

獅子丸はそう言いながらセーブを終え、ゲーム機の電源を切った。独り言のようなものだったらしい。ゲームを止めたということは帰ってくれるということか?

獅子丸はコントローラーを置いて、テーブルのティーカップに手を伸ばした。脇には開封したばかりと思しき茶葉の缶が置いてある。獅子丸の好きなマリアージュフレールだ。

「何か焦っているようだな。早く帰れと顔に書いてある」

「東京から来た仕事が暗号モノでね。実際のものは使えないから、架空の暗号にうまく差し替えないといけないんだが、いいアイデアが思いつかなくて……お陰で仕事が終わっても仕事のことを考えないといけない」

「例の事件か。確かに料理するのは難しそうだが、責任はわざわざそんな事件を選んだ東京支社にあるだろう。適当に書いて突っ返してやれ」

獅子丸は高校時代に小説を書いていて、デビュー寸前で筆を折ってしまった経歴を持つ。執筆という作業に理解がある分話が早いのだが、常人には同意しかねる意見もよく吐き散らすので、それがストレスになることもある。

「あのなあ、僕が作家になった後、公社時代の僕の仕事を調べるファンだっているかもしれないだろう。その時、失望されるような仕事はしたくない」

何かと早熟なこの天才は大抵大河の先を行っていて、よく助言めいたことをしてくるのだ。昔から獅子丸に勝っているのは身長だけと周囲から言われ続けた大河にしてみればあまり面白い話ではない。

ただ、少なくとも身長では一度も負けていないというのがささやかな心のよりどころになっているのもまた事実なのだが。

「とらぬ虎の皮算用も結構だが、まずは作品を投稿しないと始まらない」

「もう帰ってくれ！」

大河が抗議しても獅子丸はどこ吹く風で紅茶を飲んでいる。これはしばらく帰る気がないということだ。

「いいアイデアがあれば食事を数分で済ませて可能な限り書き続けるのがお前のやり方じゃないか。その様子では収穫なしのようだな。つまり今のお前は何かを書くアテもなく、ただ焦ってる状態というわけだ」

やはり見透かされている。

帰宅までに食事を挟んで、アイデアを練る時間を取ろうと思ったのは確かだ。

獅子丸の洞察は常に精度が高かった。それも一瞬の接触でその全貌を摑む。獅子丸は初対面のクライアントにプレゼンがてら、よくこういう洞察を口にした。

問題は退屈すると大河にまでそれをやることだ。普段はもっと怒るのだが、生憎今日はそんな余裕もない。

「いや、だから……考える時間が欲しいんだ」

「下手の考え休むに似たりという言葉もある。一緒に考えてやろう」

獅子丸は脚を床に降ろし、一人で占拠していたソファに大河が座れる分のスペースを空ける。

「邪魔するなって言ってるんだよ！」

こういう時の獅子丸は尻が長い。平気で深夜まで帰らなかったりする。ゲーム機を切ったからと言って油断できないのだ。

　立ちっぱなしで長期戦というのはあまりいい戦術ではない。大河は諦めて、獅子丸の隣に腰を降ろした。

「だいたい、オレに来て欲しくないのなら恋人でも作ればいい。流石にオレも邪魔しには来なくなる」

　一瞬、心が揺らいだが、結局は大河の可処分時間が獅子丸から恋人へ流れるだけだ。それでは意味がない。

「ただでさえ次の新人賞の〆切が迫ってるのに……」

　よく誤解されるが、アイデアというのは勝手に沢山湧いてくるわけではない。執筆に必要な一定量のアイデアを蓄えるにはきちんと考える時間が必要なのだ。まして大河は勤め人、日中は自分の仕事があって費やせる時間は限られている。

「東京支社の仕事が片づかないから、投稿にも打ち込めないというのはお前らしい真面目さだな。しかし連中も解ってない。〝実際に犯罪に使われた〟というエクスキューズを抜きにして、今暗号モノをやる意味がどこにあるんだ？」

「映画向けに明快な暗号を、と注文されたな」

「明快な暗号か……例えば、映画でいかにも暗号でございという意味不明な文字の羅列を映し出されたとして、真面目に解こうと考える観客がいるか？　考える余裕もなく、なし崩し的に解答を見せられるだけだ。そこに暗号解析のカタルシスはない」

「それはカット数に制限のある映像メディアの特性上、仕方の無いことだろう」

「では小説や漫画でもいい。暗号に出会って、ページを捲る手を止めて真剣に考える読者がどれだけいる？」

獅子丸の言葉は残酷なほど正論だった。結局、いかに精魂込めて謎を作ろうと、消費のされ方まではコントロールできないのだ。今はキングレオというキャラクターに寄りかかって創作をしていればよいが、果たして完全オリジナルでミステリを書いた時、どれだけの読者がついてくれるのか……。

まさか無意識に目をそらしてきた問題にこんな形で向き合う羽目になるとは。

「なあ、大河。もう少し根本的な話をしようじゃないか。犯罪に暗号を用いるメリットというのは何だ？」

何か獅子丸のペースに乗せられている気がするが、この際仕事の糸口が摑めるならなんでもいい。大河は改めて暗号について真面目に考え始めた。

「そうだな……真っ先に思いつくのは特定の相手に連絡を取りたいが通信手段がない場合、その人物の目に触れるように暗号化したメッセージを撒くケースかな。勿論、相手が暗号を解けるという前提だが」

誰でも触れられるように宝箱を置くが、鍵を持っている相手にしか開けられないという状態だ。

「だが、冷静に考えて暗号のボリュームが少なければ伝えられる内容なんてたかが知れているし、ボリュームが増せば解析されるリスクが増大する。緊急の連絡としては使えるにせよ、手間をかけるだけのメリットはないな」

獅子丸の指摘はこの方向性でアイデアを発展させる気を削ぐには充分だった。だが、大河はすぐに別の可能性を考えつく。

「あとは特定の相手との通信手段を持っているけど、第三者に覗かれる可能性がある場合。これも暗号の強みだ」

こちらは秘密の隠し場所に宝箱を置くが、念のため箱に鍵をかけている状態だ。

「それにしたって、わざわざややこしい暗号を使うぐらいなら、パスをかけてメールでファイルをやり取りしたほうが早い」

またしても一蹴。大河にしてもこれ以上、暗号を擁護する気が枯れ果ててしまった。

「もう解るだろう。コンピューターでないと解析できないレベルの暗号なら別だが、アナログな暗号にもはや意味はない。ましてフィクションに登場する暗号のための暗号なんて、エクスキューズさえ挟む余地はない。あんな暗号はもう瓦と同じだ」

「瓦?」

「空手家が瓦で試し割りをするだろう。では、瓦を割ることのできる空手家は強いか?」

「強いだろう。少なくとも僕には割れない」

まあ、獅子丸には割れるのだろうが。

「強いから割れるのと、割れるから強いのは別だ。一度に何枚割ろうが、それは強さの証明にはならん。あんなものは強く見せるための演出に過ぎない。つまるところ、探偵と暗号の関係もそれと同じだ」

演出を必要としない本物は言うことが違う。しかし、日頃からその演出を作って生活している大河にとってそれは胸を締めつけられるような言葉だった。

「とまあ、暗号に否定的な見解を示したところだが、実用的な暗号というのもあるにはある。それが『踊る人魚』だ」

獅子丸はそう言って笑う。まるで皮肉モードが反転したようだ。

「『踊る人形』?」

『踊る人形』とはかのシャーロック・ホームズの活躍を描いた内の一編で、依頼人から次々と送られてくる謎の絵——子供の落書きのような人形たちの姿——に潜んだ暗号と裏で進行している犯罪の存在をホームズが見抜くという話だ。

「いや、真祖シャーロックの話ではなく、『踊る人魚』というドラッグの話だ」

そう言って獅子丸はタブレット端末を寄越したので大河は素直に受け取り、資料ファイルにざっと目を通した。

『踊る人魚』というのは法律に触れない成分で違法ドラッグと似た働きをする、いわゆる脱法ドラッグだ。主に京都市内の若者の間で流行(はや)っているが、結構な効き目があるそうで、近い内に禁止されると言われている。扱っているのはかつて獅子丸が潰した薬物シンジケートの残党と目されていて、以前の事件と比べると全体的なスケールダウンは否めなかった。

「なんだ、思ってたより普通の事件だな」

「ところが、だ。府警の捜査にもかかわらず『踊る人魚』は未だに販路が特定されていない」

獅子丸は大河の手元のタブレット端末を覗き込みながら、どこか得意げな顔でそう言った。

「それは束の間現れて、砂漠の蜃気楼のように消えてしまう。インターネットの掲示板にも取引を示唆する書き込みは見つかるが、いずれも相場より高い」

つまり彼らは一次卸ではないということだ。

「まあ、特定の売人や取引場所を用意しないというのは売る側にしたら捕まりづらいメリットはあるだろうけど、それ以上に商売の機会を減らすデメリットのほうが大きいんじゃないか？」

「しかし主な顧客は犯罪者予備軍ではなく、普通の若者が圧倒的に多い。大学生や高校生の間で既に結構な量が流通しているらしい。まあ、高校生の小遣いで買えてしまうほど安価というのも大きいのだろうが」

「ちょっと待て、販路が不定なのに一般の学生にまで流通してるというのはおかしくないか？」

「だから暗号だ。京都の街中に暗号がバラ撒かれていて、欲しい人間なら誰でも取引の場にアクセスすることができるようになっているとしたら？」

「そりゃ、もしそうなら販路が不定でも取引は成立するけど実際には不可能だろう。そもそも暗号は解く鍵を持っているのが限られた人間だからこそ成立する通信方式で……」

「ところがただ『踊る人魚』という名前を知っていることだけが暗号の鍵らしい。噂話で広がり、名前さえ知っていれば容易に手に入る『踊る人魚』。極めて実用的な暗号だ」

「実用的どころか、とんでもない暗号じゃないか！　もっと有害なドラッグでこれをやられたら大変なことになるぞ」

ホームズの『踊る人形』の暗号はそもそも鍵を持っている人間に向けたもので、時間が経つにつれ解かれてしまう脆弱性を持っていた。しかし『踊る人魚』のほうは鍵があからさまに公開されているのに、まだ解析されていないのか。

「いやいや、待て」と大河は自分に突っ込みを入れる。

「鍵は時間と共に拡散するんだ。脆弱性が消えるわけじゃないだろう」

「そりゃ、そうだ。しかし『踊る人魚』の暗号には余計な大人を排除するフィルタリング機能まで実装されてる。そこも含めて、実用的というわけだ」

獅子丸はもう暗号の正体に辿り着いているようだ。

「『踊る人魚』の消費者は若者なんだよな？」

「そうだ」

「だったら、モスキート音を使っていたというのはどうだ？」

モスキート音とは一七〇〇〇ヘルツ前後の、蚊の羽音のような不快な音を指す。一般的に人間が聴くことのできる音の周波数は二〇ヘルツから二〇〇〇〇ヘルツと言われているが歳と共に可聴域の上限は低下していき、三十歳になる頃には一六〇〇〇ヘルツまでしか聴くことができなくなる。つまりモスキート音は若者にしか聴こえない音なのだ。

　このモスキート音の性質を利用して、若者がたむろするのを防ぐために使っている店もあるし、逆に中高生などが教師たちに聞かれない携帯電話の着信音として使用しているケースもある。

「確かにモスキート音はフィルタリングに有効だ。では実際にどう利用する？」

「例えば、売人が常にモスキート音を発していて、若者だけが売人の存在に気づくことができる。あとはただ売人に『踊る人魚』と合言葉を告げれば買える……」

　大河がそう言うと、獅子丸は声をあげて笑った。着想を使用に耐えるアイデアに昇華させるにはやはり時間が必要だ。

「まあ、いいさ。街でモスキート音が聞こえたら調べるから」

「それは無理な相談だ」

　そう言って獅子丸は指に挟んだカード状の機械をひらひらさせる。

「なんだそれは？」

「モスキート音発生装置だ。実は少しずつ出力が上がるように設定していたんだが、どうやらお前には最大出力でも聴こえていないようだな……オレはさっきから聴こえない振りをするのが大変だったぞ」

ショックだった。聴こえなくなる年齢には個人差があると知ってはいたが、既に自分がそうなっていたとは……まだ二十五だというのに！

何より、獅子丸には聴こえているという事実が大河を更に傷つける。

「何にせよ、おめでとう。これでお前も立派な大人だ。この装置はお前にやろう。せいぜい、これで若者に厭がらせをしてくれ」

「いらんわ！」

どうでもいいやり取りをしながら、大河は何か新しい息吹を感じていた。フィルタリング……暗号をバラ撒いても対象以外には暗号と気づかれないなんてことが可能なら、暗号モノのプロットの幅は広がる。

「なあ、獅子丸……」

大河が呼びかけようとすると、当の獅子丸は静かな寝息を立てて眠っていた。時計を見れば、いつの間にか二十分も考え込んでいたようだ。獅子丸は大河に声をかけるタイミングを失って、その内に飽きて眠ってしまったのだろう。

昔と変わらないあどけない寝顔だ。しかしこれは惰眠ではなく、一日を真剣に生きた戦士に必要な休息だということを大河はよく知っていた。

どこまでもマイペースな奴だ。これじゃ、今夜はもう仕事にならない。

大河は獅子丸を起こさないように立ち上がると、暖房を入れ、リビングの電気を消した。

翌朝、大河が起きると、獅子丸はもう出ていった後だった。

早く起きた分、入念に身だしなみを整え、お気に入りのジャケットに袖を通す。彼女をつくれという獅子丸の言葉を意識したわけではないが、やはり魅力的な男性でありたいという気持ちは大切だ。

大河は部屋を出ると、東大路通を目指した。獅子丸には公社から送迎用の専属ハイヤーがついており、時間が合えば大河も同乗することがあるが、獅子丸が始業時間ぴったりに出社することは珍しいので通勤用の足としてはあまり当てにできなかった。だから大河はもっぱら通勤にバスを使う。

三十分も座っていれば着くのだが、大河はもっと長くかかってもかまわないとよく思う。何故ならバスの中は獅子丸から解放される貴重な空間だからだ。

不思議なことに今日にかぎって大河の隣の席がなかなか埋まらなかった。百万遍(ひゃくまんべん)で乗ってきた女子高生やリクルートスーツの女子大生が座りたそうな顔をしつつも、大河の隣には座ってこなかったからだ。

もしかして服に気合いを入れすぎたせいで引かれたのだろうか。そんなことをぐるぐると考えている内に四条烏丸に着いてしまった。なんだか乗って十分も経っていない気がして、大河はひどく損した気分になる。出社してトイレの鏡を覗き込んでみても、女子たちに避けられた理由が解らず、気分が重くなった。

そして更に気分を重くすることが起きた。始業早々、理事室に呼び出されたのだ。

「獅子丸に新しい助手？」

「そうや。なんや、獅子丸君から聞いてへんの？」

龍樹山風は湯呑みに熱い茶を注ぎながら、そう応えた。

「いえ、全然」

昨夜は話すつもりがなかったのか、それとも話す前に寝てしまったのか解らないが、獅子丸の中で優先順位が低い話題だったというのは解った。

「昨日の夕方にちょっと面談して……ああ、別に大河君をハブったつもりはないんやで。ただ、東京支社との打ち合わせの電話が大変そうやったから」

その仕事をねじ込んできたのは山風だというのに。大河は苦笑しながら湯呑みに手を伸ばす。

山風は公社においては珍しく物解りのいい管理職だ。経営手腕にも優れ、京都本社の営業成績が高い水準で維持されているのも山風の功績と言われている。

「獅子丸君は我が社の稼ぎ頭、君かて優秀なスクリプトライターや。これまで通り君に獅子丸君の助手をして貰ってもええけど、それじゃいつまでも後進は育たへん。改革の第一歩として、新しい助手を獅子丸君につけよう思うんや」

「それってつまり……僕たちを別々に分ければ稼ぎが増えるってことでしょう？」

「物は言いようやな」

　山風はからから笑うと自分の湯呑みに手を伸ばす。このロマンスグレーのぬらりひょんはこと金稼ぎになると笑顔で身内に鞭を振るうところがあった。大河にしてみればちょっとした山椒大夫だ。

「なまじ君がスクリプトライターとして有能やから困るんや。そうでなければ獅子丸君専任でええねんけどな」

　などと大河を誉め殺すようなことまで言う。

　やっぱり山椒大夫じゃないか。大河がその言葉をお茶と共に呑み込んでいると、山風が履歴書のようなものを差し出してきた。

「北上イオちゃん。今年の新入社員で、ついこの間こっちに異動になった子や」

　履歴書には若い女性の顔写真が貼り付けられていた。なんだかツンとしていて笑顔が想像できないところはともかく、美人と呼んでも差し支えないだろう。経歴のほうも小中高とカトリック系の名門お嬢様学校を経て東京の有名大学へ進学……いかにもという中身だ。一応、大学で初級の探偵学は学んでいるようだが、それ自体は誰でも半年頑張ればどうにかなる程度のものだ。

「女子アナみたいな子ですね」

「大河君、アウトー」

　山風の宣告に思わず周囲を見回す。その様子を見て、また山風はからからと笑った。

「冗談やがな。けど、今のは言うたらアカン。彼女、就活でテレビ局全部落ちてるねん。ホンマはアナウンサーになりたかったんや」

大河はそこで訝しむ。女子アナ志望の子がどうして公社を受けるのだ。そりゃ、彼女が探偵として活躍してくれるなら人気が出るだろうが、この経歴からは探偵を志して勉強をしてきたようにはとても思えない。

「まさか彼女を無理やり探偵に仕立てて売り出す気ですか。だったら、僕も獅子丸も協力できないと思います」

大河が真面目な顔でそう釘を刺すと、山風は手を叩いて笑った。

「面白いこと言うな大河君。ゴーストライターならぬゴーストディテクティブ、そのアイデアいただこか」

「山風さん！」

「冗談や冗談」

しかしそちらではないとすると……。

悩む大河の脳裏にふとあることが閃いた。

「ありふれた名字かもしれませんが、北上ってどこかで聞いたことがある気がするんですけど……」

すぐに思い出せないが、仕事関係で聞いた気がする。

「ま、さる筋のお嬢さんや」

大河の指摘に山風はニタッと笑ってそう答える。ああ、やっぱりそういうことだ……。

「真面目な就活生の気を削ぐようなことしないで下さいよ」

「これでお上に貸しが作れるんなら安いもんや」

何が貸しだ。完全にコネ入社じゃないか。

「まさかテレビ局の代わりの就職先を斡旋したつもりですか？」

「今をときめくキングレオの助手やったらキャリアの傷にもならんやろ。それにゆくゆくは彼女を獅子丸君の助手兼広報に立てられたらと思てる。そうなったら公社的にも最高やんか。特に獅子丸君は気まぐれやし……」

もっともらしく聞こえるが、よくよく考えるとおかしいレトリックだ。きっと山風は彼女をそうやって乗せて、その気にさせたのだろう。でなければアナウンサー志望の子が探偵公社に入ったりするものか。

「それにしたって突然ですね。まだ研修期間も終わってないでしょう。誰が教育係なんですか……」

そんな大河の疑問に山風が声を出さずにゆっくりと口を動かして応える。読唇術なんて習ってないのに「き・み」と言っているのがはっきり解って、大河は軽く絶望した。

「……いいですか山風さん。アナウンサーという夢に挫折した子を上手いこと言って調子に乗せても、心の欠落は簡単には埋まらないんですよ」

だから夢というものは厄介なのだ。叶わなかった夢の代わりに新しい夢を差し出されても、決して充たされることはない。

大河だって探偵助手とスクリプトライター、その仕事ぶりは両方ともそれなりに評価されているが、だからと言って作家という夢の代替にはならないのだから。

「せやから、君が適任やと思うたんや」

「え？」

「君の夢は新人賞を受賞して専業作家として生きていくことやろ。けれど君は公社の仕事もきちんとやっとる。夢は夢として、現実を生きる方法を身につけとるやんか。それを北上さんに教えてやって欲しいんや」

そう返されると辛い。とっさに上手い断り方が出てこず、酸欠の金魚のように口を動かすばかりだった。昔から山風にはこうやって丸め込まれてきているというのに、話を聞いたのが間違いだった。

「それに北上さんが後任として育つんは君にとってええことやろ。何しろ、獅子丸君の世話から解放されることは夢の実現への第一歩やないか。あんじょうよう育てたってや」

大河は厭な予感しかしていなかった。山風の「あんじょうよう」は適当にやると大体失敗する難度のものだからだ。

かくして大河は新人の教育係という面倒を押しつけられることになった。

十二時半過ぎに仕事を一段落させた大河は四条烏丸の探偵公社ビルを出て、四条通を東へ向かった。ランチタイムに四条通を歩くと人混みに溺れそうになるが、そこは京都ネイティブだけあって、河原町通まで泳ぐが如く歩ききる。

大河の目的地は四条河原町南東にそびえるファッションビル、京都マドイだった。長らく某百貨店がランドマークとなっていたが少し前に撤退し、今は経営元を変えて主に若者向けファッションのテナント中心のビルとなった。

大河も京都マドイになってから来るのは初めてだが、百貨店時代から残っている店もあるし、六階のレストランではちゃんと食事も楽しめる。なんのことはない、看板がかけかわっただけで以前とそう変わらないのだ。

『新人の歓迎のために、河原町のマドイの上でランチでもどうだ？　奢るぞ』

昼前に獅子丸から電話でそんな申し出があったので、大河は即座に応じた。先輩として北上イオとの距離を縮める絶好の機会だ。

『別にタダで奢るわけじゃない。彼女にちょっとしたテストをする。お前にはその試験官を務めてもらうというだけの話だ』

「テスト？」

『大したテストじゃない。じゃあ、また後でな』

一から十まで言わないのが獅子丸流だ。そこを察してこその助手なのだが、イオにそれがどこまで伝わるか……。

獅子丸はエレベーターに乗り、六階のボタンを押す。だが、ここでも何故か周囲の若い女性が大河と距離を取っているような気がした。エレベーターガールまでが心なしか大河から顔を背けているように見える。

なんだろう、匂いか？　後で香水売り場にでも寄ってみるか。そんなことを大河が思っていると、アナウンスが聞こえてきた。

『高松市よりおこしのタカムラ様、お忘れ物がございます。四階踊り場、特設コーナー係の人間にお声がけ下さい』

高松とはまた遠くから来た客もいるものだななどと思っている内に六階に着いた。大河はそそくさとエレベーターから降りると、小走りでレストランを目指す。

「予約していた天親ですが」

大河が入り口でそう告げると、すぐに落ち着いた感じのウェイターがテーブルまで案内してくれた。さすがにウェイターには厭な顔をされることはなかった。

案内されたテーブルには今朝履歴書で見かけた顔がもう座っていた。高く結い上げた髪にかっちりとした紺のスーツ、それと履歴書にはなかったはずのアンダーリムの眼鏡からできる秘書のような風格を漂わせていた。

大河は向かいの席に腰かけながら、イオに挨拶（あいさつ）する。

「あ、北上さんだね。僕は天親大河、よろしく」

何故かイオは眉根を微かに歪めながら大河の顔に目をやった。

「北上イオです。よろしくお願いします」

どこか事務的な響きのする返事だった。何か怒らせるような真似をしたかと考えてみたが、そもそもこれがファーストコンタクトなのだ。

そこで大河はある人物の不在に気がついた。

「あれ、獅子丸は？」

大河の何気ない質問に、イオはため息で応じる。

「獅子丸さんは早退されるそうです」

早退？　じゃあ、二人っきりじゃないか。それ以前にテスト内容を知らない試験官がどこにいるんだ！

叫び出したいところだったがそこは抑えて、紳士的な態度でイオに接することにした。

「そうなんだ。では注文を……」

「獅子丸さんが一番高いコースを勝手に頼んでくれてました」

気を利かせるのはいいが、やり方が決定的に間違っている。

「はは、あいつらしい……そうか、午前中は一緒だったんだよね。どうだった、あいつの印象は？」

なごやかに距離を縮めようとする大河を、イオが冷たい眼差しで眺めていた。

「大河さん、私はあなたに怒ってます」

いきなり喧嘩腰だ。

「どうしたの？」

「獅子丸さんのことです。時間通りに出社しない。挨拶は受け流す。話はロクに聞かずに資料だけを読ませる。あまつさえ人を買い物に行かせて、自分は早退する……なんなんですかあの人は？」

「……いつも通りと言えばいつも通りだね。ちなみに資料というのは？」

大河がそんな生返事をすると、イオはキッと睨みつける。

「『踊る人魚』についての資料ですが……あの人が社会人としておかしいのは新入社員の私でも解ります！」

言われてみれば確かに社会人としてはおかしい。しかし、特にいつもの獅子丸と違ってはいない。

「獅子丸に不満が？　いや、確かに性格に問題はあるが、ルックスでチャラじゃないかな。眺めている分には楽しくなかった？」

我が儘なアイドルにこき使われると思えば耐えられるのではないか。もっとも大河にはそんな願望はないが……。

そう言うと、イオの顔は見る見る赤くなっていった。見ようによっては少し可愛らしくもあるが、すぐにその感想が雑すぎたことに気づかされる。

「せ、セクハラです」

「え？」

どうも彼女は凄く怒っているらしい。どこがアウトだったのだろう。

「私の個人的な嗜好をあげつらうのはやめていただけませんか。それに容貌の好みと、仕事上のストレスとは一切関係ありません」

あ、好みではあったのか。してみるとこの紅潮には照れも含まれているのかもしれない。

「一応、断っておきますとこの会話は録音してますからね。何かあったら……」

スマートフォンをテーブルに置いてると思ったら、録音機の代わりだったのか。

「解った。気をつけるよ」

やっぱり獅子丸のことがタイプだったんじゃないかとは思ったが、彼女の中ではそれを口に出すのはアウトらしい。大河はひどく狷介な気分になって水を飲む。

猛烈に早退したくなってきた。今この場所にいない獅子丸の気持ちが少し解った気がする。新入社員として意識が高いのはいいが、あまりにも張りつめ過ぎている。

「まあ、君の気持ちは解るけど慣れるしかないよ」

「失礼ですけど、躾がなってないんじゃないですか？　助手として、大河さんの怠慢としか思えません」

あのライオンを躾けられる人間がどれだけいるというのだ。だがそれを正直に言っても火に油だ。では何を彼女に伝えるべきだろう？

「ところで君は何を求めてこの世界に来たのかな？」

大河が先輩として真面目な話をしようとしたのを、イオは自分への攻撃と取ったらしい。

「都合が悪いからって、質問で返さないで下さい」

その瞬間、視界が真っ赤に染まった気がした。どんな理不尽な案件が来ても怒らない仏の大河が、この生意気な後輩に怒りを覚えたのだ。いきなり話を変えたのは大河だが、言い方がある。

試練だ。これは作家になるための第一歩。しかし、この一歩こそが……。

大河は頭の中で演説を始めたもう一人の自分を冷静に眺めながら、努めて抑えたトーンで話を再開する。

「これはとても大事な話なんだ」

真顔でそう告げると、イオの気迫が少し後退した気がした。そのタイミングを逃さず大河は口を開く。

「自分で言うのも何だが、探偵の助手というのはとても大変な仕事だ。だからもし君が華やかな世界を求めてここに来たのなら、諦めたほうがいい」

「芸能人のマネージャーみたいなものですよね。売れっ子の俳優や芸人が気持ち良く仕事できるように心を砕くのが助手の仕事だと言いたいんでしょう?」

大河は肯いた。大筋では間違っていない。

「私だって表舞台に立つことは諦めました。悔しいですけど、持って生まれた華が違うというのは理解しました。だから助手をしようと思ったんです」

「そんな謙遜しなくてもいい。君は充分に魅力的だ」

　大河がそう言うとイオからまた睨まれた。これもセクハラに当たるのか。当たるんだろうな……。

「ああ、失礼。けど、そこまで解ってて、何をそんなに不満そうにしてるのかな？」

「……スターの我が儘を全部聞くだけの仕事なら、何も公社に入る必要なんてなかったんじゃないかって思ったんです。マネージャーはともかく、秘書としての引き合いは沢山あったので……」

　そこに丁度先ほどのウェイターが前菜を運んできた。水を差される形になった大河とイオは、メインディッシュが運ばれてくるまでの数十分、当たり障りのない会話をして過ごす羽目になった。

「北上さんが助手という職業に幻滅し始めているのはよく解った」

　ヒレ肉を食べ終えた口をナプキンでぬぐうと、大河はイオにそう言った。

「けど、一流の頭脳に一流の人格を求めるのは違う。事件は人格で解くわけじゃないからね。一流の頭脳が最高のパフォーマンスを発揮できるように努力するのが助手の仕事だよ」

「名探偵が人格者でないことは解りました。それでも、あんな最低の人はお断りです」

　イオもナイフとフォークを置いた。

「獅子丸が君にセクハラでもしたのかな？」

「いいえ。セクハラではなくパワーハラスメントです。あの人は自分がこの世で一番偉いと思ってるに違いありません」

「その通りだ。僕が普段あいつの傲岸不遜な態度を読者にとって好ましいようにどう書き換えているのか、想像してくれ」

　そう言いつつ、大河には獅子丸の態度が妙に引っかかった。新しい助手が気に入らないというのはまあ解るが、だったら率直にイオにそう言うはずだ。あいつは相手が若くて可愛い女性であっても、それを理由に手心を加えることはない。獅子丸の行動には何か別の意図があるのかもしれない。

「一応言っておくと君の観察には間違いもある。あいつはまさに天上天下唯我独尊、自分が誰よりも優れていることを疑ってない。だから他人にハラスメントを加えて自分の優位を確かめる必要なんてないんだ」

「でも……いきなり紅茶を買ってこいなんて、パワハラ以外のなんなんですか？」

「へえ、買い物というのは紅茶だったの？」

「そうですよ。そんなものいつでもどこでも買えるじゃないですか」

「銘柄は？」

「マリアージュフレールのアールグレイインペリアルです」

獅子丸の好きな茶葉だ。昨日大河の部屋で淹れていたのもそれだ。昨夜封を切ったばかりの銘柄を何故また買いに行かせた？

そう思った瞬間、大河の中である答えが出ていた。

「例の『踊る人魚』事件、たった今解決したかもしれない」

大河はそう言ってからすぐに後悔した。「かもしれない」より「した」のほうが格好良かった。

「いきなり何ですか……けど、本当ですか？」

慣れないハッタリでもイオにとって効果は充分だったようで、驚いた顔で大河を見ている。

「信じてないな……ところで僕との会話を録音していたのは獅子丸のアドバイスなんだろう？」

イオの表情が固まる。図星だったようだ。

「そうだな、どうせ奴は僕がこう見えてひどい女ったらしなんだ、とでも言ったんだろう」

大河が澄ました顔でそう指摘すると、イオは更に驚いた。

「……どうして解ったんですか？」

相手がこの道の素人と解れば、それらしく振る舞ってみせるまでだ。

「流石の僕もさっきの君が過剰反応であることは解るよ。どうせ獅子丸が余計なことを吹き込んだんだろうってね。ちなみに僕は別に女たらしじゃない」

「やっぱり獅子丸さんって最低の人じゃないですか」

「そこは否定しないけどね。でも、この録音である犯罪――勿論、僕のセクハラでなく――を証明できるとしたら？」

イオは半信半疑の様子で大河の顔とスマートフォンとを交互に見ていた。大河は食後のコーヒーを頼み、イオに自分の推理の説明を始めた。

「様々な雑音が溢れる人混みの中でも、自分に関係のあることは聞き分けられた、そんな経験はないかな？」

「カクテルパーティー効果ですね。それぐらいは知ってます」

イオはむっとした顔で反駁する。改めて観察すると、履歴書の写真よりずっと魅力的だった。女子アナになって無理して愛嬌を振りまくよりは、こうして素直に感情を発露させるほうがずっといいと大河は思う。

「逆に言えば、人間は自分に関係のない音声は雑音として処理するというわけだ。実際、僕たちはこのマドイに流れる店内アナウンスの全てに耳を傾けているわけではないだろう？」

「そうですね。無意識にでも全部聴いていたらおかしくなります」

「こういう店でのアナウンスは大抵、どこそこからおこしの、で始まる。何故か解るかな？」

「自分に関係があるかないか、全部聴かなくても済むようにですね？」

「その通りだ。例えば北海道からおこしの、という前置きがあった時点ですぐに自分には関係ないと解ってシャットアウトできるわけだ。ではそのアナウンスの後半にもし取引を示唆する暗号が秘められていたら？　常に流れているけど、誰も聞いてないんだ。最高の暗号じゃないか」

「ちょっと確認してみますね」

イオはそう言ってスマートフォンにイヤフォンを装着すると、早送りでランチ中のアナウンスを確認し始めた。

「……十分に一回、非関西圏の客へのアナウンスが流れています」

数分後、確認を終えたイオが声をあげた。

「それに……」

「全部、『踊る人魚』を連想させる単語が入っているんだろう？」

大河はレストランに入る前に聴いた店内アナウンスを思い出していた。

『高松市よりおこしのタカムラ様、お忘れ物がございます。四階踊り場、特設コーナー係の人間にお声がけ下さい』

「おど」り場、「にん」間……『踊る人魚』の存在を知っている人なら反応してしまうだろう。

「そうです。『××をドル紙幣で』という言い回しや『人形焼き』というストレートな商品、あるいは『オッド・ルディー』というブランド名まで……全部、反応できるようになってます」

購入希望者の取り込みと無関係な者の排除、これが獅子丸の言うところのフィルタリング機能なのだろう。

「京都マドイが組織ぐるみで『踊る人魚』を売りさばいているということですか？」

「それは少し疑問が残るな。アナウンスの原稿にいくつか暗号を紛れ込ませても、読み上げるほうは特におかしいとは思わないだろう。今日は少し他県の客が多いなぐらいで済ませるかもしれない。したがって、アナウンスを受けつける側は犯人グループと無関係であってもかまわない」

以前、関わった事件でマドイグループと薬物シンジケートの関連を調べたことがあるが、少なくともマドイの経営陣が組織的に犯罪と関わっている形跡はなかった。

「そもそもこれはマドイでなくてはならない必然性はないんだ。きっと犯人にしてみたらちょっとした実験なんだと思う。だって、これを応用すると街で流れるあらゆる音声に暗号を仕込むことができるじゃないか。繁華街の呼び込み、政治家の街頭演説、あるいは街頭デモ……なんならFMの番組でもいい。音が聞こえれば即座に売り場が開ける……以上が僕の推理だ」

「……凄いですね。なんというか、よくできているというか、できすぎているというか……」

「当たり前だよ。これは獅子丸が君のために用意したテストなんだから」

獅子丸にしたらメタルスライムを一匹差し出したようなものだろう。イオが独力で気がつけばよし、それが無理でも大河が気がつくと踏んだに違いない。

どいつもこいつも僕を当てにしすぎだ……。

「えっ、だったらそう最初から言ってくれればいいのに……」

イオはむくれていた。まあ、こんな扱いを受ければ当然か。一応獅子丸のフォローもしておこう。

「こういうサインをキャッチできないとあいつの助手は務まらないんだ。話さなくても察しあえる信頼関係を築かないと……あ、ちなみにこれが『踊る人魚』事件の正解かどうかは解らないよ。あくまでテスト問題なんだから」

「えっ？」

大筋では正しいだろう。しかしもしも異なる点があるのなら……それは自分のアイデアだ。脚本か応募作品で遠慮無く使ってやろう。

「だから、実際に解いて確かめてみようか」


どうしてこうなった？

小一時間後、大河とイオは暗い部屋で縛り上げられていた。

そうだ。あれから暗号の答え合わせをするためにイオを行かせて……彼女が帰ってこなかったから、自分でも暗号を解いて、アナウンスにあったあるファッションブランドの更衣室に入った……そこからぷっつりと記憶が途切れている。

室内の光源はテーブルの上に置かれたノートパソコンのバックライトのみ。すぐ傍には二人の携帯電話と財布が置かれているのが解る。

そして、テーブルの前の椅子には誰かが座っていた。

「気分はどうかな？」

男の声が聞こえた。サイズの大きいローブのようなものに身を包んでいるため、顔はおろか体型すらはっきりしない。声からかろうじて男らしいと解るだけだ。

「日本探偵公社のお二人がこんなところに何の用かな」

「こんなところって……連れてきたのはあなたでしょ？　テストにしては悪い冗談だわ」

「何を言っているか解らないが、まあいい……ところで天親大河、君は天親獅子丸の血縁者だな」

「お前は？」

「お初にお目にかかる。私の名前はパラキート」

パラキートは大河たちのほうに向き直るが、フードを深くかぶっているため顔は見えない。

「お前が『踊る人魚』を売りさばいている元締めか？」

「その通りだ。何事も引き際が肝心というが……今日明日にでも止めようと思っていた矢先に嗅ぎつけられるとは。人生とはままならないものだ」

だんだんと思い出してきた。

受け渡し場所としてマドイに入っているショップの更衣室を利用しているのだと当たりをつけたまでは良かったが、部屋が改造されている可能性を失念していた。更衣室に入ってドアを閉めた瞬間、何かガスのようなものが吹き出て……それで気を失ったのだ。

どう考えてもこれはテストとは違う、本番の雰囲気だ。どうやら大河たちの存在はとっくにパラキートに把握されていたらしい。

「僕たちをどうするつもりだ？」

「何、君たちを殺す気はない。死体の処理だってタダじゃないからね。しかし、最大限利用させて貰おうとは思っている」

「利用だと？」

「キングレオの首には懸賞金がかかっている。ここまで広げてきた『踊る人魚』の販売網は惜しいが、懸賞金でお釣りが来る」

「公社の探偵に手を出して、タダで済むと思ってるの？　それに父が黙ってないわよ」

イオが憎々しげに吐き捨てる。父親のコネに頼るのがらしいと言えばらしい。

「構わないさ。高飛びすれば済むだけの話……それにこれが私の本当の声だとでも？

さて、もう充分話したな」

「充分？　何が充分なんだ？」

「やれやれ、なんのためにこんな会話をしていると思っている？」

時間稼ぎか？　いや、大河たちはともかく、パラキートにそんなことをする意味はない。

次の瞬間、大河は自分の耳を疑った。

「『獅子丸、僕だ。京都マドイまで来てくれ。話がある』」

それは大河自身の声だった。イオも驚いている。

「驚いただろう？　私は他人の声を真似ることができる。キングレオも君の声なら信用して私の罠に落ちるだろう。おや？」

大河の携帯電話を操作しようとしていたパラキートが怪訝そうな声を出してパソコンを覗き込んでいる。

「……もう来てしまったか。まあ、キングレオさえ確保できればどうでもいい」

そう言ってパラキートは携帯電話を投げ捨て、パソコンを操作する。

「アナウンス原稿はメール一本で送ることができる……おや、早速アナウンスに気がついたようだ。流石はキングレオだ」

「おい、やめろ……」

「さあ、カウントダウンだ。キングレオが更衣室に入るぞ」

きっとボタン操作一つでガスが出てくるのだろう。何もできないまま獅子丸が罠にかかるのを待つしかない我が身を呪った。

だが次の瞬間、どこかで何かが盛大に壊れた音が聞こえた。ここまで伝わってきたことを考えると、そう遠くない場所らしい。

「鏡を蹴破られた……これはまずい！」

流石にパラキートもこの展開は予想していなかったようで、慌ててパソコンを抱えて部屋から出ていった。

それから一分もしない内に獅子丸が部屋に入って来た。全身黒ずくめ、まさしく黒獅子だ。

「デートにしては……窮屈そうだな」

優雅な足取りで大河たちのほうに歩み寄り、二人を見下ろしながらそんなことを言う。

「呑気なこと言ってないで早く解いてくれ。ああ、北上さんのほうから頼む」

獅子丸は苦笑しながらも素直にイオの縄を解く。

「まったく、とんだテストだ。お陰で酷い目にあった」

「確かにテストのつもりだったが……暗号を解析したら帰ってくるものとばかり思っていた。まさか二人だけで乗り込むとはな」

「それを先に言えよ！」

イオが何か言いたそうな顔をして大河を見ているが無視した。折角、イオの前で格好いい先輩を演じてきたのに最後で台無しじゃないか。

「ところで、なんでここが解った？」

「虫除けが役に立ったな」

　縄を解いた獅子丸は大河の身体を起こすと、大河のジャケットの内側に手を差し入れ、何やら見覚えのあるモノを取り出す。

「それはモスキート音の！」

　昨夜獅子丸に見せられたモスキート音発生装置だった。今日、大河がこのジャケットを着るのを見越して仕込んでいたようだ。朝からやけに若い女性に避けられると思ったら……。

「ずっと不快な音が聞こえると思ってたら……それが原因だったんですね」

　そう言ってイオはじろりと獅子丸に視線を向ける。大河を同じ被害者と見做してくれているようだ。

「ん？　今、ほっとしたな」

「人の心を読むのはやめろ！」

　まあ、色々と安堵したのは事実だ。勿論、獅子丸が助けてくれたという事実にも。

「ところでお前はどうしてここにいるんだ？　パラキートはまだ電話をかける前だったはずだが」

「手短で簡潔な説明と長く迂遠な説明、どちらがいい？」

「北上さんが解るほうで頼む」

「じゃあ、後者だな」

「どういう意味ですか！」

　イオが顔を紅潮させて睨んでいたが、獅子丸は構わず説明を始めた。

「三十分ほどまえ、オレはお前の携帯電話に連絡を入れた。電話に出たお前は得意げに暗号の仕組みが解ったとまくし立てていたな」

「待った。僕は電話に出てない……ああ、そうか。パラキートが僕の声で出たのか」

「その通り。その話を適当に聞き流し、オレは京都マドイへ行くと伝えた。オレは既に『踊る人魚』のメカニズムを解明している。向こうもそれを承知で罠を張ったつもりだったのだろうが……あまりにアナウンスのタイミングが良すぎた。そこでオレは何者かが監視カメラ越しにオレを見つけてアナウンスをさせたのだと読んだ。お前たちが姿を見せないのは既に犯人の手に落ちたから。そう結論付けたオレはわざと誘いに乗ってやることにした」

「なんて無茶をするんですか！」

「そんな大層な話でもない。狭い個室に誘い込むなら向こうの取る手段は限定される。何らかの手段で対象の抵抗力を奪う……まあ、催眠ガスが本命だな。また、お前たちが更衣室から更にどこかへ連れ去られたとするなら、客や他の従業員の目につかない方法で拉致された……すなわち隠し通路があるのだろうと思った。ならば不意を突いて隠し通路を暴いてしまえばいい。そうすればガスどころではなくなるからな。

　あとは簡単だ。お前から出ているモスキート音を頼りに、監禁されている部屋を探せば済む。どうせ、そう離れてはいるまいと思ったら案の定だ」

そう嘯く獅子丸はその黒衣もあいまってコウモリめいている。

「でもパラキートは逃げたぞ？」

「あいつ、そんな名前なのか」

いつもは犯人を目の前にすると興奮する獅子丸も、今日はどこか落ち着いている。

「やけに興味なさそうだな」

「お前は今まで倒してきたメタルスライムにいちいち名前をつけてきたか？」

流石、レベル99間際の名探偵様は言うことが違う。

「どの道、まだ逃亡はしてないはずだ。これだけの仕掛けを作れるということは、マドイの関係者だろう」

「あいつ、モスキート音が聞こえなかったみたいだな」

「だろうな。聞こえていたら、もっと入念に身体検査をして発見できていた」

「ということは僕と同じか、それ以上の年齢の男性か。しかし、当てはまる人間はこの店に沢山いそうだな……」

これからどうやってパラキートを追い詰めるか考え始めた大河の肩を、獅子丸が軽く叩いて笑う。

「奴は大きなミスを犯した。オレを早く呼びだそうと焦るあまり、お前の声を真似して電話に出てしまったんだ。お陰で手間が省けた」

「……そういうことか！」

その言葉で大河もようやく獅子丸の推理に追いついた。

「どういうことです？」

イオが困惑した様子で大河と獅子丸の顔を交互に眺める。獅子丸に説明する気がないことを察したので、大河が説明を引き継ぐ。

「あの時、パラキートは僕の声をコピーしたとわざわざ告げて、獅子丸に電話をしてみせようとした。しかし実際にはその前に獅子丸が到着してしまった……さて、既に矛盾があるね。つまり、パラキートが獅子丸の電話に出たのは僕と会話をする前ということになる。これは僕と会話してコピーしたという奴自身の言葉と矛盾する……それこそが大きなミスだった。いいかな、僕が京都マドイに来たのは今日が初めてだ。では一体誰が僕の声をコピーできると思う？」

「もしかして、私たちが食事したレストランの店員の中にパラキートがいたということですか？」

大河は肯く。イオの推理能力もなかなかのものだ。初級でも探偵学を学んでいるだけある。

「あのレストランの店員は若い女性ばかりだった。おそらく、その殆どはモスキート音を聴くことができただろう。しかし、そうじゃない人間が一人いる」

「ウェイターの男の人……」

そういえばあのウェイターは厭な顔をせずに僕を席まで案内してくれた。あれはモスキート音に気がつかなかっただけだったのだ……。

「カクテルパーティー効果だな。犯人の傍で得意げに『踊る人魚』の話なんかしているから狙われたんだ」

まるで見てきたようなことを言う。

「以上だ。さて、捕り物と行こうか」

獅子丸は部屋を出ていこうとする。大河にはすぐに彼がレストランに行くつもりなのだと解った。

「私も行きます」

大河が後を追おうとすると、イオも立ち上がった。全てを見届ける気なのだろう。意外とタフだ。

勿論、獅子丸は二人に気を遣うこともなく、早足で店内をどんどん進んでいく。大河もイオも獅子丸に追いつくために必死で歩いた。

「なあ、手短な説明のほうはなんなんだ？」

ようやくエスカレーターで追いついた大河は、後方のイオを気にしながらそう訊ねる。イオはもうエスカレーターに乗っていたが、幸いなことにお嬢様だけあってエスカレーターを歩いたりはしなかった。

「ああ、あれか。オレも新人に非論理的な推理過程を聴かせるのは少し気が引けるからな。さっきは回りくどく丁寧に説明したんだが」

「やけにもったいぶるな」

「いざ口にしようとすると馬鹿馬鹿しくて憚られるんだ……」

獅子丸はしばらく躊躇っていたが、エスカレーターが二人を六階に運ぶ頃にこう結んだ。

「まあ、いくら何でもお前の声ぐらいは解るということだ」


「やっぱりおかしいですよ、あの人」

イオはカウンターに空のジョッキを叩きつけながらそう吐き捨てるように言った。見た目に反して呑めるらしい。入店して一時間ちょっとでもう三杯目だ。

「大河さんはどうして怒らないんですか？」

「あいつと居るとこんな目に遭うのはしょっちゅうだよ。もう慣れたんだ。それに、なんとなく助けてくれるだろうってことも解ってた」

「それは長年の信頼関係ですか？」

「そう言ってしまえばおしまいだけど」

大河はスパークリングワインのグラスを脇によけて、イオに向き直った。

「ねえ、北上さん。そりゃ、一から十まで逐一伝え合えば誤解は減るし、仕事だって円滑になる。けど、それが気持ちの良い関係かどうかは怪しいと思うんだ」

「ですが、誤解だって生まれます。今日だってそれで危ない目に遭ったじゃないですか」

「それでもあいつなら助けに来てくれる。まあ、多少の誤解は生まれるけど、リカバリーが利かないほど深刻なことにはならないさ」

大河がそう言うとイオは黙り込んでしまった。

「何せ、名探偵ってのは対人戦のエキスパート――勿論、それが苦手な人もいるけど――こちらの些細な言動から向こうはあれこれ察してくれるんだ。こっちも必死に向こうのことを察してあげないと失礼に当たる。名探偵だって自分のことを解って欲しいんだよ」

「……私には獅子丸さんの助手はまだ早そうですね」

イオはジョッキを下ろすと、急にしおらしい態度でそう言った。昼間はただ張りつめ過ぎていただけだったのだろう。そこにいるのは社会人としての新しい一歩を踏み出した若い女性だった。

「もっと経験を積んで、改めて認めて貰おうと思います」

「僕もそれがいいと思う」

急に殊勝なことを言い始めたイオを見て、やはり悪い子じゃなかったんだなと思えた。やれやれ、獅子丸がイオを気に入ってくれれば話は早かったのだが。まあ、いい。後輩の成長を気長に待とう。

そんなことを思いながらグラスの残りを干していると、大河はイオから尊敬の眼差しを注がれていることに気がついた。若い女性からそんな眼で見られて悪い気はしない。お陰で大河は少し自信を取り戻した。

「二人で飲みに来ちゃいましたけど、彼女さんに怒られないですか？」

「うん？　獅子丸に彼女はいないはずだがな」

もっとも獅子丸が本気を出したら、大河に解るわけないのだが。

「いや、大河さんの話ですよ。獅子丸さんではなくて」

「え、僕？」

「そうですよー。もう、すぐ獅子丸さんの話になるんだから。助手の職業病ですか？」

そう言ってイオはけらけら笑うと、グラスに手を伸ばす。

「……君、酔ってる？」

イオはグラスから口を離すと、こくりと肯く。

「私、こうやって人とあんまり飲みに行ったことないんです。だから楽しくて」

「よしてくれよ」

そう言われると大河も照れる。

「獅子丸の助手になるということは、あいつの影になるようなものだ。誰も僕のことを見たりしない。いや、別にそれを拗（す）ねてなんかないよ。僕には影という立場が合ってるみたいだから」

「……あんな人、別にいなくてもいいですよーだ」

今ので確信した。間違いなくイオは距離を詰めにかかっている。

そう思った時、事態は既に深刻な段階に入ったことに大河は気がついた。

いつの間にか大河の頭の中に今夜のフローチャートが浮かんでいた。要はイオをこの後どうするかという話なのだが……なんとなく、失敗するほうが難しい流れの中にある。大河とて別に恋愛経験がないわけではない。女性の扱いが上手いかどうかはともかく、そう下手を打つこともないだろう。イオは魅力的な女性だ。彼女ではその気になれないということもない。

だが、日常生活に獅子丸の代わりにイオが入ってくるということは大河にとってかなりの冒険だった。獅子丸ならまだ付き合いが長い分、平気な面もあるが……きっと搦め捕られるようにして、大河の日常は終わるような予感がする。

一番無難なのはここらで切り上げて、イオを運賃と一緒にタクシーに叩き込み、元田中に帰ることだ。そのためには目の前で楽しそうにしているイオを上手く説得しないといけないのだが、大河には少し荷が重そうだ。

何より、もしもイオ自身に大河を仕留める気があるなら、逃亡は事実上不可能な気がする。大河にしてみれば迂闊に宝箱を開けてミミックに出くわした気分だ。

……獅子丸、助けてくれ！

「大河さん？」

イオに呼びかけられて、現実に戻る。一つのことを考え出すと周囲のことを忘れるのは大河の悪い癖だ。

「ああ、ゴメン」

だが、何故かイオは眉をひそめながら大河を見ていた。いつの間にかイオの眼差しから熱っぽさが消えている。大河は自分の顔に何かついているのだろうかと思ったが、すぐに原因に気がつく。

ポケットの中にある例の装置だ。切ったはずだったが、またスイッチが入ったようだ。時限式なのかもしれない。

「あれ、おかしいな。勝手にスイッチが入って……なんだ、どうやって切るんだこれ」

装置と格闘し始めた大河をイオは少し怪訝そうな表情で眺めながら、こんなことを訊いた。

「……あの大河さん、一つ気になってたことがあります」

まるで急に酔いが醒(さ)めたような口調だ。

「何かな?」

「その装置はいつ獅子丸さんに仕掛けられたんですか?」

「え、いつって……今日だよ」

「今日のお昼過ぎ、大河さんは出社してから獅子丸さんとは顔を合わせていないと言ってました。私も午前中はずっと獅子丸さんといたので、これは間違いないと思います。

では、残る機会は出社前ということになりますが」

いつの間にか話し方が論理的になっていた。教育の成果だろうか。

「……ああ、昨日は獅子丸がウチに泊まっていったんだ。起きたらもういなかったけど、きっと僕が寝ている内に仕掛けたんだろう」

何気なくそう答えると、イオは半眼で大河の顔を見つめていた。なんだろう、彼女の瞳から急に大事な輝きが去った気がする。

「私、用事を思い出したので、これで……あの私は、そういうことに偏見とかないですからね」

そそくさと帰り支度を始めたイオを見て、ようやく大河はイオの誤解に気がついた。

「誤解だ！ よくあることで、特別なことじゃ……」

「やっぱり、よくあるんですね」

だから、どうしてこうなった？

「なんだ、早かったな」

案の定、バスローブ姿の獅子丸が部屋で待ち構えていた。隕石が落ちた後のようなテーブルの惨状を見るに、食事はもう終えたようだ。いつもと違うのはその災禍(さいか)がキッチンまで浸食していることだ。今日は自炊したらしい。

「今日のラムの塊は手強い相手だった。どうにかヤツを焼き上げたが、オレも無事では済まなかった。脱衣籠の服は後でクリーニングに出しておいてくれ」

「頼むから料理は自分の家でやってくれよ！」

仕事では完全無欠な獅子丸もプライベートではどこか抜けている。どの道、こんなことをイオに任せられるはずはなかったのだ。

「さては振られたな。折角、気を利かせて二人きりにしてやったというのに。相変わらず女心を解さない奴だな」

「誰のせいだと思ってるんだ」

「だから虫除けだと言ったろう」

ソファから身体を起こすと、獅子丸は紅茶を淹れ始めた。

「可愛らしい後輩が入るのは構わんが、それが邪魔になるようではな。山風さんもロクなことをしない」

「……お前が女性に可愛いって言うの、珍しいな」

「そもそも公社にあんなタイプの社員が入ってくるほうが珍しいだろう。まあ、愛玩動物みたいなものだ。端から眺めている分には楽しいが、狩りには連れて行けない」

獅子丸はキッチンの無事なスペースにティーポットをそっと置く。まるで最初からそのために空けておいたようだ。

「お前の性格だと会社と執筆と恋愛の鼎立は無理だ。その中からどれか二つしか選べないとなると、お前は執筆の優先度を下げるだろう。執筆だけは構ってやらなくても文句を言わないからな」

「そりゃ、そうかもしれないが……」

「馬鹿だな。お前は山風さんの策にはめられるところだったんだ」

獅子丸に言われてようやく気がついた。てっきりイオの採用は獅子丸をコントロールする策だとばかり思っていた。逆だったのか……。

「コネで引き取った新人を使って、有能な社員を引き留める……あの人にしたら一石二鳥だからな」

理屈ではまったくもってその通りなのだが、せめて手段は選んで欲しかった。明日から出社するのが怖い。

「お前、彼女から告白されたら何となく了承するだろう?」

流石は従兄弟、よく解ってるじゃないか。

「……そうだな」

「安心しろ。別に解けない誤解じゃない。ただ、これで彼女と付き合うかどうかは自分の意志で選べるだろう?」

そんなことまで話したつもりはないのに、察してくれている。これではどちらが助手か解らない。

「そういえば今日の事件は『キングレオ』には使うなよ。スケールが小さすぎて不適当だ」

「じゃあ、あの暗号は？」

「好きに使え。そうだな、例の映画企画に上手く盛り込めば、いい啓蒙にはなるだろう。あの暗号は広く知られるようになったら使えなくなるシロモノだからな」

そうだ。映画で暗号を出しても一瞬しか映らないから観客の驚きが薄いのだ。ならば簡単なフレーズを繰り返し聴かせて、それが後で暗号だったと気づかせるほうが観客も暗号を楽しめるのでは？

悪くないプランだ。早速明日東京支社へ提案してみよう。

「お前、晴れ晴れとした顔してるぞ。現金な奴め」

事実、仕事の懸念が去ったら、急に自分の創作も書けそうな気がしてきた。何か礼をしなければと大河が思っていると、獅子丸がいきなり帰り支度を始めた。

「あれ、帰るのか？」

今日は一晩ゲームしてても文句を言わずにいようと思っていたのに。

「ああ、今日は自分のベッドで寝たい気分なんだ。紅茶はお前が飲んでくれ」

そして獅子丸は本当にそのまま帰ろうとする。

「待てよ、その格好で帰る気か？」

いくらなんでもバスローブ姿で帰るというのは……。

「大丈夫だ。風邪を引くような鍛え方はしていない」

「そっちの心配じゃない！」

だが、獅子丸は大河の忠告も聞かずに出ていってしまった。大河にしてみればありがたいのだが、なんだか拍子抜けだ。

ともあれ一件落着なのかな。

言いつけを守ろうとしているわけではないが、大河はティーセットを盆に載せ、執筆部屋に運ぶ。

結局のところ、作家になるという大河の夢を一番応援してくれているのは獅子丸だ。今日一日引っかき回されたが、結果的には大河の夢の後退を防いでくれた。

大河は紅茶をカップに注ぐ。アールグレイインペリアルには強い覚醒効果がある。これを飲んで頑張れと言いたいのだろう。

暗号なんかなくても、気持ちが伝わり合うというのはありがたい。そう思いながら、大河はパソコンの電源を入れた。

なんたらの紐

「……最近は面白い仕事がないな」

獅子丸はそうぼやくと、ソファに横になり携帯ゲーム機を開いた。黒い詰め襟を着ている獅子丸がそんな風にリラックスしてゲームに興じている様子は、帰宅したばかりの高校生に見えなくもない。ここが日本探偵公社京都本社ビルの最上階の一室でさえなければ……。

「そう、ゲームしている方がマシな事件ばっかりだ」

獅子丸がこんな真っ昼間からゲームをしていて許されるのもその才能ゆえだ。三月に入って獅子丸はもう事件を四件も解決してしまっていた。まだ三月の上旬であることを考えたら驚異的なペースである。

だが、そんな純度の高い才能を御する役目は並みの者には務まらない。だから公社の人間は才能を扱えるのもまた才能なのだということをよく知っている。

「……大河、起きてるか？」

返事がないことを訝った獅子丸が助手の名を呼ぶ。

「起きてるよ。メールの文面を考えてたんだ」

大河は集中を乱されても特に怒ることなく答えた。それが『ライオンの調教師』としての役目だからだ。ライオンとは勿論、獅子丸のことだ。

今、大河は獅子丸の黒檀のデスクを借り、自分のパソコンを持ち込んで仕事をしていた。大河のすぐ背後は一面ガラス張りで、四条烏丸界隈がよく見えた。

「お前が暇なのも平和な証拠じゃないか」

実は暇というのは正確な表現ではない。獅子丸に処理して欲しい事件は山ほどあるが、どれもつまらなそうという理由で獅子丸が選り好みし、その退屈をゲームで紛らわせているというわけだ。

「どうだかな。京都市内の事件の総件数はむしろ増加傾向にある。にもかかわらず同じような事件しか起きてないことが問題だと言ってるんだ。少しはオリジナリティを出せ」

手厳しい意見だが、方向を間違えている。

「それはある意味、仕方がないだろう。事前に勉強しようにも犯罪の成功例なんて一般人にはアクセスできないんだから」

「だったら失敗に学べばいいだろう。どの犯人も自分だけは特別と思ってるのが不愉快だ。人生がかかってるんだ。せめて就職活動ぐらいは気合いを入れて臨んで欲しいな」

そう言って獅子丸はまたゲーム機に視線を落とす。

「それに比べればまだ乱数が起こす奇跡のほうがマシだ。どれだけ願っても思い通りにならないのがいい」

大河はその言葉を聴いて、パソコンのモニタの裏側でほくそ笑む。

実のところ、獅子丸が退屈を持て余すのは大河にとってはそう悪いことではない。大河の負担が圧倒的に減るからだ。

ここしばらくは脚本室の仕事も落ち着き、今日のタスクはメディアミックスの監修ぐらいだ。全てそのままOKとはいかないが、ちょっとした修正依頼で済むようなものばかりだ。この分なら獅子丸の相手をしながらチェックしても定時には終わるだろう。

いつもこれぐらい心の余裕があれば家に帰ってからの執筆も捗るんだがな。

「飲み物買ってくるけど、いるか？」

「別にいい。それより後でマリフレを淹れてくれ」

「解った」

大河は心持ちスキップ気味に部屋を出る。今日は定時で帰ってゆっくりと次回作の構想を練るとしよう。

そんなことを考えながら大河が自販機でコーヒーを買おうとした時、携帯電話に着信が入った。秘書課の北上イオだ。

「北上さん、どうした？」

『大河さん、ごめんなさい。実は河原町先生に急ぎのQDを断られてしまって……どうすればいいのか解らないんです』

ああ、北上さんでは河原町先生のケアはまだ難しいだろうな。

大河は思わず苦笑してしまった。河原町義出臣（ぎでおみ）はこの道四十年の大ベテランで、獅子丸より序列の高い名探偵だ。簡単に扱える相手ではない。

「ＱＤね……」

昔から新しい手法の導入に慎重な警察機構も、ここ数年でビッグデータの有用性を認めて、警察内部に保存された膨大なデータの分析を始めたそうだ。

そんな警察が最初に手を付けたのは未解決事件の分析だった。分析の結果、迷宮入り事件の約七割は初動捜査のミスが原因だということが解った。そして初動捜査のミスの多くが、現場検証で見つかった不可解な点を無視して捜査を進めたことから起きていた。これはたたき上げ刑事の職人気質や「とりあえず身体を動かせ」という警察の体育会系文化が、小さなことで足踏みすることを許さなかったためだ。

しかし警察の失敗が厳しく追及されるようになった今日（こんにち）、そうした奇妙な点を無視して捜査を進めるのはデメリットが大きすぎる。そこで公社が警察に売り込んだのがクイックディテクティブ（ＱＤ）制度だ。現場検証で見つかった謎の内、警察では手に負えないものを探偵が解き、捜査の指針を与えるという画期的なシステムなのだ。

場合によっては探偵が現場に出向かずとも推理ができるわけで、公社としてはスケジュールの埋まりがちなトップ探偵の稼働率を上げられるというメリットがあった。一方で警察としても初動捜査のミスがなくせる上に探偵にペースをかき乱されることなく捜査ができるので、進んで利用する警察関係者も多い。

しかしQDを行う探偵には精度の高い推理力が求められるため、基本的に実績のあるトップ探偵にしか任せることができない。

イオが困っているのもつまりはそういうことだ。

『今、手の空いている方を探しているのですが……獅子丸さんにお願いできませんか?』

それでこっちを頼ってきたわけか。簡単に言ってくれるな。

とはいえ可愛い後輩の頼みだ。大河は引き受けることにした。

「なんとかしてみるよ。すぐに僕のアドレスに捜査のデータを送って。ただし獅子丸にはまだ送らないで欲しい」

よっぽど面白い事件だったら別だが、大河が義理に負けて承諾したと解れば獅子丸は断るだろう。身内をダシにされるのが大嫌いなのだ。

『解りました。よろしくお願いします』

イオはそう言って丁寧に電話を切った。出会った頃と比べたらほんの少しだけトゲが取れたような気がする。大河はそんなことを思いながらゆっくりと部屋に戻った。

大河が席に戻ってパソコンを確認するとイオからもう事件の概要が届いていた。まずはざっと目を通す。

東山五条在住の会計事務所顧問、寺門宗一（てらかどそういち）六十五歳がホテル『ソフィスティ京都』の三〇四号室で首を吊っているのが発見された。ただし、『ソフィスティ京都』は自宅から十メートルしか離れていない。まず警察はその点に戸惑ったそうだ。

おまけに事件当日だけでなく、この二週間ほど宗一は平日は必ず部屋を取っていたという。最初に取った部屋が二〇七、次が三〇七、以降はずっと三〇四という変遷はあったが、昼過ぎにチェックインして夕方にチェックアウトすることを繰り返していた。その日も午後一時前に部屋に入っていった。死亡推定時刻は午後三時から六時の間だから、その数時間で何かがあったのだろう。

確かに奇妙な話だ。そもそも、宗一が何をしたかったのかさっぱり解らない。

大河は更に資料を読み進める。一番気になったのは遺産目当ての殺人の可能性が示唆されているページだった。そこには宗一の死後、遺産を受け取ることになるのは二人だけだと書かれている。

まず息子で会計士の秀一（しゅういち）、二十四歳。秀一は交際している女性について宗一と揉めていたそうだ。そのため秀一は東山の実家を出て、今は八坂のほうで一人暮らしをしているらしい。

もう一人は妻の明衣子（めいこ）、二十二歳。明衣子は去年宗一と結婚したばかりの後妻で、まだ大学生だそうだ。もっともあまり真面目な学生ではなく、今年は卒業できないことが確定している。

二人ともまだ若いせいか、共に宗一の支配を疎（うと）ましがっていたらしい。しかし宗一は健康状態が極めて良好で九十歳までは生きると豪語していたという。

これは殺意が芽生えてもおかしくない。果たして宗一は自殺したのか、それとも殺されたのか？

この謎を獅子丸はどう解くのだろうか。

「なあ、獅子丸」

「なんだ。今、賞金首と戦っているところなんだがな」

実に呑気なものだ。現実には犯罪者たちから獅子丸の首に賞金がかけられているというのに。

「自宅のすぐ裏にホテルがあったとしたら泊まるか？」

獅子丸に仕事の話を振る時はいつも気を遣う。特に誰かから頼まれた仕事だと余計に下手をすれば誰かをデートに誘う時よりも大変だったりする。

「それは自宅やホテルにどういう価値を認めているかで答えが変わってくる。例えば自宅に眠る価値を見いだせなければ、近くのホテルに泊まって寝るだろう」

「寝ない自宅は物置だよ」

「例えばと言っただろう。だが翻ってホテルに寝る以外の価値を見いだしたのなら、やはり泊まるだろうな」

大河は獅子丸の眼をさりげなく観察する。おそらくこの話題に食いついている。あと一押しだ。

「だったら近くのホテルで首を吊るのも、そこに自殺の場所としての価値を見いだしたからかな？　六十代の男性なんだけど……」

「ふむ……そうだな」

獅子丸は身体を起こして、顎に手を当てて何かを考え始めた。

よし、あとは推理材料を与えていけばどうにかなる。

だが、獅子丸はそんな大河の予想を裏切った。

「首を吊っていたのは資産家で、発見されたのは低層階。違うか？」

「……僕、その話まだしてないよな？」

「おまけにかなり歳下の女を後妻にしてる」

こうもズバズバ当てられると、まるで獅子丸に心でも読まれているような気になる。

「お前、事件の資料を読んだのか？」

「当然、初耳だが、みなまで聞かなくてもそれぐらい解る」

まるで飽きてしまったかのような口調でそう言う獅子丸を見て、大河は失敗を確信した。

「どうせオレに仕事をさせたいんだろう。北上あたりに頼まれたんじゃないか？」

まさかそこまでバレているとは。

「まあいい。少し付き合ってやる。戦車を改造するのにも飽きたところだ」

大河はほっとしながら、すぐに獅子丸のアドレスに資料を転送する。すると、スマートフォンを眺めている獅子丸から思いがけない反応が返ってきた。

「なんだ、被害者は寺門さんだったか」

どうやら知り合いだったようだ。しかし普段、獅子丸についての会計的な手続きは大河か経理の人間が代行している。

「お前、会計事務所の人間とどこで接点があったんだ?」

「ウチのバリツ部のOBだ。四十期は離れているが、たまに七帝戦や同窓会で見かけることがあった」

「ああ、そっちの繋がりか」

獅子丸は大学時代、バリツ部に所属していた。大河も獅子丸から散々誘われたが、推理小説研究会に入るために全力で断ったのをよく憶えている。

「寺門さんの身長は一六五センチぐらいだったか。小柄な方ではあるが、鍛錬の甲斐もあって結構な強さだったらしい」

イギリスで広まったバリツは日本の古武術をルーツに持つ格闘術で、シャーロック・ホームズもその使い手だった。日本でも獅子丸がバリツを使っているというだけの理由で、ファンのOLや主婦がエクササイズのためにバリツ道場の門を叩いたりするらしい。

ただ獅子丸が大学のバリツ部で習ったのは七帝バリツという特殊な流派だ。普通のバリツに比べて投げや関節技が充実したこの流派は、旧七帝大で百年以上かけて編み出されたものだ。元々、喧嘩では負けなしの獅子丸が怪物じみた強さを得ることになったのも七帝バリツのお陰である。

「寺門氏の性格は？」

「親分肌で慕う人間も多かったが、やや男尊女卑の傾向があった。あれは生まれや世代的なものだろうな。あの性格が原因で配偶者や愛人から殺されたとしてもオレは驚かない」

部活の大先輩に対して何ともドライな見立てだ。

「実際、そんなに間違ってはいないと思うがな。この事件はおそらく他殺だ。自殺を装ってはいるがな」

「……獅子丸、悪いがその結論に至った経緯を説明してくれないか？」

そんな大河の願いに、獅子丸は不敵に笑って応じた。

「資料によればこの二週間の平日、最初に取った部屋が二〇七、次が三〇七、そして以降はずっと三〇四……このことからも寺門さんが良い部屋を探していたことが解る」

「良い部屋というのは？」

「眺めの良い部屋という意味だ。自宅で妻がしている浮気を調べるには丁度いいだろう？　オレはさわりを聴いただけで、ホテル代を大した出費とも思わないような資産家が、自ら若い妻の浮気を調べようとしている姿が浮かんだぞ」

大河は「そんなものが浮かぶのはお前ぐらいだよ」という言葉を吞み込んで、先を促す。

「そして自宅を張っていたということは浮気現場がそこだという確信があったんだろう。

ただ、双眼鏡では自宅にやってくる男の顔は解っても、浮気の現場までは確認できない。きっと自宅を調べたら寺門さんの仕掛けた盗聴器が出てきただろう」

「だけど獅子丸、遺留品から盗聴の道具は出てきてないぞ」

「そんなもの、他殺なら犯人が残しておくわけがないだろう。低層階に部屋を取ったのは監視と盗聴に都合がいいからだ。あまり離れると盗聴器の電波が届かないからな。どうせ、妻にはアリバイがあるだろうから、浮気相手のアリバイを調べてみろ」

「しかし、浮気相手なんてすぐに見つかるか？」

「妻の浮気現場は自宅だ。浮気相手の男が私服で出入りしていたら近所から怪しまれる。故に仕事着で訪問して怪しまれない相手だと見当がつけられる。ここまで絞り込んでおけば、警察でも難しくはないはずだ。警察にはまず妻とその浮気相手の周辺を洗えと伝えておけ。息子のほうは後回しでいい」

なんと冷静で的確なＱＤだろう。身内の欲目だが、やはり獅子丸ほどの名探偵はそうはいるまい。

「しかし、何故プロに頼まなかったんだろうな。一応、ウチも浮気調査の仕事も請け負ってるし、他所よりは信頼できると思うんだけど」

「寺門さんは公社にオレがいることは当然知ってたはずだ。万が一にも、自分が妻に浮気された話なんて後輩には知られたくなかったんだろう。男として、先輩としての見栄が彼の命を奪った……ままならんものだな」

獅子丸がそう言った直後、昼休憩の合図が鳴った。大河はイオと警察に連絡した後、獅子丸と共に食事に出ることにした。


近所でランチを終えた大河たちが公社のビルに帰ってくると、一人の若い女性が警備員に今まさしく止められようとしているところだった。

「あ、獅子丸さん……助けて下さい」

獅子丸の姿を認めた女性は地獄に仏という顔でそんなことを口にした。

獅子丸の追っかけは何十人か知っているが、彼女は初めて見る顔のような気がして、大河はよく観察した。

ボブカットでやや童顔、そして小柄な体型にはどこか日本人形めいたところがあったが、彼女自身には別に不気味な雰囲気もない。むしろ日本人形っぽさがチャームポイントになっているような気さえする。

だが、その服装はどこか寒々しかった。白ブラウスにベージュのスカートで、サンダル履きの足にはストッキングすらない。おまけに手ぶらで携帯電話すら持っていなそうだ。

獅子丸は彼女の姿をしばらく眺めた後、満足そうな表情でこんな風に声をかけた。

「ウチの警備員が何か無体をしたなら謝るが？」

「……助けて欲しいんです。でないと私、殺されてしまいます！」

助けてあげたいのはやまやまだが、困ったことにこれは割とよくあるシチュエーションなのである。

「お金ならあるんです」

そう必死に訴える彼女に大河は申し訳なさを漂わせながらこう口にした。

「あの、ご依頼でしたらまず受付を通していただけますか？」

探偵とただ交流したいがための依頼を防ぐため、日本探偵公社では建前上は顧客による指名を受け付けないことになっている。

「大河、それは交通機関に頼らず辿り着いた人間に向かって言うことじゃないぞ。たとえそれが近所とは言えな」

どういうことだ？

「私を知ってるんですか？」

「まさか。ただ、単なる熱心なファンならもっと身なりを整えてから現れる」

獅子丸がそう言うと彼女は恥ずかしそうに俯いた。

「だからオレにはあなたが誰かから逃げてきた人間に見える。例えば、洗濯物でも取り込みに行く体で外へ出て、そのままこのビルにやってきた……手ぶらなのも、寒々しい格好なのも、要はそういうことだ。だが幸いにして、公社ビルは歩けるほど近所だった。だからバスやタクシーを使わずとも辿り着くことができた」

「……根拠はどうあれその通りです。私は、私を監視する義理の父から逃げてきたんです。このままだと私は義父に殺されます」

「詳しい話は向こうで訊こう」

大河たちはその女性を伴って一階奥の個室へ移動した。そして女性を奥の席に座らせると、大河は向かい側に獅子丸と並んで腰を降ろした。

大河は質問を獅子丸に任せ、事情の整理に努めることにした。

「自己紹介が遅くなりました。私は手塚雪華といいます」

そう言って雪華は頭を下げる。

「それで義父というのは？」

「もしかすると公社の方ならご存じかもしれませんが、谺光望という名前です」

谺？　もしかしてそれは……。

「それは谺国天の？」

獅子丸の問いに雪華が肯く。

「はい。その末裔だそうです」

谺国天とは日本に探偵制度を導入した岩倉具視の懐刀と呼ばれた男だ。権謀術数に優れ、明治政府に入った岩倉具視をよく助けたと聞く。公社の前身である偵務庁の設立にあたって、探偵として見込みのある者たちをスカウトしたのも国天だ。獅子丸や大河の先祖もそうしてスカウトされた。

ただその末路は暗く、何者かの謀殺によって人生の幕を閉じている。一説には暗躍が過ぎて薩長閥の人間から恨みを買ったせいだとも。

「しかし、そんな谺家の者が何故身内のあなたを殺そうとする？」

獅子丸にそう訊ねられて、雪華は光望の半生を語り始めた。

光望は高校時代に先祖である国天の存在を知り、谺家の血筋を誇りにして育ったという。その思いはいつしか日本探偵公社、ひいては探偵への憧れに繋がり、探偵を志すようになった。大学進学と同時に上京し、いつ探偵になっても良いようにバリツの道場にも通った。

しかし探偵は狭き門で、光望は何度も試験に落ちた。それでもバリツの道場にだけは通い続け、探偵になる日に備えた。お陰でいつしかバリツの黒帯になり、更に師範代として教える立場にまでなった。

二十八歳の時、そんな光望に転機が訪れた。たまたま旅行先の山荘で殺人事件に遭遇したのだ。おまけに悪天候で外部からの助けはしばらく来ない状況だった。光望はこの事件を解決することが探偵への道と信じ、張り切って探偵の真似事をした。その結果、現場を荒らしてしまい、後からやってきた警察の捜査を大幅に妨害することになった。

「事件は解決したものの、そのせいで義父は要注意人物とされ、探偵の試験では門前払いを受けるようになりました」

「ブラックベルト（黒帯）からブラックリスト入りというわけか。まあ、当然の処置だな。成果のために何をするか解らない人間を探偵にするわけにはいかない」

「探偵への道を閉ざされて、塞ぎ込んでいる時期に出会ったのが母です。母は手塚久里須という名ですが……ご存じですか？」

大河は肯く。かつて『極東のクリスティー』と呼ばれて一世を風靡した女流ミステリ作家だ。しかし、まさかあれが本名とは思わなかった。

「母は既に作家としてデビューしていたものの、夫には先立たれた上に、三歳になる娘たち――私と私の双子の姉である月華のことです――を抱え、精神的にかなり参っていたそうです。

心に傷を負った者同士、惹かれ合ったのでしょう。やがて二人は結ばれました。義父は結婚を機に生まれ故郷の京都に妻と子を連れて戻り、谺家の屋敷に住むようになりました。その直後に母の小説が売れ出して、幸か不幸か義父は働く必要がなくなったのです」

手塚久里須の著作の売れ行きなら当然だろう。大河がもし今後デビューしたとしても、とうてい手塚久里須の売り上げには追いつけないだろう。それほどの売れっ子だった。

「もっとも夫婦の財布は別で、母は家計に必要な分だけお金を入れ、後は貯蓄に回してました。働かなくてもよい義父はひたすら肉体の改造に努めました。あれは多分、探偵という頭脳労働者が嫌いになった反動だったんだと思います。母は母でそんな父を最後まで容認してました」

「そういえば手塚先生は五年前に……」

「ええ、亡くなりました」

確か死因は持病による心不全とだけ報じられたはずだ。

「厳密には睡眠時無呼吸症候群による窒息死でした」

睡眠時無呼吸症候群。文字通り、睡眠時に前触れもなく呼吸が止まってしまう病気だ。症状が軽ければ呼吸の停止はほんの数秒で済むが、重いと命にかかわることもある。

「どうも遺伝的なものらしくて、私も姉も悩まされてます。いや、姉については悩まされてましたと言ったほうが正確ですね」

「治ったんですか？」

「いえ。一週間前に姉も亡くなりました。ただ、その状況がどう考えてもおかしいのです。まるで誰かに襲われたかのように」

大河はここまでの雪華の話から、ある有名な短編ミステリを連想していた。

おそらく獅子丸も同じことを考えているはずだが……。

「その日、姉は風邪を引いていて、部屋で安静にしていました。私も看病をしていたのですが、夜にお見合いがあって、義父と一緒に出かけなければなりませんでした。義父が勝手に持って来た話で、本当は気が進まなかったのですが……今思うと、行くべきではありませんでした」

「見合いの席が終わったのは？」

「午後九時過ぎでした。それから携帯電話をチェックしたところ、姉からの留守番メッセージがあることに気がつきました。再生すると即座に姉の苦しそうな声が流れてきました。どうやら助けを求めているらしいということだけはすぐに解りました」

「つまり、不明瞭な言葉だったと」

「はい。完全には聴き取れなかったのですが最後のほうは……なんたらの紐、と言っているような気がしました」

「なんたらの紐！」

大河と獅子丸はほぼ同時にそう叫んで、互いに顔を見合わせていた。大河はともかく獅子丸がこんな風に叫ぶのはとても珍しい。つまり、それほどの事態だということだ。

そんな二人を雪華は怪訝そうに眺めていた。

「あ、あの……何か？」

「いや、失礼」

獅子丸が軽く咳払いをして先を促した。

「私と義父はすぐに帰宅し、部屋でうつぶせに倒れている姉を発見しました。急いで救急車を呼び、病院に搬送しましたが、その時点でもう息はなく手遅れでした。外へ出ようとしたのか、ドアのほうに手を伸ばした時に力尽きたようです」

「現場に何か不審な点は？」

「不審な点というか、部屋そのものが不審なんです。実はその夜、姉が使っていたのは亡くなった母の部屋でした。姉自身の部屋は数日前から工事で使えなくなっていたのです」

工事？

「義父が業者に耐震工事を頼んだんです。それも私たちの外出中にいきなり……帰宅した時にはもう姉の部屋はひどい有様で。家具を全て廊下に出された上に、部屋の中には工具や建築材が転がされていて、とても寝起きができる状態ではありませんでした。一応、母の部屋が空いていたのでどうにかなりましたが、他人に私物を触られた姉はひどく傷ついていました」

「あなたの眼から見て、その工事に必然性はありましたか？」

「確かに古い建物ですから耐震工事の必要はあるかもしれませんが、私たちに相談せずにあんなことをするなんて……まるで姉を母の部屋に寝かせる口実が欲しかったようにしか見えませんでした。母が息を引き取った不吉なあの部屋に……あそこに何か仕掛けがあったに違いありません」

「雪華さん、ちょっといいですか？」

大河は獅子丸に目配せをしてから話に割り込んだ。ここでどうしてもはっきりさせておきたいことがあったからだ。

「はい？」

「話の腰を折ってしまうかもしれませんが、光望氏には月華さんを殺害する動機があったんですか？」

「はい。亡くなった母は残された家族のことをよく考え、遺言状を残していました。遺言を要約すると、まず自分の貯蓄を義父と私たち姉妹に三等分にして分け与えた上で、印税収入については私たちと住んでいる間は義父に全額与え、私たちが独立したあかつきには三等分するという内容でした」

なるほど。光望に娘たちの後見人としての役目を果たさせるためのインセンティブを組み込んでいる。この条件なら光望も義理の娘たちを捨てようとは思わないだろう。

「なかなかシビアな条件だ。これが血の繋がった実の父親ならもっと話が簡単だったろうに」

「おい、獅子丸。失礼だぞ」

大河がそうたしなめると、雪華は「いいんです」と獅子丸をかばった。

「この配分は義父の自立を促すためだったんだと思います。例えばバリツの道場を開くとか……それで自立に失敗しても、細々と生きていける額を残したんじゃないかって。しかし現実はそんなに甘くなく、義父は母が亡くなってから派手に遊ぶようになりました」

さもありなんだ。きっかけは配偶者を失った傷心のせいか、それとも抑圧するものがなくなったせいか……いずれにせよ、ロクでもない男であるのは確かである。

「おそらく義父が母から相続した財産はもう殆ど残っていないはずです。今もそれなりに羽振りはいいですが、それはただ印税の全額を湯水のように使っているだけのことで……それも終わりが見えていました」

それはそうだろう。何せ手塚久里須の印税は雪華たちが独立したら三等分することになるのだから。

「私は今、大学の四回生です。今月の卒業式が終わったら、家を出るつもりでした。姉も同じだったんです。一緒に新生活を送ろうねって言ってたんですよ……」

姉の無念を意識したせいか、雪華は涙声になってそう語りながら目頭を押さえる。

「あなた方姉妹を生かしておけば、じきに生活水準を大幅に下げなければならないのは目に見えている。なるほど、確かに光望氏には充分な動機がある。大河、お前はどう思う？」

獅子丸は真面目な表情で大河に水を向ける。

「僕も光望氏はクロだと思うが……しかし光望氏にはお見合い中、雪華さんと一緒にいたというアリバイがある。それに雪華さん、あなたは月華さんの死に疑義を挟まなかったのですか？」

月華が亡くなったのが先週ならもう葬儀も済んでしまっただろう。せめて遺体が残っていれば、他殺の決定的な証拠を見つけることができたろうに。

「いいえ、実は姉の身体を解剖して貰いました。死因におかしな点があれば、堂々と日本探偵公社に持ち込めると思ったので」

それを聴いて大河は内心舌を巻いた。どうやら子供めいた見かけよりずっとしっかりした女性のようだ。

「光望氏から妨害はなかったんですか？」

「はい、姉からの留守番メッセージのお陰でなんとかなりました。曖昧な証拠ではありましたが、警察のほうでも事件性があるかもしれないと思ったようです」

事件性なしと見做されていた場合、解剖には光望の了承が必要だったはずだ。不幸中の幸いとしか言いようがない。

「ところが姉の身体をいくら調べても、不審死の痕跡は見つかりませんでした。義父とは関係のない、ちゃんとした先生にお願いしたんですが……最終的には窒息死ということで落ち着きました」

経緯はどうあれ、専門家が月華の死に不審な点がないという判断を下したせいで、雪華は光望に対して強く出られなくなったということか。

「それに、この件で騒ぎ過ぎたこともあって、近所では私が姉の死のせいでノイローゼになったと思われているようです。今では誰も私をまともな眼で見てくれません。

そして、つい先ほどです。私が近所に買い物へ出るのを待っていたかのように、留守中にまた業者の人たちがやってきて、姉の時と同じように私の私物を運び出したんです」

雪華は若い女性だ。見ず知らずの他人に部屋に入られるだけで苦痛だろう。ましてや私物を勝手に触られるなんて。

「帰宅して慌てて止めましたが無駄で……その流れが姉の時と全く同じでした。今度は私が死ぬ番だと思ったら堪らなくなりました。だから、義父が業者の人と話をしている隙をついて逃げてきたんです」

実に酷い話だ。

大河が雪華に慰めの言葉をかけようとしたその時、外が騒がしいことに気がついた。明らかに揉めているような雰囲気だ。

獅子丸がすっと席を立つ。そして向かいの雪華に声をかけた。

「あなたはここで待っていたほうがいい。大河、行くぞ」

大河は獅子丸の後に続いて、ロビーへ出る。すると、はっきりと野太い男の大声が聴こえた。

「雪華を出せ。ここに逃げたのは解ってるんだ！」

それは羆のような男だった。一目見て大河よりも遥かに大きいと解る。背の高さだけではなく、肉の厚みについても大河はその男に完敗している。大河の体格が貧相なわけでなく、男の身体が立派すぎるのだ。これほどの身体を持つ人間は市井にはそうそう居るまい。現に警備員が二人がかりで男を外に出そうとしているが、男の身体は巌の如く動かなかった。

「谺光望氏とお見受けするが？」

「いかにも、私は谺光望だ。そっちは？」

「オレは天親獅子丸、名探偵だ」

獅子丸が自分で名探偵と名乗るのは珍しい。自分が名探偵であることは自明の理だと思っているからだ。おそらく光望が探偵という職業に屈折した思いを抱いているのを解った上で言っているのだろう。

「お前があのキングレオか。小さいな」

光望はそう言うと獅子丸を鼻で笑った。だが、獅子丸は挑発に応じることなく、冷ややかにこう言い放った。

「大男、総身に知恵が回りかねってな。一体どうやったら探偵になり損なうのか、オレには理解できん」

獅子丸の言葉に光望は一瞬、鬼瓦のような顔になったが、すぐに怒りを引っ込めた。

「私はただ逃げ出した娘を保護しに来ただけだ。娘はどうもノイローゼらしくてな。すぐに家で安静にさせてやりたい。娘を引き渡してくれたら大人しく帰ってやる」

「それを決めるのはオレだ。お前じゃない」

「探偵風情に私が止められるとでも？」

いつしか獅子丸と光望は一触即発の空気になっていた。ロビーにいた人間のほとんどが、二人を遠巻きに見守っている。

「狼藉者のロイロット博士にはお引き取り願おうか」

「……言いたいことがあるなら解るように言え！」

光望はそう吼えると、獅子丸の襟を摑んだ。

「放して欲しかったら『お願いします』と乞うんだ……」

最後まで言い終える前に獅子丸の腕が奔り、腕と胸で光望の腕を挟み込むようにロックする。これから何が起こるのか、大河には解った気がした。

「七帝バリツと仕合うのに、襟を取るとは迂闊だな」

光望がどれだけ力をこめても腕が動かないと理解した時にはもう手遅れだった。獅子丸が落ちたハンカチでも拾うかのように屈むと、関節を捻られた光望は何かに巻き取られるように体勢を崩していった。

七帝バリツの妙技、片釣瓶である。己の襟を摑んだ腕をロックすることで相手の関節をコントロールしてしまう技だ。

光望は右腕を下方向に極められたせいで顔から地面に激突し、顎を惨めに打ちつけた。

「お、折れる……」

顎を擦りながら、光望は苦悶の表情を浮かべる。関節が軋む音が聞こえてくるようだ。

「憶えておけ。オレを見下ろしていい奴はあまり多くない」

そう言うと、獅子丸は技を解いた。きっと本当に折れる手前ぐらいで止めてやったのだろう。

そして獅子丸は近くで見守っていた警備員たちに声をかける。

「依頼人のお父上は少々感情的になられているようだ。医務室で精密検査をして差し上げろ」

　役に立たなかった後ろめたさのせいか、警備員たちは獅子丸の言葉に肯くと慌てて光望を医務室へ連行していった。光望もバリツ使いとしての格の違いを理解したのか、獅子丸に噛み付くことなく大人しく連れて行かれた。

「少し心配したが、流石は七帝バリツだな」

「何、その気なら蹴り一つで終わってた。敢えて片釣瓶を使って医務室へ送ったんだ。今の内に調べておきたいこともあるしな。ところで気がついたか。ここまでの流れ、面白いほどに正典をなぞってる」

　やはり獅子丸も同じ思いだったようだ。

「獅子丸、この事件って……」

「ほぼ『まだらの紐』だな」

『まだらの紐』はシャーロック・ホームズの正典の中の一編だ。

　ヘレン・ストウナーは母の死後、姉のジュリア・ストウナーとともに母の再婚相手である義父グリムズビー・ロイロット博士と暮らしていた。ヘレンたちは凶暴なロイロットに振り回され、心身ともに疲れ果てていた。

　ある日、ジュリアの結婚が決まる。結婚して家を出れば、今ロイロットが管理している母の遺産の一部を受け取る権利を得る決まりになっていた。

　しかし、ジュリアは結婚する前に突然謎の死を遂げる。普段の行状からロイロット博士の犯行が疑われたが、ジュリアが発見されたのは密室、おまけにいかなる毒物も彼女の身体からは検出されなかった。手がかりは死の直前、金切り声で叫んだ「まだらの紐」という言葉だけ……。

やがてヘレンにも結婚相手が見つかった。しかし結婚の数日前、ロイロットによってヘレンはジュリアの亡くなった部屋に寝泊まりさせられる羽目になる。ヘレンは自分の置かれている状況が死んだ姉のそれと酷似していることに気づき、ホームズたちに助けを求める……という話だ。

話の肝は密室状態でヘレンの姉の命を奪った「まだらの紐」がなんだったのかという点に尽きるが、『まだらの紐』という日本語タイトルのせいでその趣向はかなり損なわれているのが悩ましいところだ。

そんな蛇足はさておき、今回の状況はあまりに『まだらの紐』と酷似している。なんせロイロットがヘレンを連れ戻すためにホームズの部屋に殴り込んでくるのだから……。

「それにしても驚いたな。まさか月華さんが『なんたらの紐』って言い残すなんて」

「しかし、解せない点もある。あいつ、ロイロットの名前に反応しなかったな」

確かに光望はロイロット呼ばわりされてもピンと来ていない様子だった。

「僕もそれは気になってた。知らない振りをしてるだけかもしれないが」

「仮にも探偵を目指した者だ。知っていてもおかしくはないが……いずれにしろ面白いぞ。知らないのなら凄い偶然だし、知ってるのなら『まだらの紐』に挑んでいるということになる」

獅子丸は自分の拳同士を打ちつけながら、獲物を見つけたライオンのように笑ってこう言った。

「久々に歯応えのある仕事になるといいな」


四条烏丸周辺は意外とモダンな建物が多い。その殆どは明治時代に建てられたもので、テナントとして一般企業に貸し出されているものも少なくない。築百年ぐらいでは文化財とは見做されない京都ならではのことだろう。

大河たちはとりあえず例の部屋を調べようと、雪華を伴って冴家を訪ねることにした。歩けるほどの距離だが、軽装の雪華を気遣って社用車での移動と相成った。

「近すぎて気に留めていなかったが、案外この手の建物は多いんだな」

外を眺めながら獅子丸がそう呟いた。

「勝ったかな。この辺のモダン建築については僕のほうが詳しいみたいだ」

「……ああ、そういえば昔デートに使ってたな。誰だったたか、あのしょうもない女」

「何故それを知っている？」

大河が追及しようと思った瞬間、社用車は停止した。本当にすぐ近所だったようだ。

大河は渋い顔で車を降りる。

笏邸は烏丸五条の交差点の南西部にひっそりと建っていた。この辺のモダン建築にしては珍しい木造の洋館だが、しかるべき筋に任せればカフェやレストランとして客を呼べそうな雰囲気がある。

「まさに館って感じだな」

大河が素直な感想を口にすると獅子丸も黙って肯く。

笏邸は一階部分がリビング、キッチン、応接間などの共用スペース、二階部分が家族の寝室となっているらしい。そして問題の部屋は二階にあった。

「こちらです」

雪華に案内されて玄関脇の階段を上がると、二階には四つの扉が並んでいた。扉があるのは片側だけで、そして奥のほうの部屋の前の廊下にはベッドなどの家具が並べられていた。

「一番手前が父の部屋です」

雪華が大河たちに向き直って説明してくれた。

「その隣が姉の亡くなった部屋です。元々は母の部屋で、少し前まで物置のようになってました」

「ということは奥の二部屋はあなた方姉妹の？」

「はい。一番奥が姉の部屋で、その手前が私の部屋でしたが……」

視線の先には乱雑に運び出された家具や工事に使うと思しき脚立などがあった。

「この乱雑さ、元の部屋に寝泊まりさせたくなかったとしか思えんな。ところで、工事は一週間前とおっしゃいましたね」

「はい。姉の部屋を目茶苦茶にした後、廊下のスプリンクラーの改修もやっていました」

そう言って、雪華は廊下の天井に埋め込まれている真新しい機械を指差した。

「旧型のスプリンクラーでは家を傷めるから、家の資産価値を下げるようなものを置いてはおけないと」

「ということは、光望氏は家を売るか貸すかするつもりだったんですか？」

大河の質問に雪華は首を横に振った。

「解りません。ただいきなり家の改修をするとだけ言われて……私たちも戸惑いました。騒音もありますし、業者の人たちに出入りされると落ち着かないので、せめて私たちが出て行ってからにして欲しいと義父に言ったところ、『四月から収入の減る自分の身にもなってみろ。それにこの屋敷は冴家のものなんだからどうしようが私の勝手だ』と反論されました。確かにそれは正論ではあったので、私たちも渋々我慢して、姉は母の部屋に移ったのです」

義理の娘たちの良心につけ込んだわけか。卑劣な。

「獅子丸、例の部屋を調べよう。犯人に好き勝手やらせるわけにはいかない」

大河は手前から二番目の部屋に入ろうとドアノブを回した。

「なんだ？」

　中は畳の敷かれた和室だった。部屋の奥のほう、ベランダのすぐ手前にはちゃぶ台と座布団が置いてある。押し入れなどの収納スペースがないことを除けば、旅館の和室に近い雰囲気がある。ただドアが洋風なので、どうにも違和感がある。

「本来の用途は母の執筆部屋だったんです。母は和室で執筆したほうが落ち着くということでこんな内装に」

「ぱっと見たところ『穴』はないな」

『まだらの紐』では凶器の侵入経路となる穴があった。今回が本家と同じようなトリックを使っているかはともかく、まずは穴の有無を確認しなければならない。

「……畳の下を確認させて貰っても？」

　大河は不謹慎にもワクワクしている自分を発見した。気分は宝探しだ。

「どうぞ……と言ってもそれは畳風のマットなので、下は普通の床ですよ」

　そう言って雪華は部屋の角のマットを軽く捲る。確かに下は木製の床だった。

「畳を全部剝がす手間が省けたな」

　獅子丸が同情するように肩を叩く。しかし、一方で穴を先に見つけるのは自分だと言いたげな顔をしていた。獅子丸もまた宝探し気分なのだろう。

「おい、大河。曼荼羅だ」

　獅子丸の言葉に振り向いてみればベランダの傍、光望の部屋があるほうの壁に曼荼羅がかかっていた。

「これは？」

「母の趣味です。もっとも美術的には大した価値はないそうですけど」

「獅子丸、もしかして……」

「ああ、『曼荼羅の紐』かもしれないな」

獅子丸は「失礼」と断りを入れて、曼荼羅を外す。しかし、曼荼羅の裏側には何もなかった。染みすらない。

「珍しいな。獅子丸が外すなんて」

大河がそう言うと獅子丸が心外そうな表情で反論した。

「そうだったら厭だという可能性を潰しただけだ。『曼荼羅の紐』なんて真相、面白くないだろう」

「……とりあえず手当たり次第調べようか」

それから二十分弱、皆で手分けして部屋を調べたがそれらしい穴は見当たらなかった。

「無いな、穴。無駄骨だ」

「無駄じゃない。とりあえずこの部屋が密室らしいということは解ったからな」

獅子丸はそんな負け惜しみのようなことを口にしながらドアのほうを見ていた。その様子から大河はあることに気がついた。

「なあ、獅子丸。もしこの件が殺しだったとして、どうして月華さんの部屋ではいけなかったんだろうな」

「当然、調べるべきだ。行くぞ」

そんな獅子丸の一声で、大河たちは月華の部屋へ移動する。入り口前のベッドなどが邪魔だったが、一方で中は家具が運び去られていて寒々しく、お陰で捜査が捗った。

「つくりはさっきの部屋と全く同じだな」

「工事は途中みたいだけど、穴がないな」

一部壁紙が剝がれてむきだしになってはいるものの、少なくとも凶器を送り込めるような大きさの穴は存在しない。

『まだらの紐』なのに穴がないなんて……どういうことだ?

大河が尚も月華の部屋を調べようとすると、携帯電話に着信が入った。着信元は東山署、どうやら寺門宗一の事件の捜査が進展したらしい。

大河は電話に出て、先方の報告を受けた。

「結果が出たか。どうだった、大河?」

「お前の言う通りだった。寺門家のトリプルタップから盗聴器が出た上に、妻の明衣子には愛人がいた。平原兵助(ひらはらへいすけ)、二十八歳。主に高級家電を各家庭に売り歩くセールスマンだ。セールスの腕はからきしで売り上げ成績は最下位らしい。給料は売り上げに応じた歩合制だから、いつも金欠だったそうだ。しかし明衣子は何故かこの平原を気に入り、大学でもよく連れ回していた」

「ああ、手を汚したとしたらそいつだ」

「ところが、平原にはアリバイが成立したって。基本は外回りなのに、寺門氏が死んだ日には終日事務所で宣伝素材を作っていた」

「小賢しいことを。今はアリバイ崩しをしたい気分じゃないんだが……」

いい身分だ。普通の社会人だったら「気分で仕事をするな」と叱責を受けるというのに。

そう大河が思っていると、雪華が遠慮がちにこんなことを訊ねてきた。

「あの、寺門さんって、会計事務所をやってる方ですか？」

「もしかして面識が？」

「直接はあまりご縁がないのですが、義父がお世話になっていたみたいです。それに奥さんの明衣子さんとは少し……大学が同じなもので」

そういえば雪華も明衣子も二十二歳か。

「どの程度親しいんですか？」

「私よりも姉が。姉と明衣子さんはゼミが同じだったものですから。もっとも、あまり仲が良いわけではなかったようです」

まあ、四十以上離れた男と結婚したり、堂々と愛人と遊ぶような女性とそりが合う人間のほうが少なかろうが。

そう思っていると大河の携帯電話に再度東山署から着信が入った。至急、捜査方針が間違ってないかどうか確かめたいとのことだった。

大河は携帯電話を耳から離して、獅子丸に声をかける。

「獅子丸、アリバイのあった平原でなく、アリバイの無かった息子の秀一に張り付いてもいいかって東山署から……」

大河がそう言いかけた時、獅子丸のスマートフォンにも着信が入った。獅子丸は大河に「今夜中に解決してやるから余計なことをするなと伝えろ」とだけ言うと、電話を取ってしまった。大河は仕方なく獅子丸の言葉をマイルドな方向に変換して東山署の人間に伝える。電話を切って顔を向けると、獅子丸の通話も終わるところだった。

「……ああ、解った。あと数分したら解放してやれ」

獅子丸は通話を終えるとかぶりを振ってみせた。

「生憎、一度タイムアップだ。光望の治療が済んだらしい。結局、医務室でも荒れていたらしいな。どうせなら折ってしまえば良かったのにって担当医から愚痴を聞かされた」

「医者とは思えない発言だな」

「折らなかったのは敢えてだ。決行日を延ばされても面倒だからな」

確かに獅子丸なら片釣瓶からよりえげつない技へ移行することもできただろう。

「しかし光望の部屋の捜査がまだ終わってないんだが……」

「見られたくないものでもあるのかもしれんが、まあいい。もうだいたい解ったからな」

「解ったって……事件のことか？」

獅子丸は肯く。

「決行は今夜だ」

「どうして断言できる?」

「この事件にタイトルをつけるとしたら『なんたらの紐』、あるいは『まだらの紐・改(あらため)』だからだ。本家の欠点を改良したのは見事だが、それ故に連中には犯行を急ぐ理由があるんだ」

連中ということは複数犯なのか? しかし光望はどんな人間を協力者にしたのだろう。

獅子丸は近くにいた雪華に向き直って、こんなことを訊ねた。

「今夜、光望氏には予定が入っているはずだが?」

「はい。中学の同窓会があるので祇園で遅くまで飲むと言ってましたが……」

「だろうな。殺人にはアリバイが必要だ。よし、ウチから一人見張りを潜入させよう」

「けど同窓会というからには集まる人間はおそらく五十代前後だ。同窓生を装って混ざるにしても、ウチの若手じゃ無理だろ。だからって河原町のジイさまに頼むのもな……揉め事の予感しかしない」

何より公社のトップ探偵は顔が売れすぎている。紛れ込むというには少々目立ちすぎるだろう。

「山風(やまかぜ)さんが適任だろうな」

「確かに……しかし山風さんにはあまり借りを作りたくないな」

「大丈夫だ。山風さんも桜花(おうか)さんには弱い。こちらから夜遊びする口実をやればそれだけで飛びつくだろう」

ちなみに龍樹桜花は山風の妻であり、全国に散らばる日本探偵公社のトップ10にあたる十格官の第一席である。河原町義出臣が第二席、獅子丸が第三席であることを考えると桜花がどれだけ恐ろしい存在か解るだろう。

大河は昔から桜花をよく知っているが、四十代になってもその色香は衰えるどころか増す一方、とても同じ人間とは思えない。

「……桜花さんと結婚してまだ遊ぶ気が湧くのが不思議だよ」

「まあ、あの夫婦の仲はオレにもよく解らんが、一応桜花さんにも断りを入れておく」

それから獅子丸は「一度準備のために出るが後で必ず戻ってくる」と雪華に約束して、社用車に乗り込んだ。

「だからなんでウチに来るんだ！」

社用車の行き先は大河が住んでいる元田中の『メゾンドヴァンヴェール』だった。てっきり獅子丸のマンションへ行くのかと思ってたらこれである。

「お前の部屋のほうが近いし、必要な物はほぼ揃っている。これ以上合理的な説明が必要か？」

悪びれた様子もなくそう言い放つ獅子丸に、大河はため息を吐く。

「お前が自分の物を増やすからだろうが……」

とはいえ、獅子丸の部屋は広い上に散らかっている。確かにあそこまで行って必要なものを発掘するのは骨が折れそうだ。

大河は諦めて支度を始めることにした。

「流石に拳銃と護身用のステッキはウチにはないぞ」

ちなみに『まだらの紐』でホームズが持っていた武器だ。

「必要ない。オレ一人いれば制圧できるからな」

それは確かにそうだ。獅子丸の五体が既に凶器なのだから。

「だったら意外と必要なものって少ないんじゃないか？　張り込みとはいっても屋内だから、なくて困るものなんてないだろ」

「しかし実質的には泊まり込みみたいなものだ。夕食と夜食は欲しいな……あんパンじゃ味気ない。サンドイッチを作ってくれ」

「作らない」

「……サンドイッチと一緒にマリフレ飲みたくないか？」

「仕事だぞ。あんまりはしゃぐなよ」

「何、昔雲ヶ畑まで星を見に行ったのを思い出してな」

京都市の北部に雲ヶ畑という空気がとても綺麗な場所があるのだ。空気が綺麗ということは星がよく見えるということでもあり、大河たちも小学六年の頃に泊まりがけで星変わっていない。

を見に行ったことがある。

「お前、勝手についてきた癖にすぐ寝ただろ」

あの時は夕食を食べたらすぐに寝てしまったのだ。獅子丸のマイペースはあの頃から変わっていない。

「あれは星の動きに合わせて寝起きするのが馬鹿らしくなったからだ」

「流石に今回はやめろよ」

「今回は多分、大丈夫だ。星よりは面白いものが見えるだろうからな……まあ、念のために栄養ドリンクも持って行こう」

「ないよ。こないだお前が全部飲んだだろう」

食生活が無茶苦茶な獅子丸は栄養ドリンクをデザートか何かと勘違いしている節があった。お陰で何本買っておいてもすぐになくなる。

「そうか。なら途中のドラッグストアで買うとしよう」

「そういえば、張り込みってどのくらいかかるんだ？」

「さあ。あまり遅くならないといいがな」

他人事のようにそう言って、獅子丸は勝手に大河のメタルラックを物色する。

「ん、大河。暗視ゴーグルがないが？」

「最初からない！　なんで僕の部屋にそんなものが必要なんだ」

「仕方ない。それも途中のドラッグストアで買うとしよう」

「売ってないからな！」

大河はため息をつきながら公社に電話をかけた。備品リストで暗視ゴーグルを見かけたことがある。一応、業務なので先約さえなければ大丈夫だろう。


大河と獅子丸が再び冴家を訪れたのは午後七時過ぎのことだった。中へ通してくれた雪華によると、光望は昼間のことをぶつくさいいながら祇園へ出かけていったそうだ。

「あなたは念のために公社ビルで待機を。後はオレたち二人に任せてくれ」

雪華を乗ってきた社用車に乗せて見送ると、大河と獅子丸は問題の部屋に入った。

「よし、まずは布団を敷こう」

「……なんだ、寝るのか？」

「ただのデコイだ。犯人が凶行に及ぶ前に犠牲者が寝てるかどうか確認するだろうからな」

そう言うと獅子丸は布団を敷き、座布団類を集めて人が寝ているかのような盛り上がりを作った後、枕の上にかつらを被せた風船を置いた。薄暗ければまるで誰かが横になっているように見えるだろうが、これでは本当にかかし（デコイ）程度のクオリティしかない。

「なんのためにかつらと風船を用意させたのかと思ったら……こんなのに騙されるのか？」

「犯人の狙いはあくまで眠っている被害者だ。部屋の照明を点けて起こすような真似はしないだろう」

言われてみれば枕は入り口のほうに向いている。まあ、ドアの隙間から懐中電灯で確認する分には気づかれなそうだ。

それから大河たちはベランダのすぐ手前にあるちゃぶ台の傍に腰を降ろすと、ドアのほうを向いて座った。照明はちゃぶ台の上に置いた読書スタンドだけ、あとはサンドイッチと紅茶で胃を慰めながら薄暗い部屋でひたすら犯人の訪れを待つ。

「結局、『まだらの紐』の穴は見つからなかったな。今からまた探すか?」

大河が獅子丸にそんなことを提案すると、獅子丸は意味深な笑いを浮かべて首を横に振った。

「いや、いい。どうせ探しても見つからないようになってる。今のところはな」

「今のところ?」

「穴はやがて然るべきタイミングで現れるんだ。まあ、待つ時間もまた楽しと思えばいい」

案の定、獅子丸はもったいぶってそれ以上教えようとしない。だから大河は最初の小一時間は退屈を持てあました。やがてどうせ退屈なら新作のプロットを考えたほうが生産的だと気がついた。

だが大河が本格的にプロットを練ろうとした矢先、隣の獅子丸がぼそりとこう囁いた。

「……大河、退屈で眠りそうだ。何か話してくれ」

「お前が先に飽きるなよ」

結局、気が散ってプロットどころではなくなった。夕食がサンドイッチであることを除けば、いつものアフター5とそう変わらないではないかと大河は思った。

どれぐらい獅子丸の相手をしただろうか。微かに部屋のドアが震えるのが伝わってきた。おそらく玄関が開かれたことによって邸内の空気が動いたのだろうが……。

「犯人か？」

時刻はまだ午後十一時を回った頃だ。思っていたよりも早かった。

「おそらくな。ただ、光望ではないことは間違いない」

「山風さんからの連絡もないしな」

大河だって光望が実行犯とは思っていない。だが、獅子丸の口ぶりでは既に犯人の素性に見当がついているようで、大河にはそこが不可解だった。

獅子丸は手元の照明を絞ると、大河に暗視ゴーグルの装着を促した。

「先に言っておく。オレが許可するまで何があっても声を出すなよ」

「……生命の危機を感じてもか？」

「それなら安心しろ。感じた頃にはもう遅い」

などと不穏なことを言うがもう言い争っているだけの時間はない。大河は渋々暗視ゴーグルを装着して備えることにした。

「まあ、深く気にするな。リスクに見合うだけの楽しい出来事が待ってる。それより寝転がったりするなよ」

すぐに、ぎいと微かに階段が軋む音が聴こえてきた。そして続いて廊下を歩く足音が……しかし足音は大河たちのいる部屋の前を通り過ぎてしまった。

大河が訝しんでいると、すぐにまた足音が戻って来た。侵入者は何かを運んでいるようで、金属の軋む音がした。

それからしばらく部屋の前で侵入者が何かをしている音がしていた。当然のことながら、音だけでは作業内容まで察することはできない。

やがて作業の音が絶えた。侵入からここまで約十分、これから何が始まるというのか。

キュルキュル……。

何やら耳障りな音が室内に侵入してきた。まるで何かがこちらへ向けて這ってくるような音で、大河は闇の中にまだらの紐を幻視した。しかし擦過音にしては高い。これは……金属同士が擦れているような感じだ。聴いているだけで不安を掻き立てられる気がする。

だが隣の獅子丸は身を乗り出して入り口のほうを見つめている。まるでこれから面白いことが起こるという確信があるかのように。

やがてあのキュルキュルという音が止んだ。それからしばしの間を置いて、いきなりドアに四角い穴が空いた。

まさかドアを切って空けた穴でもあるまい。あれはなんだ？

「凄いぞ、大河」

獅子丸が耳元に口を寄せ、外に聴こえないほどの小さな声でそう囁いてきた。微妙にこそばゆいが獅子丸が答えを教えてくれるのを待つ。

「あれがかのドアノブ外しだ」

なんだって？

獅子丸の言葉を聴いて、大河もつい身を乗り出してしまった。

密室状態を維持しながらドアノブを外し、その穴からターゲットを射殺する……ミステリの世界では比較的有名なトリックだ。まさかそのドアノブ外しが実際に使われるところをこの眼で見られるとは！

ドアノブの穴から一筋の光が伸びていた。懐中電灯のものだろう。そして光は布団のデコイに当たると程なく消えた。雪華が寝ていると判断したのか……。

大河はふとある問題に気がついた。

向こうに懐中電灯があるとはいえ、充分な光源とは言えない。あんな照明でどうやってターゲットを狙うのだろう。それに月華の死体には外傷がなかった……一体何で殺すつもりなんだ？

獅子丸は既にその凶器に見当がついている様子だ。大河はそこも含めて、解せなかった。持っている情報は殆ど同じはずなのだが。

いつの間にか死の恐怖よりも職業的な興味が勝っていた。大河はこれから起こることを見逃すまいとじっと穴を見つめる。

犯人の指がドアノブの穴の縁にかかった。それから何か細長いものが室内に侵入してきた。耳を澄ますまでもなく『シュー』という静かな音が聴こえてくる。まるで蛇の噴気音を思わせるその音に大河は身震いした。

まさか……本当に『まだらの紐』なのか?

その時、獅子丸がすっと立ち上がった。そして足音を殺しながらドアのほうへ向かう。獅子丸の身のこなしなら向こう側に悟られることはないだろうが、そんな無防備な状態で謎の凶器に接近していいのだろうか。

程なくして獅子丸はドアの手前に立つ。ドアノブの穴からは見えない位置だ。何をするつもりなのかは解らないが、なんとなくタイミングを計っているのは伝わってくる。

再び穴の縁に犯人の指がかかった瞬間だった。獅子丸は足でドアを押さえると人差し指で犯人の指を絡め取り、そのまま腕を室内側に引き込んだ。

えげつないことをする。獅子丸クラスの達人に指を取られたら逃げられないだろうに。

「な、なんだっ!」

そんな間抜けな叫びが廊下に反響したのが伝わってきた。聴いたことのない若い男の声だった。やはり光望ではなかったということになるが……。

「大河、暗視ゴーグルを外せ。眩しいぞ」

大河が言われた通りに暗視ゴーグルを外すと、獅子丸は部屋の明かりを点けた。そして指を放し意味ありげな表情で大河を見る。

「ほら見ろ。阿呆がいるぞ」

引きずり込んだ張本人が愉快そうに笑う。かわいそうに犯人の右腕は肘までこちら側に引き込まれていた。犯人はドアの向こうで何事か口走りながら暴れているようだが、おそらくは無駄な抵抗だろう。縁との間に何か細いものが挟まっているせいで、腕を引き抜けなくなっているようだ。

「これは……ホースか？」

『シュー』というのは蛇の噴気音ではなく、何らかの気体が室内に送り込まれている音だったようだ。

「このホースが今回の『まだらの紐』というわけだ。ドアノブ外しは古典的だが、気体を凶器にしたオリジナリティは誉めてやる」

「しかし人体に有毒な気体なら月華さんの死因に現れたんじゃないか？　てっきりガスかと思ったが特に匂いもないし、室内の僕たちもなんともないけど」

「そこだ。なあ、どうして犯行現場はこの部屋でなければいけなかったんだと思う？先に言っておくが、ドアノブはどこの部屋も似たような仕組みだろう」

獅子丸が先行者の余裕たっぷりにそう口にした。大河もこの手の謎は大好きなのだ。

この部屋でなければいけなかった理由……この部屋にあって姉妹の部屋にないものと

はなんだ。内装……家具……寝具……布団か！

「ベッドでは駄目で、布団が好ましかったんだな？」

「そうだ。では両者の違いは？」

「……高さか？　床に直に敷く布団と脚やマットレスの厚みを合わせると数十センチ以上になるベッドでは高さが違う」

そこから考えれば犯人が何を重視したか解る。

「そうだ、空気より比重の重い気体を使って殺すなら被害者が眠る寝具は低いほうがいいに決まっている。その分殺害に必要な気体の量と、そして気体注入にかかる時間が少なくて済むからだ。つまり……」

「つまり？」

「二酸化炭素か！」

大河が思わず叫ぶと、獅子丸は顔を綻ばせた。

密閉空間に二酸化炭素を注入すると、空気よりも重い二酸化炭素は他の気体を押しのけて下のほうに溜まる。結果、呼吸に必要な酸素が無くなり、横になっている人間は窒息して死ぬ。即ち、人は二酸化炭素を吸って死ぬのではない。酸素が吸えなくなって死ぬのだ。

凶器としての二酸化炭素が他の気体に比べて圧倒的に優れているのは、直接死因に現れないことだ。例えば一酸化炭素や有毒ガスは人体の機能を直接狂わせて人を死に至らしめるので、その痕跡は必ず死体に残ってしまう。一方、二酸化炭素での死はあくまで窒息死に過ぎない。この違いは大きい。

「義理の娘たちの死から事件性を奪うにはうってつけの方法だ。なにせ、彼女たちは睡眠時無呼吸症候群なんだから」

「流石はオレの助手だ。もっとも、この域に達していない奴にオレの助手は任せられんがな」

勿論、二酸化炭素で殺すには苦労も伴う。毒ガスなら致死量を吸わせればいいが、二酸化炭素で殺そうと思ったらそれなりの量が必要になるし、何よりターゲットに密閉空間でじっとしていて貰わなければならない。

ただ、保健所では動物の殺処分に二酸化炭素を使っている。ターゲットさえ逃げなければこれほど確実な手段もないということだろう。

「それにしても、この犯人は殺しに必要な量の二酸化炭素をどこから調達したんだ？ボンベ数本分になるだろうし、とても一人では運び込めないだろう」

実際、この犯人が外から来たのは耳で確認しているが、ボンベを運ぶような音は聞こえなかった。

「わざわざ運び込む必要は無いだろう。光望が既に用意しているんだからな」

「用意だって？　けど、そんなものは昼の捜索では見なかったが……」

「消火設備だ。旧型のスプリンクラーでは水浸しになるからという名目で、工事を強行使用したのを忘れたか？」

「……不活性ガス消火設備か」

　そうだ、そこまで頭が回らなかった。

　不活性ガス消火設備は火事の際、水や強化液の代わりに消火剤として二酸化炭素を使う。原理は人が窒息するのと同じで、燃焼に必要な酸素を奪うことで消火するのだ。

「まあ、そう悔しがるな大河。もう少し時間があればお前だって解った。オレが特別速いだけだ」

　そんなことを話していると、ドアの向こうで暴れていた犯人がドアをドンドンと叩き始めた。呑気に話してばかりで何もしてこない二人に業を煮やしたらしい。

「さて、どうしてやろうかな……」

「流石にかわいそうだ。助けてやれよ」

　大河が首を振りながらそう言うと、獅子丸はアテが外れたような表情をする。

「……お前がそう言うなら仕方ないな」

　獅子丸がドアを押さえる足を外し、腕をドアノブのように引っ張ると、スーツ姿の若い男がつんのめるようにして部屋に入ってきた。その姿に大河は引っかかるものを感じた。

　はて、初対面のはずだが、どこかで見た顔だな。いや、よくある顔と言えばよくある顔なんだが……。

「痛たた……」

「人の命を取ろうとしたんだ。当然、自分の命を取られる覚悟はできているんだろうな？」

そう口にする獅子丸はとても悪い顔をしていた。この瞬間は何をしてもいいと言わんばかりだ。

「き、キングレオ！」

若い男は獅子丸の顔を見て、恐怖の叫びをあげた。

「正解だ。褒美をやる」

獅子丸は男の左腕を摑むと、ドアから優しく引き抜いてやった。男は安堵した表情を覗かせたが、直後その身体はあっさりと転がされ、ドアとドア枠の間にやんわりと挟み込まれた。

「おい、まさか……」

男が何かを口にする間もなく、獅子丸はドアに蹴りを入れた。男は痛みに声も出せないようで、変な呻きだけが大河の耳に届いた。

「オレはともかく、大河に殺意を向けた罪は重いぞ。これからその身で贖え」

大河は男にいささか同情した。こうなった獅子丸は止められないのだ。

「……ごっ、誤解だ！」

男は獅子丸の二撃目が来る前に、弁解の言葉を絞り出した。

「ほう？　言い訳ぐらい聞いてやる」

「お、俺はただ冴さんから動物の殺処分を頼まれたんだ」

「駆除だと？」

「そ、そうだ。冴さんは犬の品種改良をしてるけど、その過程で要らない仔犬が沢山出るそうなんだ」

「それで？」

「どうしても処分しないといけないが繁殖させた手前、自分で手を下すのは忍びないからやってくれって……で、俺が引き受けたんだ。手間賃もくれるし、やり方も簡単だって言うから……」

　獅子丸がドアを大きく開けると、業者が使っていたと思われる金属製のハシゴと、天井の不活性ガス消火設備からオレンジのゴムホースがドアノブまで伸びているのがよく見えた。非常時だけでなく、こうやっていつでも使えるように改造したのだろう。

「そんな仕事に抵抗はなかったのか？」

「仔犬たちは睡眠薬入りのエサを食べて寝てるから、自分が留守の間に一思いにやってくれと。仔犬たちの死を思うと辛いから酒を飲むんだって言ってた……だからアンタらが中にいるだなんて知らなかったんだ」

「しかしおかしいな。冴さんがブリーダーをやってるなんて話、僕たちは雪華さんから聞かされてないぞ？」

大河がそう言うと男の顔色が変わる。

「そ、それは……冴さんが伝え忘れただけだと思う」

男がそう答えた途端、獅子丸はまたドアとドア枠で男の左腕を挟んだ。

「痛い痛い！　信じてくれって！」

「そうか。では、せめて中に誰かいないか確認しなかったのか？」

「それは……」

「やけに手際が良かったな。前にもやったことがあるな？」

口ごもる男に獅子丸は更に質問をかぶせた。

「いや、今日が初めてで……」

男が苦しそうな声を出しているのは肉体的な痛みだけが原因でもないだろう。明らかに後ろ暗いことを隠している。

獅子丸はうんざりしたような顔でそんな男を眺めていた。

「もういい。解放してやる。立て」

獅子丸がそう告げると、男がほっとした表情を覗かせながら立ち上がろうとした。

その刹那（せつな）、獅子丸がドアに重い前蹴りをくらわせた。獅子丸の蹴りに耐えられなかったドアは廊下側へ弾け飛び、男を下敷きにして倒れた。

「今のは酷いな。安心させておいてそれか」

確かめるまでもなく、男は既に気絶していた。ただ、割れたドアだけが優しく男にかぶさっていた。

「そうか？　お望み通り、痛みから解放してやったんだが」

獅子丸は事も無げにこう言い放つ。大河はこういう時、死んでも獅子丸とは対立したくないと思う。

「まるでシャーロック・ホームズの活躍を追体験した気分だ。こう、童心に返ったような……」

「子供はドアを暴行の道具にしないいし、そもそも蹴破らないがな。こいつはどうする？」

「結束バンドで両足を固めて、転がしておけ。どうせ起きないとは思うが」

「身元を確認しなくてもいいのか？」

「どうせ解ってるし、どの道オレが用があるのはこれだけだ」

獅子丸は男のポケットから携帯電話を取り出すと、何かを打ち込んでいた。どうやらメールを打っているようだが、誰に送っているのだろうか。

「……よし、行くぞ」

獅子丸はそう言うと屋敷から飛び出してタクシーを止め、運転手にメモを渡してこう告げた。

「そこに書かれてる通りだ。八坂の寺門家まで大至急頼む」

タクシーが向かっている先が寺門家なのは解ったが、大河の知っている寺門家は東山五条のはずだ。

だが、すぐにもう一つの寺門家の存在を思い出す。

「寺門……寺門秀一が借りてる家か？」

獅子丸は自分のスマートフォンに届いたメールに目を通しながら肯いた。

「何故秀一のところへ行くんだ。秀一がさっきの男と繋がってるのか？」

「いや。秀一はむしろ被害者だ。正確にはこれから被害者になる人間だが」

「被害者になる？　もしや……」

大河の脳裏に閃くものがあった。

「交換殺人か！」

「そうだ」

交換殺人。それは殺したい人間がいる者同士が、お互いのターゲットを交換して嫌疑を逃れる変則的な犯罪である。もし犯人同士に目立った接点がなければ、警察の捜査をやり過ごすことだって可能なのだ。

「待てよ。だったらさっきの男は……あれが平原兵助か」

「そうだ。明衣子に寺門さんの財産を全て相続させるために、冴との交換殺人に応じたんだ」

だから宗一の死亡推定時刻にアリバイがあったのか。

「寺門家と冴家、いずれも相続に関する問題を抱えていた。だが直接手を下せば露見するリスクが高い……交換殺人をどちらから持ちかけたのかは解らないが、共に殺す必要のある人間が一人ずついる。時系列的には平原が月華を殺してから、光望が寺門さんを殺したのだろう」

「寺門氏を殺したのは光望なのか？」

「おそらくな。誰なら寺門さんを吊ることができるだろうと考えていた直後に、光望の襲撃だ。実際に摑まれて解ったが、いかにあの寺門さんでも光望の膂力と体格には勝てなかっただろうな。剛よく柔を制すというやつだ。きっと三〇四号室に籠もっているのを承知した上で、明衣子の浮気の証拠があると訪ねていったのだろう。まあ、実際の手順については警察の聴取で明らかになるだろうが」

事件のディテールにはあまり興味がないらしかった。

「大事なのは最後だ。交換殺人なんて所詮はただの口約束、交互に殺人をする取り決めをしたところで、目的を遂げたほうが結果に満足して殺人を行わなかったら、真面目に遂行した方は完全な殺し損になる。だから最後はほぼ同日に決行するのがお互いに望ましい」

「光望が祇園で飲んでいるのは雪華さん殺しに関するアリバイを作るため、そして飲み会を抜け出して秀一を殺すためというわけか」

祇園から自宅まで往復するとタクシーを使っても二十分はかかる。一方で、八坂ならそれほどの時間もかからないし、十分程度の中座なら誰にも気づかれず済ませることも可能だろう。

「そういうことだ。そして少し前に光望が席を立ったと山風さんからメールがあった。今からその現場を取り押さえにいくわけだ」

「タイミングがいいな……まさか？」

「ああ。さっき平原の携帯電話から『殺人が完了した。少ししたらおまえも動け』という内容のメールを送ったんだ」

「そこまでやるか」

しかし本当に取り押さえたいだけなら警察の力を使えばいいではないか。獅子丸は何をこんなに急いでいるのだろう。

そんなことを思った瞬間、より根本的な疑問が大河の頭に浮かんできた。

「ところでなんで『なんたらの紐』だったんだろうな？　あのゴムホースを見て紐とは思わないだろうし……」

「それか……」

獅子丸は少し口ごもると、重そうに口を開いた。

「想像してみてくれ。月華が苦しい息の中、部屋から出ようとドアの傍まで寄って行った。するとドアノブが抜けてぽっかり空いた穴から知ってる顔が覗いた……同じゼミの寺門明衣子がいつも連れ回している愛人だ。あとはその名前を妹の雪華に伝えるか、留守電に吹き込めばいいだけと思って電話をかけたはいいが、いざ口を開こうとしたら肝心の愛人の名前が出て来なかった。さて、なんて言う？」

「……明衣子の、ヒモか」

おそらくそう言おうとしたら、舌がもつれて前半部分が不明瞭になってしまったのだろう。解ってみればなんとも単純な話だ。勝手に『なんたらの紐』だと盛り上がった大河たちが悪い。

「そういうことも含めて楽しかっただろう。おまけに『まだらの紐』は犯人に疑いがかかりやすいのがネックだった。そこを交換殺人で解消した趣向が新しいとは思わないか？」

「……不謹慎だよ」

「とぼけなくていい。穴探しやドアノブ外しが楽しくなかったとは言わせないぞ？」

獅子丸にしつこく問い詰められて、大河は羞恥心とともに小さく肯いた。

「ただ……楽しかったが、同時に不愉快でもあった。オレたちに、さあ喜べと言わんばかりの事件のモチーフじゃないか」

「楽しいのに不愉快というのがよく解らないんだけど」

「よく考えてみろ。この事件が『まだらの紐』を踏襲してるのは偶然じゃなく、誰かがそう仕向けたからだ。つまり、『まだらの紐』もロクに知らない光望にさも斬新なアイデアであるかのように吹き込んだ奴がいるってことなんだ。実際、ここのところ、事件を解決してみると、明らかに犯人の能力を超えた犯罪だったというケースによく当たる。オレたちが捜査をコンサルティングしているように、誰かが犯罪をコンサルティングしているんじゃないかと疑いたくなるんだ」

「もっと上に黒幕がいるっていうのか？」

「ああ、そう思ってる。だから急いでいるんだ」

大河は獅子丸の考えを理解し、そして呆れた。獅子丸は光望にタイマンを仕掛けて、その黒幕を白状させるつもりでいるのだ。

タクシーが減速する。秀一の家はもうすぐそこだった。

「少し手前で停めてくれ」

獅子丸の指示に従ってタクシーが停まった。秀一がまだ生きているといいが。

「待ってろ。三秒で終わらせてやる」

そう言ってキングレオは颯爽と京の大地に降り立った。

白面の貴公子

「ボクね、好きな人ができたんだ」

バスの中で妹の陽虎(ようこ)からそう告げられた時、天親大河(あまちかたいが)は少なからず驚いた。陽虎は妖しく輝く大きな瞳で大河の反応を窺っていた。その様子は悪戯を楽しむ猫のようだ。

「そうか」

とうとう陽虎もそんな歳になったか。この十数年、兄として陽虎の成長を見守ってきた大河としては感慨深いものがある。

そういえばこうやって陽虎と二人で話すのも久しぶりだ。朝から一緒にバスに乗っているのも、昨夜ちょっとしたアクシデントで大河が嵯峨野の実家に泊まったからに過ぎない。

目的地は陽虎は学校で大河は会社だ。今日は土曜なので出社する必要はないのだが、どうせなら少しだけ残った仕事を片付けておこうと思ったのだ。ゴールデンウィークが終わったばかりで、しばらくロクな祝日がない中での土曜出勤というのは業腹だが、宮仕えの身では仕方がない。

「……もうちょっと何か訊いてくれてもいいんじゃないのかな？」

陽虎が不満そうにゆるいウェーブのかかったボブカットを揺らして抗議する。

「いや、こういう時に根掘り葉掘り訊くのも不躾だろう。そりゃ、父さんならもっと別の反応するかもしれないけど」

父親は末っ子の陽虎を目に入れても痛くないほど可愛がっている。どんな相手であれ、まず間違いなく反対するだろう。

「だからまず兄さんに教えたの。父さんは大袈裟だから」

「まあ、僕も賛成するかどうかは相手次第だな。よっぽどのロクデナシでない限りは応援すると思うけど……けどやっぱり意外だな。陽虎に好きな人ができるなんて」

「そう？　ボクだって乙女なんだよ」

「そうじゃなくて……お前の眼鏡にかなう人間ってそうはいないだろ」

兄の欲目を差し引いても、陽虎が可愛い少女であることは間違いがない。陽虎の魅力にやられた男なんてそれこそ何十人と知っているが、誰も彼も陽虎の心を動かすことはなかったのだ。何せ、陽虎の初恋の相手はあの獅子丸なのだ。並の男では満足できるはずがなかろう。

「それがね、いたんだ。すっごい人」

つまり獅子丸クラスの完璧超人ということか。

「……とりあえず家庭を持ってる相手はやめとけよ。可哀想だ」

「もう、失礼なんだから。ちゃんと同い歳の子だよ。ほら」

陽虎はカバンから手帳を取り出すと、表紙の裏側に貼ったプリクラを見せてきた。

「あ、懐かしい」

フレームに写っているコミカルなキャラクターにまず意識が行った。ジャイロ君、今となっては懐かしい存在だ。

「今時ジャイロ君なんて、どこで撮ったんだ？」

「もう！　そういうお約束はいいからちゃんと見て」

ボケたつもりはなかったのだが、陽虎に促されて大河はようやく写っている二人に意識を向ける。

プリクラに写っていたのはブレザー姿で少年の腕に抱きつく陽虎と、そっぽを向くようにフレームの外を見ている少年だった。背はさほど高くないが、整った顔立ちと色の白さはこのサイズでもはっきりと解る。

服装はジャケットにスラックスというフォーマルなものだが、どう見ても今の大河の服よりずっと高い。おそらくは裕福な家の出なのだろう。

顔もいい。育ちもいい。これで頭が良かったら不公平という気もするが、馬鹿なボンボンを陽虎が好きになるはずがない。きっと大層賢い少年なのだろう。

なるほど。ベクトルこそ違うが、高校時代の獅子丸といい勝負をするのではなかろうか。

「なんだ、なかなかの美少年じゃないか」

「本当はもっと凄いの。うーん、これじゃ全然伝わらないな」

そう言って陽虎は携帯電話を真剣な表情で操作し始める。画面にサムネイルが並んでいることから考えて、何か写真を探しているのだろう。

「他に写真でもあるのか?」

「うん。けど、彼写真嫌いだから、ちゃんと写ってるのがあまりなくて……待っててね、いいの選ぶから」

熱心に画像フォルダから会心の一枚を探す陽虎を眺めながら、大河は少し安心した。

プリクラからも伝わって来たが、相思相愛のカップルというよりは陽虎が一方的に熱を上げているという感じだ。プリクラを一緒に撮るぐらいだからそれなりに親しいのだろうが、少年のほうはどこか冷めている気がする。あまりがっついた感じがしないのは照れ隠しか、それともモテすぎて女性に飽きているのか……まあ、陽虎も相手の本質を見誤って大火傷するほど馬鹿ではないはずだ。

それにフラれて解ることもあるのだ。人生の先輩として心配せずに見守ろうではないか。

そんなことを思っていると、車内アナウンスが次は四条烏丸に停車すると告げた。大河は定期の入ったパスケースを出すために何気なくスラックスのポケットに手を突っ込んで、すぐに自分の失敗に気がつく。

そうか、今日は路線が違うから定期が使えない。しかし……持ち合わせもないのだ。

大河はしばしの逡巡の末、未だ熱心に携帯電話内の写真を探している妹に頭を下げた。

「陽虎、バス代を貸してくれ」


どうにか会社に辿り着いた大河はエレベーターの昇ボタンを押して、降りてくるのを待つ。

陽虎にボーイフレンドができた話、獅子丸が聞いたらどんな顔をするだろう。

「うわっ！」

エレベーターのドアが開いた瞬間、大河は思わず声を上げてしまった。エレベーターの中でバスローブ姿の相棒が仁王立ちしていたからだ。

「お前の朝の挨拶はいつから叫びになったんだ？」

大河だってまさか獅子丸が社内をバスローブ姿でうろついているとは思わない。

「なんだ、その格好は？」

「ついさっきシャワーを浴びただけだ。昨日は泊まったからな」

「そうか。お前にしては珍しいな」

大河はとりあえず中に入り、脚本室のある階のボタンを押してから『開』ボタンを押さえる。だが、獅子丸はエレベーターから出ようとはしなかった。

「早く閉めろ。オレが風邪を引いたらどうするんだ」

一階まで降りてきたからには何か用があるのかと気を利かせたのだが、外れたらしい。結局、獅子丸はそのまま大河と一緒に上に向かった。これではまるで大河を出迎えに来たようだ。しかしこうもタイミング良く登場できるものか？

大河はふと、獅子丸に言っておきたいことがあったのを思い出した。

「昨日はあれから大変だったんだぞ」

そもそもの発端は昨夜の午後九時過ぎに遡る。大河が山のように溜まった経費精算を処理していると、いきなり獅子丸が「ジビエが食べたい」と言い出したのだ。金曜日の夜だからまあいいかと、大河は経費精算をいくらか残して獅子丸と一緒に退社した。

獅子丸が希望したレストランは太秦にあった。鹿や猪、ワニなど様々な種類の肉が揃っており、少々値は張るがどれもいい味だった。そのせいか、獅子丸は結構な量を注文した。

やがて十一時を過ぎた頃、獅子丸が突然公社に戻ると言い出した。来ていない注文がまだ二皿残っていたし、胃にも余裕があったので大河は残ることにした。

だが大河は会計時に焦らされることになる。

「財布にクレジットカードがなかったんだ」

「ああ、これのことか」

どこから取り出したのか解らないが、いつの間にか獅子丸の指の間には大河のクレジットカードが挟まれていた。

「やっぱりお前か！」

大河は獅子丸からカードを奪い取ると財布にしまった。

「昨日、昼食を買うのに使ったのを返し忘れただけだ。それにオレは払えると思ってたぞ。お前は金曜日の夕方までに財布には三万円は入れておくからな」

「……ああ、どうにか払えたよ」

大河は昔から手数料や利息の類いが嫌いだった。百円二百円で収まる話でも無駄に払うぐらいなら、と我慢するのが大河だ。だから週末前には必ず手持ちが三万円になるようにATMで下ろすのが習慣になっている。

カードがないと解ってから店員が伝票をレジに打ち込む間中冷や冷やしていたが、結局支払いは二万九千九百円で済んだ。

が、そこからがいけなかった。財布を見れば手持ちは二百円を切っていた。これではタクシーどころかバスにも乗れない。

コンビニで金を下ろすという手も考えたが、それではわざわざ銀行まで行って手数料のかからない時間帯に下ろした意味がない。

ただ、幸いなことに店は嵯峨野の実家まで歩いて二十分もかからない場所にあった。

それで帰宅を諦めて実家に泊まったというわけだ。

エレベーターが脚本室のある階に止まった。ドアが開く。大河が「じゃあ」と言おうとした矢先、獅子丸がこんなことを言った。

「実家はどうだった？」

獅子丸の問いに大河は硬直した。それはまだ説明していないはずだ。

「何だって？」

「とぼけなくてもいい。シャツこそ替えているが、スラックスは昨日と同じだ。あれから自分の部屋に帰れなくなって実家に泊まったんだろう」

「待て待て、獅子丸。僕が誰かの家に泊まったとは思わないのか？」

などと、つい見栄を張ってしまった。だが、獅子丸は大河の肩に鼻を寄せると、落ち着き払ってこう答える。

「そのシャツはお前が学生時代によく着ていたものだ。だが、埃と樟脳の匂いがするな。女の家に置いておく着替えとしては不適当……実家のクローゼットにしまい込んでたと考えるのが自然だ」

大河はすぐさま見栄を張ったことを後悔する。それから誤解されかねないシチュエーションであることに気がついて、慌てて『閉』ボタンを連打した。人のいない土曜で本当に良かった。

ドアが閉まると、エレベーターは獅子丸の個人オフィスのある最上階へ向かって昇る。

わざわざ休日出社してるというのにいつの間にか獅子丸と遊びに来たみたいになってい

るではないか。

「それにしても最近のお前は女っ気がどんどん無くなってるな。適度な恋愛は人生に潤いを与えるんだが……」

いや、原因はほぼお前だからな？

「獅子丸、厭味を言うためにそんな格好で降りてきたのか？」

「まさか。誰だって実験をしたらすぐに結果が知りたくなるだろう？　ましてや成功を確信しているなら尚更だ」

「実験？」

「そうだ。お前が実家に帰ることは解ってた。オレがそう操作したからな」

獅子丸がそう言うと、ちょうど最上階に到達した。まるで計ったようなタイミングだ。しかしここまで聴いては引き返せない。大河は経費精算を後回しにして、獅子丸のオフィスまで付き合うことにした。

オフィスに入っても獅子丸には着替える気配がなかった。まあ、今裸になられても困るからこれでいいのだが。

「昨日、オレはどうやったらお前を実家に帰らせることができるか真面目に検討した」

「はあ？」

「まず公共交通機関が使えないようにしようと思った。幸い、クレジットカードはオレが持っていたから、手持ちの現金を減らしさえすればどうにかなるだろうと考えた。だが折しも昨日は金曜日、お前の財布に無駄に金がある日だ。それをどうにかして減らさないといけない」

「それでジビエが食べたいとか言い出したんだな」

「ああ、お前の財布の中身を超えないように注文するのはなかなか頭を使った。勿論、お前がどの程度飲み食いするか計算しながらな。ギリギリ足りただろう？」

「ギリギリ足りてないから実家に泊まったんだよ！」

　今となっては何故大河をタイミング良く出迎えることができたのかなんて訊くまでもない。どうせ大河が陽虎と一緒に家を出ると読んでいたのだろう。陽虎は決まった時間のバスにしか乗らない。

「まあ、怒るな。これも仕事の一環だ。この間捕まえた谺光望を憶えているか？」

「ん、ああ……」

　いきなり話題を変えられて戸惑ったが、怒るのはとりあえず話を聞き終えてからでも遅くなさそうだ。

「何か進展があったのか？」

「いや、逆だ。いくら事情聴取を重ねても白状しなかった。光望一人では思いつけるはずのない犯罪計画にもかかわらずだ」

　ここ数カ月、獅子丸が解決した事件にはある共通点があった。どの事件も明らかに犯人の能力を超えたものばかりなのだ。そう、まるで何者かから犯罪計画だけを授けられたように……。

「連中に犯罪を思いついたきっかけを訊ねるとみな言葉に詰まる。やはり連中に入れ知恵した犯罪コンサルタントがいるとしか考えられん」

「けど、これまで捕まえた連中の自宅からは犯罪指示書のようなものは発見されなかったんだろ？」

家宅捜索は物理的な媒体だけではなく、電子媒体にまで及んだ。だがEメールやSNS、はてはインターネットのストレージサービスまで漁ったのにそれらしい痕跡は出て来なかったそうだ。

「そうだ。だからこそ、その手法が巧妙なのだろうと考えた。例えばもしも他人を自在に操ることのできる人間がいたとしたらどうだ？　他人を自分の手足として使い、いざとなれば切り離すことができるのなら、そいつにとって犯罪はローリスクハイリターンのビジネスになるだろうな」

「それなら犯罪指示書は不要かもしれないけど……そんなこと可能なのか？」

「だからお前で実験してみたんだ。実際、お前は想定通りに動いてくれた」

「事情は理解したが、それでお前の罪が許されると思うなよ？」

だが、獅子丸はそんな厭味なんてどこ吹く風という表情で解説を始めた。

「しかし、いざ他人の行動をコントロールするとなると不確定要素が多すぎて難しいな。今回の実験はオレがお前をよく知っていたから成功したのであって、赤の他人ではここまで上手く運ばなかっただろう。ある程度、その対象に関するインプットが必要だ。つまり、あまり現実的な推理ではないという結論に達した」

「……昨日僕に相談してくれたら速攻で却下してやったんだがな」

何も報われてない。

「ただ、少し前に別件で捕まえた奴の口から面白い噂を聞いた。京都には話をするだけで人生の迷いが消え、生まれ変わったようになる謎の人物がいるそうだ」

「何かの教祖か？　まあ、それで人が救われてるなら僕たちがとやかく言うべき筋合いはないけど」

「だが、噂にはまだ続きがある。その人物と触れ合った人間は自身の欲望を満たすために犯罪に走るようになるそうだ。それも自律的にな。例の犯人たちと関係がありそうじゃないか？」

「素性は解ってないのか？」

「名前も年齢も性別も不明、ただ皆からは『P』というイニシャルで呼ばれ、恐れられているようだ」

大河はそのイニシャルに閃くものがあった。

「P……まさか教授（プロフェッサー）か？」

獅子丸は真面目な面持ちで肯く。

かのシャーロック・ホームズのライバルにジェームズ・モリアーティ教授という人物

がいた。その天才的な頭脳でもってロンドンに犯罪組織を築き、自らの手を汚すことなく部下たちに犯罪計画を実行させる……まさに悪のカリスマだ。

「モリアーティは自分で考えた犯罪計画を部下に授けていただけだ。しかしその根本はあくまでビジネス、モリアーティの意思の下コントロールされていた。

一方でPは接触するだけで誰かを自律した一人の犯罪者として目覚めさせてしまう……組織を作ってないだけマシとは言え、そういう意味ではモリアーティ以上に厄介な存在だ」

あまりのことに大河の怒りはすっかり消え失せていた。もしモリアーティ級の天才犯罪者がこの京都に潜んでいるというなら、絶対に野放しにするわけにはいかない。

その時、大河の携帯電話にメールが届いた。陽虎からだ。件名は『よりすぐりの一枚』。本文はなく、ただ画像が一枚添付されているだけだった。

画像を開くと例の少年の姿が現れた。少年は例によってジャケット姿で、どこかへ行こうとしているらしくカメラには視線も寄越さない。きっと陽虎が勝手に撮ったのだろう。

背景はどこかの校舎の前、少年とすれ違ったと思しき学ラン姿の少年の顔がやや引きつっている。詳細はよく解らないが、とりあえず獅子丸にも見せてやろう。

「獅子丸、これ」

そう言って大河が携帯電話の画面を差し出すと、写真を見た獅子丸の顔がどんどん険しくなっていく。もしかすると何かを察したのかもしれない。

「これは？」

「驚くなよ。陽虎のボーイフレンドらしい」

「……許さん！」

獅子丸が突然吼えた。あまりの剣幕に大河は思わず獅子丸の顔を見つめてしまった。

「は？」

「そのガキを許さないと言ったんだ。こいつにもう自由は認めない」

これは予想外だった。獅子丸が陽虎を可愛がっているのは知っていたが、まさか実の父親よりも過剰な反応を示すなんて……。

「陽虎にとっては今生の別れになるかもしれないな……いや、事故で死んだと話せばいいか」

何か恐ろしいことを言っている。

「いや、僕は経費精算が残ってるし……」

獅子丸の気まぐれに付き合うことはない。それに後で陽虎に恨まれるのはゴメンだ。

「それにお前、僕に『適度な恋愛は人生に潤いを与える』とか言ったばかりじゃないか」

「陽虎は別だ。悪い虫は例外なく潰す。それに……」

獅子丸が何事かを言おうとした瞬間、部屋のドアが勢い良く開け放たれた。あまりのことに思わず大河がドアのほうを見ると、白衣の男が苦虫を噛み潰したような顔でこちらを睨んでいた。

「先生じゃないですか」

我鷹尊は獅子丸や大河の主治医だ。主に京都本社の重要人物の健康管理を指導している。この仕事への理解も深く頭も切れるため、不健康な生活を送っている探偵にとっては極めて厄介な存在だ。

尊は大河と上半身をはだけた獅子丸を見比べた後、一喝した。

「……何をしてるんだ貴様らは？　そういうことは夜にしろ！」

尊は何か誤解しているようだが、大河にはここまでの経緯を簡潔に説明できる気がしなかった。

大河が諦めて黙っていると、尊は渋い顔で獅子丸にいきなり説教を始めた。

「それより獅子丸。俺の人間ドックをすっぽかそうとするとはいい度胸だな」

ああ、それは怒るに決まっている。というか、獅子丸は人間ドックのことを助手である大河にも伝えていなかった。実験さえなければ本当にすっぽかすつもりだったに違いない。

「……解った、我鷹さん」

獅子丸は神妙な表情でそう答えた。尊は三十代後半だが、大河たちが子供の頃から付き合いがあるということもあって、獅子丸も尊には比較的素直だ。

「代わりに大河を置いていく。それでいいだろう？」

いいわけないだろ！

そんな大河の気持ちを尊が代弁してくれた。

「馬鹿者！　お前の不摂生は目に余るものがある。特に食生活、主治医として見過ごすわけにはいかん。今日はみっちり調べてやる」

「いい歳して不摂生な生活を送っている河原町のジイさまのほうが指導し甲斐があるのでは？」

「そうしたいのはやまやまだが、河原町先生の主治医は城坂（しろさか）のとこのジイだ。お前は諦めて検査を受けろ」

そう言って尊が獅子丸の両肩を掴んで連れ去ろうとする。獅子丸は観念した様子で大河にこんなことを言った。

「仕方がない。大河、オレの代わりにお前が調べろ」

「何だって？」

「だから、その写真のガキの身元を探れ」

「探偵の資格を持ってない人間にそれをやらせるのか？」

大河がもっともなことを口にすると獅子丸は笑った。

「難易度はB^+からA^-か、楽勝とはいかないがお前にとってはそこまで難しい仕事でもないはずだ。オレはお前の実力を認めてる。それが何よりの資格だ」

そう言われては仕方がない。まあ、やってやるか。

「我鷹さん、人間ドックは二時半には終わるか？」

「そうだな。まあ、五時間コースの予定だからそんなものか」

「じゃあ、大河。三時に祇園の喫茶バブイルに」

獅子丸はそう言い残すと、バスローブ姿のまま素直に連行されていった。


大河がとりあえず経費精算の残りを片付けると、時刻は既に十時だった。思っていたよりも時間がかかってしまった。

大河は会社を出ると四条通でタクシーを拾う。まずは陽虎の通う鶴桜(かくおう)高校へ向かった。

鶴桜高校は探偵の養成を目的として明治時代に設立された学校だ。従って探偵公社も経営に一枚嚙んでいる。大河も獅子丸も通っていなかったが、ここの卒業生は公社の社員にも結構な割合でいる。

まずは学校で少年の素性を調べよう。勿論、陽虎に訊くのが一番早いのだが、獅子丸の反応を考えるとどうもこっそり調べたほうが良さそうだ。

「そこを右に折れて、少し行った場所で止めて下さい」

鶴桜高校は東大路通を知恩院道へ折れてすぐのところにある。大河は正門の前でタクシーを降りると、守衛に訪問の意図を告げた。公社の関連施設に入る時は獅子丸の名前を出せばだいたいフリーパスだ。

大河を出迎えたのは角谷（かくたに）という四十過ぎの男性教師だった。聞けば陽虎の学年の生活指導を担当しているという。

大河は角谷に案内され、そのまま応接室に通された。

「今日はどのようなご用件でしょうか」

角谷の言葉にはいささか卑屈な響きがあった。まあ、見方を変えれば大河は公社のエリートだ。査定にでも来たと思っているのかもしれない。

「あ、今回はウチの獅子丸の我が儘なんですがね……」

大河は携帯電話を取りだしながら予め用意しておいた言い訳を口にする。

「少し前、ある少年が街で事件を解決したそうですが、名乗らずに立ち去ってしまいまして。ただ関係者の一人が撮っていた彼の写真があったので、それを元に聞き込みをしたところ、どうも鶴桜高校の二年生ではないかという証言が得られまして」

大河の言葉に角谷はニヤリと笑った。

「つまり、なんですかな。青田買いというやつですか」

「まあ、そんなところです。獅子丸が是非、彼に会ってみたいと言いましてて」

勿論、そんなことはないのだが勘違いして貰っているほうが都合が良さそうだ。

しかし角谷はしばらく写真をじっと眺めていたのだが、やがて首を捻りながらこんなことを訊ねた。

「……彼は本当にウチの生徒ですか？」

「と言いますと？」

「残念ながら二年生にはこんな生徒はいないですね。少なくとも、私の記憶にはありません」

陽虎が同い歳と言った以上、そこに間違いはないはずだが……。

大河は念のためにこんなことを訊いてみた。

「では飛び級した子で心当たりはありませんか？　あるいは反対に留年している生徒でもいいですが」

大河の質問に角谷は首をゆっくりと横に振った。

「いいえ、飛び級制度はありますが、飛び級した生徒は現在在籍していませんね。留年なら多少ありますが……そうだ、ちょっとお待ち下さい」

角谷はそう断って応接室を出て行ったが、三分もしない内にアルバムのようなものを抱えて戻って来た。

「お待たせしました。これは今年度の生徒年鑑です。プライバシーの問題があるので持ち出しはできませんが、この場で確認する分には問題ありません」

「拝見します」

大河は受け取った生徒年鑑に目を通す。確かに角谷の言う通り、この少年は二年生の男子の中にはいなかった。勿論、一年生と三年生の男子も同様だ。それなりに顔立ちの整った者はいるが、誰も彼もこの少年には似ても似つかない。

一応、写真の少年が実は男装の麗人だったケースも考えて女子も確認したが、やはり一致する生徒はいなかった。

「……いませんね」

「お力になれなかったようですね」

角谷が申し訳なさそうにそう言った。だが、ここで帰っては獅子丸の助手の名が廃る。

大河は胸を張り、いかにも想定の範囲内だという表情を作りながら口を開く。

「ただ、はっきりしたこともあります。この写真に写っている生徒は二人とも他校の人間です。つまり撮影時期は限られますね。外部の人間が鶴桜高校の敷地内に入っても咎められない行事がある日ではないでしょうか？　例えば、学園祭など……」

しかし角谷は首をゆっくりと横に振った。

「天親さん、大変申し上げにくいのですが、この背景は我が校の敷地ではないと思われます」

つい見栄を張ったばっかりに恥の上塗りをしてしまった。

だが、大河にはこの写真の背景に微かに見覚えがあった。陽虎が撮った以上、てっきり鶴桜高校の敷地内だと思ったのだが……。

簡単に捜査が片付くとは考えていなかったが、どうやらそもそものスタート地点が間違っていたらしい。改めて仕切り直しだが、さて何を手がかりにすればいいのだろう？

大河がそんなことを悩んでいると、角谷がおずおずとこう申し出た。

「もしそのデータをいただけたら、こちらのほうでも探しますが……」

それも悪くないか。他にいい方法が思い浮かばない。

大河は何気なく「ああ、お願いします」と言いかけて、寸前でExif（エグジフ）の存在に気がついた。

Exifとはエクスチェンジャブル・イメージ・ファイル・フォーマットの略で、簡単に言うと撮影時の情報を記録したラベルのようなものだ。つまりExifがあれば大河の求める手がかりが得られるということだ。

大河は慌てて立ち上がる。こうしてはいられない。

「大丈夫です。そこまでお手間を取らせるわけにはいきません。では、僕はそろそろ」

そそくさと鶴桜高校を辞した大河は、正門の前にある花壇に腰掛け、カバンからノートPCを取り出して膝の上に置いた。

Exifの情報によるとこの写真は二月下旬の土曜の二時過ぎに撮られたものらしい。更に撮影場所の位置情報を調べて、大河は思わず独りごちてしまう。

「……なんだ、雨新塾（さめしんじゅく）じゃないか」

雨新塾は大手進学予備校で、京都校舎はここから東大路通を渡ってすぐの場所にある。

大河はノートPCをしまうと、雨新塾を目指して歩き始めた。

雨新塾は少し前に起きたある事件のために塾長が逮捕されたばかりなのだが、ぱっと見た感じでは寂れているという雰囲気はない。まあ、保護者にしてみれば結果さえ出してくればいいということなのだろう。
校舎に入った大河はさっそく一階の受付の若い女性に声をかけた。暇そうにしている
し少しなら大丈夫だろう。
「あの、ちょっとよろしいでしょうか？」
大河が彼女――名札によると栗林（くりばやし）という名らしい――に自分の素性を説明すると「あ
のキングレオの？　本当ですか？」とそわそわし、挙げ句の果てにメイクを直そうとし
始めた。どうやらさっさと本題に入ったほうが良さそうだ。
「こちらの塾生のことをどの程度把握されてますか？」
「基本的にみな知ってると思います。そもそも授業のある教室や自習室に行くには必ず
ここを通らないといけませんし。シフトの都合で休む日もありますけど、出勤したこと
がない曜日というのはありませんし」
だったら例の少年のことを訊ねる相手としては問題ないだろう。
大河は携帯電話を取り出すと写真を表示し、この少年に見覚えがないかどうか質問し
た。
「うーん、絶対にウチの塾生じゃないですね」
栗林はやけにあっさりと断言した。塾生だって数百人はいるだろうに。
「本当ですか？」
「だって、こんな美少年はいないと思います。いたら狙ってますから！」

なんてロクでもない人なんだ。ただ、今の返事のお陰で信用しても良さそうだという気がした。

「失礼ですが、ここに勤務してどのくらいに?」

「丸二年が過ぎましたけど……なかなか美少年っていないですね」

それはもういいから。

だが、写真が撮られたのは今年の二月だ。彼女の眼を信用するならやはりこの少年は雨新塾の生徒ではないということになる。

大河は内心ため息を吐く。この写真から絞れる情報はもう絞り尽くした感がある。これから何をするべきなんだろうか。

「でも、一緒に写ってる学ランの子はウチの塾生ですよ。彩家君っていうんですけど」

「え?」

思いもよらない言葉だった。

「何ならすぐに話聞けますよ……ちょっとこないだの受験に失敗して今は浪人生なんで。今日も来てます」

それは願ってもない。彼が少年の知り合いかどうかは解らないが、顔ぐらいは見ているはずだ。

「けど、あんまり真面目な子じゃないんですよね。不良とまではいかないけど、縄張り意識が無駄に強くて。そこが若い男の子らしいと言えばらしいんですけど。多分、自習室にいるんでちょっと呼んでみましょうか」

　大河は栗林の申し出をありがたく受けた。

　大河が受付の前で待っていると、ほどなく栗林に連れられて写真に写っていた例の少年がやってきた。

「栗林さん、誰スかこの人？　俺、知らないですよ」

「こちらは探偵公社の天親さん。彩家君に訊きたいことがあるんだって」

　栗林の言葉に彩家がやや身じろいだのが解った。何か後ろ暗いことでもあるのだろうか。

　大河はとりあえず例の写真を彩家に突きつけてみた。

「ここに写ってるの君だよね？」

「……そうだよ」

　彩家は大河が差し出した液晶画面をちらとだけ見て、ぶっきらぼうにそう答える。

「じゃあ、一緒に写ってるこの子を知らないかな？」

「そんな奴、知らねえよ」

　彩家は写真を再度見ることもなくそう言い切った。

「ほんのちょっとのことでもいいんだ。何か思い出せないかな？」

「記憶力のない俺に昔のこと訊くなって。暗記苦手だから受験だって失敗したってのにさ」

「あ、気を悪くしたらごめん。そういうつもりじゃなかったんだ」

「悪いけど、思い出せないと思うわ。それに俺、ここに勉強しに来てるんだよね。もういいかな?」

彩家は大河とこれ以上話したくないという雰囲気を発していた。

しかし写真から判断する限り、彩家は明らかにこの少年とすれ違っているはずなのだ。とはいえ今の大河には切ることのできる札がない。

大河はひとまず退散することにした。


捜査が空振るとあの苦い記憶が甦る。尊と会った後では尚更だ。

尊の父親は名を敬(たかし)といい、当然こちらも昔からの付き合いだ。

大河の眼から見た敬は温厚な紳士で、その彫りの深い顔をくしゃっと崩して笑う様子がとても魅力的だった。そしてその印象はこの二十年ずっと変わっていない。

しかしこの敬には哀しい過去があった。

若い頃、敬は行き倒れているところを近くの我鷹医院に運び込まれた。だが意識を取り戻した敬は自分の素性どころか、名前すら思い出せない状態だった。俗に言う記憶喪失というやつだ。

結局、敬の記憶は戻らなかったが、我鷹医院の跡継ぎだった尊の母親と結ばれた。それから独学で医療を学び、ずっと妻の仕事を手伝ってきた。

敬には誰にでも分け隔て無く敬意を払ってくれるようなところがあった。だからそれが新しい名前の由来にもなっていると聞いた時、すんなりと納得できた。実際、敬は大河にも優しかった。

だが、そんな敬に大河はひどいことをしてしまったのだ。

あれは小学校高学年の頃だ。まだ自分が探偵になるものと疑っていなかった大河は、敬が記憶喪失だったと知り、無謀にもこんなことを本人に宣言してしまった。

「おじさんの過去、いつか僕が探してあげるよ」

自分のアイデンティティに無関心でいられる人間は極めて稀だ。きっと敬もそうだっただろう。大河に言われるまでもなく、知りたがっていたはずだ。

しかし敬はあの優しい笑顔で大河にこう返した。

「じゃあ、頼むよ大河君。なるべくなら僕が元気な内がいいなあ」

あれから十数年経つが未だに敬の過去は明らかになっていない。罪悪感もあって、実は何度か獅子丸に頼んだこともあるのだが、「それはお前が受けた依頼だろう」と取り合おうともしない。きっとそれが獅子丸なりの線引きなのだろう。

やっぱり探偵には向いてなかったのかもな。

大河はそんなことを思いながら祇園のアーケードをぶらついていたが、やがて正気に戻り、一度ここまでに得た情報を整理することにした。

例の彼氏、この辺りにいたことは間違いないのに鶴桜高校の生徒でもなく雨新塾の塾生でもない。一体どういうわけだろうか。

陽虎の写真から解る情報はほぼ絞り尽くしたと思うが、今の情報だけでは足りない。

……いや、待てよ。プリクラから解ることはないか？

そう考えた時、ふと大河は陽虎から見せられたプリクラのフレームにいたジャイロ君を思い出していた。

ジャイロ君はイギリスの有名な探偵ジャイロ・シェリンガムをモデルにして作られたキャラクターだが、その後ジャイロ本人が不祥事を起こしたために居なかったことにされた不遇な存在だ。グッズの回収は随分と大変だったと聞く。

だが今となってはジャイロ君のデータが入っているプリクラの筐体は少ないはずだ。もしかしたら特定できるかもしれない。

大河が電話で心当たりを数件当たったところ、祇園四条の雑居ビルの一階に入っているゲームセンターにはまだ残っているとのことだった。鶴桜高校から少し離れてはいるが、確かにあそこなら陽虎の行動圏内だ。

五分後、大河は教えて貰ったゲームセンターに辿り着いた。古い雑居ビルはお世辞にも綺麗とは言いがたいし、筐体のラインナップも最新鋭ではないが、インカムの稼げる音ゲーとプライズマシンに力を入れて生き残っているらしい。

店は営業を開始したばかりなのかまだ客の姿はまばらだった。大河はカウンターに座る初老の女性に声をかける。

「あの、ちょっといいでしょうか?」

大河が身元を簡単に説明すると、店主は「ああ、あの」とすぐに納得してくれたようだった。大河は携帯電話を取りだして、例の写真を表示してこう訊ねた。

「この少年に心当たりはありませんか?」

女性は眼鏡の位置を何度も直しながら少年の写真を眺める。そして首を横に振った。

「……解らないねえ。この歳になると若い子なんてみんな同じだから」

取り付く島もないという感じだ。何かがこの女性の癇に障ったのだろうか。まあ、確かに客でもない人間に何かを教えてやる義理はなかろうが。

しかし参った。いるはずの少年の存在を関係者がことごとく否定する。まるで『白面の兵士』みたいだ。

『白面の兵士』とは例によって有名なホームズ譚の一つだ。

軍人ジェームズ・M・ドッドが戦争が終わった後、同じ部隊で親しくなったゴドフリー・エムズワーズから連絡が絶えたことを不審に思い、ゴドフリーの父へ消息を訊ねる手紙を書いた。だが、息子は世界一周旅行に出ているから一年は戻らないという素っ気ない返事が送られてきただけだった。

納得ができなかったドッドはゴドフリーの実家を訪ね、直接ゴドフリーの父に問い質したが、はかばかしい回答は得られなかった。しかしその晩にゴドフリーの実家に泊まったドッドは、窓の外に真っ白な顔をしたゴドフリーを見つける。

しかし翌日、ドッドはゴドフリーのことを皆に訊ねるがシラを切られた上、追い出されてしまう……。

時代も舞台も違うが、大河はドッドの気持ちが少しだけ解った気がした。この謎に名前をつけるならさしずめ『白面の貴公子』だろうか。

まあ、やれるだけやったのだ。報告だけしてあとは獅子丸に任せよう。

大河はそう思いながらゲームセンターを出ようとしたが、ふと視界に入った筐体に目が釘付けになった。

懐かしいな。昔よくプレイしたゲームじゃないか。

学生時代には大河もゲーム好きの獅子丸に連れられてゲームセンターに足を運んだものだった。格闘ゲームなど他人と対戦するゲームは苦手だったが、一人用でやればやるだけ上手くなるシューティングゲームは割とハマった。よく見れば、他にも馴染みのあるシューティングの名作が揃っている。

……久しぶりにやってみるか。

立ちっぱなしで疲れたというのもあって、大河は思い出のシューティングゲームの筐体の前に腰を降ろす。そしてしばしのイメージトレーニングの後、コインを投入した。

久しぶりにプレイしてみると、やはり思うように機体を動かせない。途中まで行って残機を失った大河はコンティニューの誘いを断って、また最初からリスタートする。一度攻略したゲームはノーコンティニューでクリアしなければならないという使命感が大河の中で燃え上がっていた。

そんなわけでらしくもなく熱くなり、結局四回も挑戦してしまった。ラスボスを撃破してふと時計を見れば十二時半、あっという間の一時間だった。

クリア後、ネームエントリーの入力を求められて大河は内心ほくそ笑んだ。大河のスコアがランキングに入ったという証だ。割と全盛期に近いプレイができたのだから当然の結果だろう。

大河がネームの入力を終えるとランキングが表示された。だがそこには『ＤＮＫ』というネームが一位から九位までずらっと並んでいた。そしてお情けのように十位に大河のネームが点滅している。

どうやら常連に凄腕がいるらしい。大河が他のシューティング筐体を見ると、やはりランキングはＤＮＫのネームで占められていた。

大河はこのＤＮＫに僅かにシンパシーを抱いた。このスコアはかなりストイックにプレイしないと出ないはずだ。ＤＮＫというのはいったいどんな人間なのだろうか。

その答えを得るために、大河はゲームセンターの一角に置いてあるコミュニケーションノートを開いた。

コミュニケーションノートはゲームセンターの利用客同士の交流を促すために店が設置するものだ。内容はゲームの攻略にまつわることから、キャラクターのイラスト、あるいは他愛のない世間話など様々だ。

大河はパラパラと捲り、ＤＮＫという文字列を探した。すると少し遡る内に、気になる記述を見つけた。

こないだ、ちょーカッコいい子がいたんだけどあれダレ？　ていうかショーカイして！

知らないの？　あれはＤＮＫだよ。でも彼女いるみたいだし、その子もめっちゃ可愛いよ。

学生同士の他愛もない会話に見えるが、大河には妙に引っかかった。『ちょーカッコいい』だなんて、例の少年の特徴に当てはまるではないか。おまけに彼女まで……おそらく陽虎ではなかろうか。

大河はページを捲って、会話の続きを見る。

ＤＮＫ？　あいつはやめとけ。あいつに絡んだ奴、みんなヒドい目にあってるって話だ。多分、筋モノの跡継ぎかなんかだぞ。

ＤＮＫはともかく彼女のほうは鶴桜の生徒だからな。ＫＫＴＮに見つかったら別れさせられるんじゃないの？

ＫＫＴＮという新しい人物の登場に面食らうが、すぐに誰を指しているのか解った。おそらく鶴桜高校の角谷だろう。生活指導はこのゲームセンターも範囲らしい。

しかしＤＮＫに絡むと酷い目に遭うというのはどういうことだろう。『筋モノの跡継ぎ』という表現は出てくるが、確定というわけでもなさそうだ。

大河はノートを閉じた。遡ればまだ情報は得られるだろうが、ここは詳しい事情を知っている人間に尋ねたほうが早い。

大河は再び、カウンターの初老の女性に声をかけた。

「あの、またお時間よろしいですか？」

女性は怪訝そうな表情で大河を眺める。

「まだ何か？」

大河には彼女が例の少年について知らない振りをしたのだという確信があった。そして、その理由も既に見当がついている。

「実は……妹についてもお尋ねしたくて」

そう言って大河は陽虎とのツーショット写真を女性に見せる。すると彼女の表情から険しさが消えた。

「あんた、あの子のお兄さんなんだ」

彼女の口調には警戒が少し解けた感触があった。これを好機と見た大河は更に押す。

「お店の売り上げを減らそうという意図はありません。ただ、この少年について知りたいんですよ。何せ、妹の交際相手なので」

大河が優しい兄の顔でそう語りかけると彼女は人懐っこい表情で微笑んだ。

「なんだ、それなら早くそう言っとくれよ。あたしはてっきり鶴桜高校の生活指導絡みかと思って。あの子たちに迷惑かからないように何も言わないつもりだったんだ」

どうやら角谷は彼女にも嫌われているようだ。まあ、大事な客を減らす原因だから仕方がない。

「殿下なら大丈夫だよ。マナーもいいし、あんな昔のゲームにお金を落としてくれる子が悪い子のはずないよ」

「殿下？」

「さっきの写真の子のこと。流石に本名は知らないよ。ただ、なんとなく貴公子っぽい雰囲気だからね。他の子が殿下って呼び始めてそれで定着したんだよ。本人も殿下って呼び名を気に入ってる」

確かにしっくり来る仇名ではあるが……ああ、それでＤＮＫなのか。

「殿下がどこの生徒かご存じですか？」

「まさか。お客のプライバシーに立ち入ったりはしないよ。けど土日にしか顔を出さないから、なんとなく府外の子なんだろうなと思ってたよ。一番早い日で午後二時ぐらいに来るから大阪か兵庫の学校かもね。奈良だともっと早く来れちゃうし」

なるほど。何かの参考になりそうだ。

「ところでさっきの写真に彩家君写ってなかった？」

「ええ。確かに彩家君ですけど、何かご存じなんですか？」

彼女は肯くとこんなことを教えてくれた。

「彼も常連だからね。確かあの子、殿下に絡んで後でとても怖い目に遭ったって言ってたよ。護衛が付いてるなんて、よっぽどだねえ……」

大河は彩家がシラを切った理由が解った気がした。

雨新塾の入り口で張り込んで一時間余り、大河は二時半前に休憩から帰って来た彩家を捕まえることに成功した。

ゲームセンターで得た情報を出すと彩家は観念して、素直に話してくれた。どうも殿下にとって都合の悪いことを話すとまた酷い目に遭わされると思っていたらしい。

「殿下と会いたいんだけど、どうしたらいいかな？」

「それなら祇園のゲーセンか、円山公園に行けばいいよ。この時間帯は大抵どっちかにいるはずだから」

その彩家の証言を信じて、大河は円山公園に行くことにした。雨新塾と円山公園は目と鼻の先だし、移動距離を考えてもゲームセンターは後回しでいい。

　さほど期待せずに円山公園に出向いた大河だが、ほどなくしてベンチで本を読んでいる殿下らしき少年を見つけてしまった。陽虎の言う通り、写真より実物のほうがずっと美形で、見逃すほうが難しいほどの輝きを背負っていた。

　大河は何気なく殿下の座っているベンチに腰を降ろす。殿下は特に意に介した様子もなく、本を読んでいる。

「少しよろしいでしょうか？」

　大河が声をかけるタイミングをはかっていたところ、少年の口からそんな言葉が放たれた。願ってもないチャンスだ。

「何かな？」

「あなたはもしかして天親大河さんではありませんか？」

　通りすがりを装うつもりでいたのに、いきなり出鼻をくじかれてしまった。

「そうだよ。ひょっとして君が殿下かい？」

　だから大河は開き直ってつい殿下と呼んでしまった。

「確かに皆さんぼくをそう呼びますね。まあ、本名よりはマシなので気に入ってますが」

　仕事柄、色々なセレブリティと顔を合わせることの多い大河だが、この少年は明らかに別格だった。話し方や身振りが生まれながらの上流階級のそれだ。

「どうして僕のことが解ったのかな？」

「陽虎さんはよく家族の話をするんです。それが実に楽しくて……勿論、陽虎さんの話が上手いというのもありますけどね。だから大河さんのこともよく知ってます」

もっと取っつきの悪い性格だと思っていたが、思いのほか人懐っこくて大河は戸惑った。

「今日は陽虎とデートしなくていいのかい？」

「別にデートのために上洛してるわけじゃありませんよ。ぼくは普段神戸の高校に通ってるんですが、週末は京都の別宅で過ごすことにしてるんです。勿論、陽虎さんとは気が向いたら会うようにしてますがね」

言ってる意味はよく解らないが、金持ちだということははっきりと解った。

「時に大河さん、ぼくの相談に乗っていただけませんか？」

何だか先手を打たれた感じだ。

「大したことは言えないかもしれないけど、それでいいなら」

大河が少し気後れしながらそう答えると、殿下はにっこりと笑った。どうも殿下のペースに乗せられているようで落ち着かない。

「実は人生に悩んでいるんですよ。と言っても世間様の悩みとは正反対ですね。どんな道を選んでも普通に成功してしまうのが解るというか……お陰でかえって進路の決め手がないんですよ」

なんでもできるが故の悩みか。贅沢な話だ。

「結構なことじゃないか。僕なんて未だに成功する気配がなくて苦しんでる」

「けれど、どの道もぼくが選ぶ必然性がないんですよ。例えば家を継ぐなら出来の悪い兄でもいいわけですし」

「どうせ決められないのなら、自分に一番向いてそうなことに注力したらどうだろう。シンプルだけど、それが一番楽だ」

「それは一理ありますね」

大河の言葉に殿下は膝を打って同意した。だがすぐに首を傾げながら、こう続ける。

「けど、それって現実的な選択肢なんでしょうか？」

「どういうことかな？」

「大河さんはお勤めをしながらミステリ作家を目指しているそうですが、仕事を辞めて背水の陣を敷こうと思ったことはないんですか？」

殿下は屈託のない笑顔で大河の抱える矛盾に遠慮無く斬り込んできた。

「時々は思うよ。けど、それはギャンブルだ。一方で賭けに失敗して望み通りの道を歩けなかったからと言って、それで死んでしまえるほど人間は雑にできてない。リスクを分散させるために不本意な生活を選んでるんだよ」

「ぼくは失敗したら死んでしまうギャンブルのほうが好きですね。解りやすくて」

確かにこの少年なら全てを賭けても平然としていられるだろう。自信に溢れている。

「やることが見つからないなら探偵を目指すのはどうかな。狭き門だし鶴桜高校に行ってない分の不利もあるけど、君には適性がありそうだ。それに万一探偵になれなくても関連機関でのポストが得られる可能性だってある。もっとも君なら医者や弁護士にだってなれるのかもしれないけど……」

「まあ、選択肢には入れておきますが……ところで大河さんはどうして探偵を目指さなかったんですか？」

「僕は探偵に向いてないよ」

「そうですか？　陽虎さんが言ってましたよ。ミステリ作家よりは探偵のほうが圧倒的に向いてるのに、と」

流石は妹だ。大河のことをよく解っている。

「今のは不正確な答えだった。正しくは僕が探偵をやったところで一流にはなれない、かな。身近に一流の探偵の獅子丸がいるのに僕なんかが探偵をやる意味はないって悟ったんだ」

今日の殿下捜しだって随分回り道をしたが、きっと獅子丸なら一瞬だ。

「けど、二流でもないとも思ってませんか？」

それはまるで心を見透かしたような一言だった。大河が絶句していると殿下は妙なセンテンスを口にした。

「Premier ne puis, second ne daigne」

「今のは？」

「昔のシャトー・ムートン・ロートシルトのラベルにあった標語ですよ。ざっと訳せば『一流にはあらねど、二流たるをも認めず』といったところでしょうか。まるで探偵としては一流半の大河さんのことを言っているようですね」

「二流ではないと思っているのは否定しないよ。一応、ある程度は才能に恵まれたと思っているしね」

　大河は肯定した。しかし殿下は腑に落ちない様子で大河を眺めている。

「ではどうしてミステリ作家を目指すんですか？　どう考えても探偵に注力したほうがリターンは大きいでしょうに」

「昔、獅子丸にはミステリ作家を志した時期があった。僕は獅子丸の書いた作品に感動して、自分も同じようにミステリを書いてみたいと思ったんだよ。獅子丸が筆を折ってからは余計にそう思うようになった」

「その道では一流でないと自覚していてもですか？」

「……理屈じゃないんだよ。人間には出会ってしまった以上、どうしようもないものもある。君もいずれ解る日が来るかもしれない」

「それはもう充分に解ってますよ。ぼくも出会ってしまった人間ですからね。しかし大河さん、あなたがミステリ作家を目指すのは本当にミステリに惹かれたからなんですか？」

「どういう意味かな？」

「いえ、それが大河さんにとって獅子丸さんに勝つことができる唯一の方法ではないかと思ったまでで」

大河は「違う」と言おうとしたが声が出なかった。確かにそういう側面がまったくないとは言い切れない。だが、こんな少年にそれを指摘されるとは思ってもみなかった。

大河はすぐに心の防壁を固め、改めて反論を試みようとした。しかし殿下は大きくかぶりを振る。

「ああ、返事は結構ですよ。ぼくは大河さんを言い負かしたいわけではありませんから。正解かどうかは大河さんだけが知っていれば充分ですしね」

こちらの無防備な箇所を刺してきたかと思えば、防御を固めるとあっさり引く。精神的な間合いを把握しきっているとしか言いようがないが……そんなことができるのは公社でも数人しかいないだろう。

「ただ、獅子丸さんに勝ちたいという欲望が大河さんの根底にあったとしたら、随分と回りくどい方法を取りましたね。筆を折った獅子丸さんにならば勝てるかもしれないという希望にすがって人生を賭けるつもりですか？」

「今更獅子丸と競えることなんて他にないよ」

「競い合おうとするから駄目なんですよ。挑めばいい」

挑む？

「そう、挑戦です。探偵同士で戦えばそれは競争ですが、犯罪者として戦うならそれは挑戦となります」

何を言っているのだ？

「要は適性の問題ですよ。例えばミステリ作家の才能を犯罪立案に注げば、きっと優秀な犯罪コンサルタントになれますよ。それなら探偵としては一流半でも、獅子丸さんと充分に渡り合える……いかがですか？」

獅子丸に勝つこと。それは間違いなく大河にとっての夢だ。手段はどうあれ、その点は否定できない。

「……そもそもこれは君の人生相談だったはずでは？」

「ええ。他人の人生を通して自分の人生について考えるのがぼくのスタイルでして」

殿下はそう嘯(うそぶ)いてみせた。

今朝、獅子丸は許さんと叫んだ。あれはこの少年の危険性を理解していたからか。

「……君はいつもこの調子で誰かにアドバイスを授けているのか？」

「ここ一年ぐらいの話ですよ。どういうわけかぼくは満たされない方を引き寄せてしまうんですよね。そしてどうやったら満たされるのかぼくには解る……やはり教えてあげるべきでしょう。まあ、一種のノブレス・オブリージュですよ」

その表現で大河はある可能性に思い至る。

もしかして殿下とはプリンス……ＰはプリンスのＰではないのか！

「ぼくの顔に何かついてますか」

殿下はとぼけた口調でそう言う。この少年がモリアーティの再来だと言って信じる者がどれだけいるだろうか。

「して、いかがですか。大河さんの欲望を満足させる方法を真面目に考えてみたつもりなんですが」

「生憎だが、君の提案には乗れない。実際、君に触れて犯罪者になった人間のいくらかは獅子丸に捕まっている」

「おや、それはご愁傷様。結構いい人たちばっかりだったんですけどね」

大河は殿下に悟られぬようにそっと携帯電話を操作する。通話はできないまでも獅子丸の携帯電話に着信を入れておきたい。それに殿下との会話を聴いてくれれば今の状況を推察して助けに来てくれるだろう。

「大河さん、連絡を取ろうとしても無駄ですよ」

殿下が大河の心中を見通したように釘を刺す。

「だってこの辺一帯、圏外になってますから。どうぞ確認して下さい」

そう言って差し出された殿下の携帯電話はアンテナが立っていなかった。

そんな馬鹿な。

大河は慌てて自分の携帯電話を確かめるが、こちらも圏外になっていた。これでは獅子丸に繋がるはずもない。

時刻は三時五分だ。既に待ち合わせの時刻を過ぎている。今頃、獅子丸が電話をかけてきていることだろう。

「電波だけじゃありませんよ。人の気配も消えてませんか?」

誰かしら歩いているはずの円山公園なのに、いつの間にか人っ子一人いない。

「とまあ、三十分ぐらいなら人払いも簡単にできます。人が一人死んでも、痕跡を消すには充分な時間です」

見た目にすっかり騙されていたが、この少年に犯罪者としての才能があるのは疑いようのない事実らしい。これでは大河は蜘蛛の巣に自ら飛び込んでしまった蝶と同じだ。

殿下はいささか真面目な表情になると、大河にこう告げた。

「大河さん、これが最期の言葉になってても悔いがないよう本音で答えて下さい。あなたは獅子丸さんに挑みたくはないのですか?」

大河は腹を決めた。結果がどう転ぶにしろ、この問いには嘘偽りなく答えておくべきだ。

「もし獅子丸に本気で挑むとなったら、きっとどちらかが命を落とすほどの激しいものになる予感がする」

「長い付き合いだけあって重みがありますね」

「獅子丸と一生に一度の大勝負ができたら、結果はどうあれ僕は満足して死ねる。けど、駄目だ。きっと僕には獅子丸を殺せないし、そんな思いで戦うことを獅子丸も望んでいない。だから獅子丸には何があっても挑まない。これが僕の答えだ」

　本心を口にすると、気分がとても楽になった気がした。

「……あとは君の好きにしたらいい」

　大河は覚悟を決めてそう告げたが、殿下はきょとんとした表情で大河の顔を見つめている。

「まさか本当に教えていただけるとは」

　なんだって？

「一応、誤解を解いておきますと、この状況はぼくが作ったものじゃありませんからね」

　殿下は突然、そんなことを打ち明けてきた。

「なんでそんなことを今言うんだ？」

　ブラフだとしても全く意味がない。

「命がかかった状況であることが解れば大河さんから本音が引き出せると思っただけですよ。けど、ぼくは何もしてませんよ」

　などと、ぬけぬけと言ってのける殿下に大河は思わず呆れてしまった。

「今更とぼけるのか？」

「とぼけるも何も、そもそもぼくにはそんな力はないんですから」

「少なくとも彩家という子は君の部下から脅されたと証言していたが？」

「ああ、そういうことですか。彩家さんは誤解してるんですよ。ぼくには部下なんていないのに」

殿下は小さく肩をすくめる。困ったものだとでも言いたげだ。

「ぼくは何かと目立つので、街を歩けば厭な思いをさせられることもあります。けど、不思議なことに一度受けた厭がらせには二度と遭わないんです。何故だか解りますか。それはぼくに感謝している人たちが『恩返し』をしてくれているからです」

恐ろしいことをさらりと口にする。

「だったらこの状況も恩返しだって言うのか？」

「ぼくも迷惑しているので恩返しとは違いますが、向こうは良かれと思ってやっているのでしょうね」

どこまでも殿下にペースを握られている。

「実は少し前から、組織を作るから顧問として迎えたいというお誘いが匿名で来てるんですよ」

「返事は？」

「決まってるでしょう。お断りしましたよ。そんな面倒なことに首を突っ込みたくありませんし」

「では、君は犯罪に荷担してないと誓えるんだな」

「当たり前ですよ。ところで大河さん、このままだと未成年者略取の現場に立ち会う羽目になりますね。公社の人間として、犯罪を見過ごすおつもりですか？」

殿下ときたらまるで他人事みたいな口調だ。こんなに真剣味に欠ける依頼は初めてだ。

「いや、僕のほうは殺されるかもしれないんだが……解った。君を助けよう。けど、期待させて悪いけど、今のところはこのまま助けを待つのが一番生存確率が高い」

大河は正直な考えを口にした。

「つまり、何もしないのが一番いいということですね」

「あけすけに言えばそうだ。何かいいアイデアがあるのなら聴くが？」

「ぼくも大河さんと同じ考えですよ。けど、向こうがそれを許してくれるかどうか」

そう言って殿下は意味ありげな視線でどこかを見やる。つられて大河が同じ方向を向くと、あの彩家がこちらへ歩いて来るのが解った。

彩家はどこか恨めしそうな表情でこちらを見ていた。手には今時珍しい大型のトランシーバーが握られている。

「君は雨新塾に戻ったんじゃなかったのか？」

「だから殿下と関わるのは厭だったんだ。いきなりおっかなそうな人に声をかけられたんだよ。絶対にアンタのせいだからな。これ、早く受け取ってくれよ」

大河は彩家が差し出したトランシーバーを受け取る。

「これを渡したら帰っていいって言われたからな。悪いけど、これで」

そう言い残すと彩家は脱兎の如く走り去って行った。その背を見送りながら、大河はしぶしぶトランシーバーで通話を試みる。

「もしもし？」

『初めまして天親大河。私はエイシイスト。いずれこの地の神になる者だ』

そんな大きいことを言った人間の名前が無神論者というのは悪い冗談だ。

「お前の目的は何だ？」

『全てだ。殿下には私の作る組織の顧問に収まっていただく。もっともお前にはキングレオをおびき寄せる餌になって貰うがな』

「罠と解って獅子丸が来ると思うか？」

『来るさ。キングレオはそういう男だ。それはお前自身よく解っているだろう？』

確かに、獅子丸なら何があっても必ず助けに来るだろう。

「ここ最近の事件を裏で操っていたのはお前か？」

『その通りだ。だが、これ以上手駒を減らされてはかなわん。だからキングレオにはご退場願いたい』

ようやく話が見えてきた。だが大河は念のため、かまをかけてみることにした。

「神になろうとしている人間が何故、殿下に拘る？」

『殿下には同志を増やす仕事に専念していただきたい。殿下の才能は私が一番良く知っているからな。殿下が増やした同志を私が導く……一年もあれば公社の手には負えなくなる規模まで成長するだろう』

どうやらこいつは今日ここで潰しておかないといけない相手のようだ。そのためにはもう少し時間を稼ぐ必要がある。

「それは表向きの理由だろう？」

大河は敢えてエイシイストの神経を逆撫でするようなことを口にした。

『何が言いたい？』

「こうやって少し言葉を交わしただけで解った。お前と殿下とでは貫目が違う。お前は所詮、一山いくらの量産型犯罪者に過ぎない。お前は殿下を持て余しているな？」

金の卵を産むガチョウの腹は割けない。だからといって野放しにもできない……だからせめて手元で飼い慣らしておきたいだけだ。

『えらそうな口を叩ける立場ではないだろう。お前の命は私が握っているんだぞ？』

「どうかな？　それはお互い様だろう。何故なら僕はお前の正体を知っている」

大河は切り札を出した。ハッタリではない。つい先ほど気がついたのだ。

「今日は色んな人間に殿下のことを訊ねたが、面白いことに殿下を知っている人間はみな一度はとぼけるんだ。理由は大きく二種類あった。殿下を丁重に扱ったため、あるいは殿下を恐れたため……さて、アンタはどっちだ？」

相手が言葉に詰まったのが解った。大河の一撃はエイシイストに刺さったようだ。大河は反論を封じるべく、エイシイストが発声しようとしたタイミングでトドメとなる言葉をかぶせた。

「お前、鶴桜高校の角谷だな？」

「生活指導であのゲームセンターに顔を出している以上、殿下を知らないというのは不自然だ。それにお前は写真についても必要以上にとぼけてしまった。すぐ近所の雨新塾を知らないというのはやりすぎだ」

雨新塾が面している東大路通は鶴桜高校の人間にとっては通学・通勤経路だ。そうでなくても生活指導で祇園四条界隈を回っているはずなのに。

『予定変更だ。お前はもうそこから帰さない。キングレオにはあの世で再会するといい』

「僕の話は最後まで聞いたほうがいい。さもないと獅子丸に殺される」

『いいだろう。言え』

「そうだな、まず……」

大河がそう言いかけた瞬間、トランシーバーの向こうから叫び声が聞こえた。どうやら思った以上に早かったようだ。

『大河、無事か?』

そう語りかけてきたのはエイシイストではなく、獅子丸だ。

「ああ。円山公園のベンチに座ってる。そいつの部下たちがどこかで待機しているはずだから気をつけて」

『すぐに全員無力化してやる。そこで待ってろ』

大河がトランシーバーを置くと、殿下が「終わったんですか？」と訊ねてきた。

「ああ、どうにかなったよ。じきに獅子丸が迎えに来る。連中もこれで終わりだ」

「そうですか」

だが、殿下は特に安堵するでもなく軽く肯いた。まるで危機などなかったかのように。

「ねえ、大河さん。獅子丸さんを待つ間、一連の言動の意味を解説していただけますか？　単に犯人を挑発していたわけではないでしょう？」

やはりそこが気になるのか。

「元々、僕と獅子丸は三時にこの近所の喫茶店で待ち合わせをしていた。ただ、僕はここで足止めを食らって動けない。一方、僕は待ち合わせに遅れる時は必ず連絡を入れる習慣がある」

「なるほど。おまけに圏外で電話での連絡が取れない。それで獅子丸さんは大河さんに何かあったのではないかと考えるわけですね」

「そう。その場合、獅子丸は僕の足取りを必ずトレースする。遅かれ早かれ助けに来てくれたはずだ。何せ、あいつは僕と違って一流の探偵だから」

ただ、今回はいきなり角谷まで辿り着いたらしい。もっと余計な話をして時間を稼ぐつもりだったのだが。

「信頼し合っているんですね。羨ましい話です」

獅子丸が大河のことをよく知っているのと同様に、大河も獅子丸のことをよく知っている。だからこそ賭けに踏み切ることができたのだ。

「ところで、君は本当に今回の件に噛んでないんだろうね？」

「ええ。ぼくはただの高校生ですよ。今のところはね」

「どうして週末は京都で？」

「人捜しなんです」

そう言うと、殿下は遠くを見つめながら語り始めた。

「高校に進む少し前、京都で一人の女性に恋をしました。けれど彼女は突然姿をくらましましてね。有り体に言えばフラれたということなんですが……それから一向に心の穴が埋まらないんですよ」

「その穴は陽虎では埋まらないのかな？」

「いえいえ、陽虎さんは素敵ですよ。ぼくの前では可愛く振る舞ってくれてますけど、本当は牙と爪を持っていることもよく知ってます。まあ、そこが魅力的なんですけど」

そこまで解っているのか。

「けれど、彼女は陽虎さんよりもっと凄いんですよ。一度しかない人生、どうしても欲が出てしまいます。諦めてしまえば楽なんでしょうけど、出会ってしまった以上はしょうがないですね」

「……なんとなく解るよ」

「そうでしょう。多分、大河さんにとっての獅子丸さんみたいな人ですから」

殿下はそう言うと、大河に頭を下げた。

「先ほどはすいませんでした」

「いきなり、どうしたんだ？」

大河は突然のことに戸惑ってしまった。

「いいえ、好奇心から出た言動とはいえ、獅子丸さんを踏み絵に使うようなことを言うべきではなかったなと思い直しまして」

「それは別にいいさ。僕も自分の口からあんな言葉が出たのが意外だったよ」

「たった今、お二人の信頼関係を見せられて納得しました。確かに競い合うでも挑むでもなく、寄り添うべき仲だと。そんな関係性があるなんてね」

殿下はベンチから立ち上がると、カバンを手に持った。

「今日はもう帰りますよ」

「いや、獅子丸が助けに来るまではここにいたほうがいい。それに事情聴取だって……」

だが、殿下はかぶりを振った。

「獅子丸さんが来るからこそですよ。それにお二人に仲良くしている様子を見せつけられると……壊したくなりそうで」

ん？　今なんて……。

だが、その疑念は聞き覚えのある叫びで掻き消された。

「大河！」

見れば疾走してくる獅子丸の姿があった。宣言通り、十分もしない内に大河の前に現れたのだ。

「奴の仲間は？」

「安心しろ。公園の出入り口で張ってた連中は残らず無力化しておいた」

『無力化』という表現がやけに引っかかった。腕や足を折る程度で済んでいればいいのだが。

「……あーあ。帰りそびれましたか」

やれやれと言いたげな表情で殿下がぼやく。しかしその口元は微かに笑っていた。

獅子丸は二人の間に割って入ると、大河の肩を労うように叩いた。

「頼んでいた仕事は果たしてくれたようだな。流石は大河だ」

「たまたま上手く行っただけだよ。けど」

お前が言うほど悪い子じゃなかった。そう続けようとしたのに、声が出なかった。獅子丸が鬼のような形相で殿下を睨んでいたためだ。

「やはりな。こんな邪悪な奴、見たことがない。陽虎のお気に入りでなかったらここで消しているところだ」

対する殿下はニコニコと笑っている。

「厭ですね。人を犯罪者みたいに」

「お前は遠からずこの世に飽きる顔をしている。その時、全てをご破算にしてやろうと思うはずだ」

「どうでしょうかねえ。その時になってみないと何とも……」

「少しぐらいなら京都でイタズラをしてもいいぞ。退屈しのぎになるだろう」

「気前がいいんですね」

「その代わり、オレが捕まえて外に二度と出てこられないようにしてやる」

「だったら、大きなイタズラにしないともったいないですね」

いつしか二人の間には一触即発の空気が流れていた。

大河は無意識の内に冷や汗を流していた。どうやら出会ってはいけない二人が出会ってしまったらしい。

だが、獅子丸はぷいと顔を背けると、吐き捨てるようにこう言った。

「……今日は見逃してやる。とっとと消え失せろ」

「ええ、お言葉に甘えさせていただきましょう」

殿下は踵(きびす)を返すと、出口のほうを目指して歩き始めた。だが、その背に獅子丸が声を投げかける。

「……名前を聞いておこうか」

大河は思わず獅子丸の顔を見てしまった。獅子丸が誰かに名前を尋ねるのは珍しい。殿下に興味を持ったということだ。

殿下は振り向いて微笑むと、改まって自己紹介をした。

「城坂論語（しろさかろんご）という名前ですが、個人的には殿下のほうが好きですね」

なるほど、変わった名前だ。本人が厭がっても仕方のなさそうな面はある。

「ではまたいずれ。オ・ルヴォワール」

殿下はそう言い残すと、二人に背を向けて去って行った。だが、その背を眺めていた大河は言いようのない不安に襲われていた。ここで殿下を逃せば後でとりかえしのつかないことになりそうな気がして……。

「安心しろ、大河。何かあったら、奴はオレが捕まえる」

だが、いつもは不安を収めてくれる獅子丸の言葉も今度ばかりは気休めにしか聞こえなかった。

悩虚堂の偏屈家

日曜の昼前、少し遅めに起床した大河は気付け代わりに冷たいシャワーを浴びた。流石に六月の終わりともなると冷水が気持ちいい。

いつもなら早起きして執筆しているところなのだが、応募した新人賞の最終選考に残ったという知らせを数日前に受けたせいで、どうにもそわそわして新作に手をつける気分にはなれずにいた。

今回は割と大きな賞だ。取らぬ狸の皮算用をしても仕方ないが、入選したらどうしようか。会社はまだ辞めないにせよ、執筆時間を確保するために仕事は減らしたい……いや、辞めてもこないだ出たボーナスでどうにか。

大河はそんなことをぐるぐると考えながら髪を乾かすと、何気なくラジオをつけた。

「……昨日の午後五時頃、路上で意識を失って病院に搬送された二十代の女性がプルガ熱を発症していたことが先ほど判明しました。この女性は山科区在住で……」

プルガ熱、それも市内じゃないか！

プルガ熱というのは今日本を騒がせているウイルス性の伝染病だ。正式には

purgatoriumといい、煉獄（プルガトリウム）——キリスト教で人が死後、天国と地獄に行く前に聖なる火で罪を焼き清められる場所だ——と同じ名を持つこの病気は、発症すると数日間全身を焼かれるような熱が続き、身体の弱い者が発症した場合死に至ることもあるという。

　大河の知り合いの専門家によれば「デング熱のかなりタチの悪いやつ」とのことだ。今のところ対策はプルガ熱を媒介する蚊に刺されないようにする他になく、そういう意味ではそれなりに大変な病気だ。

　だが真に厄介なのは症状ではない。デング熱の潜伏期間が二週間程度なのに対し、プルガ熱はその数倍は長い。中には半年経ってから発症した例もあるという。

　つまり早めに発症してくれたらまだマシなほうなのだ。最悪、未発症のキャリアが自分でそうと気づかずに蚊に血を吸われ、ウイルスが拡散され続けるというケースも考えられる。そんな事情もあり、未発症のキャリアは発見し次第隔離やむなしということになっているが、感染を自己申告する者は皆無とのことだ。まあ下手に検査をした結果、数カ月拘束されるぐらいなら、調べないほうがマシと考える者が多いのは当然のことかもしれない。

「女性は一週間ほど前にエジプトから帰国したばかりで、国外で感染した見込みが高いとのことですが、京都保健所は引き続き女性の周囲に感染者がいないか調査していくとしています」

　これでしばらく山科へ行く人間は減るだろうな。僕も蚊には気をつけよう。

「次は京都市左京区で資産家が焼死体となって発見された事件の続報です……」

おいおい、ウチの区じゃないか！

大河はラジオのニュースに意識を深く向けようとしたが、携帯電話の着信音に阻まれた。電話の主は妹の陽虎、普段の連絡はメールのほうが多いのに電話とは珍しい。

まあいいか。続報ということはおそらく昨夜の事件、きっと今朝の新聞にも載っているはずだ。

大河はラジオを消して電話に出る。だが、陽虎の第一声を聴いた大河はすぐに新聞どころではなくなった。

『……兄さん、助けて』

「どうした陽虎？」

シャワーで身体を冷やしたばかりなのに、背中から厭な汗が湧いてきた。

『友達が大変なことになってるの』

その返事を聴いて大河はとりあえずほっとした。つまり陽虎自身はなんともないということだろう。

「それは刑事事件ってことか？」

『うん。なんとかできるのは獅子丸兄さんと兄さんしかいないって思って……』

陽虎がこんなに真剣に頼んでいるのだ。少なくともイタズラではないだろう。

「獅子丸には？」

『兄さんより前にかけたけど、出なくて』

　そうか、僕は後回しか。

「……解った。それで今どこにいる」

『川端警察署』

「十分か十五分でそっちに行く」

　大河は電話でタクシーを呼び、手早く身支度を済ませて外に出ると、アパートの前に停車したばかりのタクシーに乗り込んだ。

　車内から獅子丸に電話をかけたが繫がらない。仕方がないので『陽虎からのＳＯＳ。陽虎の友達が逮捕されて大変らしい。詳しい事情はこれから聴くが、川端警察署まで来てくれ』というショートメッセージを送る。

　外を見ればもう熊野神社の前だった。信号を二つも越えれば川端警察署だ。

「あ、なんかやけに人が多いですね。マスコミっぽいですけど」

　運転手の言う通り、警察署の前にはカメラを持った人間がたむろしていた。黒山の人だかりというほどではないが少なくもない。記者団特有の殺気立った雰囲気も窓ガラス越しに伝わってきた。

「なんでしょう……何か発表でもあるんでしょうかね」

　これが陽虎からのＳＯＳと無関係とは思えなかったが、残念ながら大河は確とした答えを持っていない。運転手からの問いかけを曖昧に受け流しながら、タクシーを降りた。

警察署に入ろうとした大河を記者たちは値踏みするように眺めていたが、特に声をかけられることもなかった。大河は自分が獅子丸ほど顔が売れてなくて良かったと思いながら、陽虎の姿を探した。

陽虎はすぐに見つかった。署の人間に何やら訴えているところだった。

「兄さん！」

陽虎は大河の姿に気がつくとすぐに駆け寄ってきた。可哀想に。心細かっただろう。

「保護者の方ですか？」

つい今まで陽虎に捕まっていたその男が怪訝そうな表情で大河を見ていた。大河は真面目腐った顔を作ると、名刺を差し出した。

「私、こういう者です」

相手が目を見張るのが解った。そして困ったような表情で大河を眺めて、また名刺を見る。

駄目押しといくか。

「ちなみに私は天親獅子丸の従兄弟で、助手も務めてます」

大河がそう言うと男は引きつった顔で自己紹介してきた。

「しょ、署長の長月です」

いきなり責任者と接触できたのは大きい。向こうには向こうで探偵公社との関係を悪くしたくない事情がある。ましてそれが獅子丸の関係者では尚更だ。

「実は獅子丸から、誤認逮捕の可能性があると連絡があったのです」

口から出任せだが向こうは獅子丸の名に動揺したようだ。こういうのは勢いが肝心なのだ。

「誤認逮捕だなんて……まだ重要参考人の段階ですよ」

「しかしいずれは起訴に持っていく予定ですよね？」

「それはまあ……いきなり面会させろと言われましても……」

陽虎はそんなことを要求してたのか。通るわけなかろうに。

「捜査は初動が重要というのは当然ご存じですよね？　獅子丸の迅速な捜査のために参考人と面会させて欲しいのですよ」

「ですが今回の捜査には既に公社の協力も得ているので……私の一存ではちょっと」

おっと、そう来たか。はて、誰が担当しているのだろうか？

「公社内での推理の一本化がまだ済んでいないのですよ。無論、正式な手続きを踏むべきなのは承知してますが、獅子丸はそういう時間を待てない男なので」

「ええと……つまりは天親獅子丸氏の責任において、面会を認めて欲しいということですね？」

「そういうことになりますね」

こういう時は無理矢理、公社内の問題にしてしまえばいい。まあ、後で揉めるだろうが獅子丸の名前なら大概の我が儘は通せる。

「解りました。特別に許可します。ただ、妹さんには遠慮していただきたい。御身内とはいえ、流石に公社の社員でない方に面会を許可するわけにはいきませんね」

陽虎は泣き笑いみたいな表情で大河を見つめる。

「……仕方ないよね。ボク、ここで待ってるよ」

そう言って俯く陽虎の頭を大河は優しく撫でる。

「安心しろ。お前の友達は僕と獅子丸で必ず助けてやる」

陽虎の友人が無罪かどうかなんて解らないし、もしかしたら本当に犯人なのかもしれない。それでも大河は陽虎の兄としてできる限りのことはしてやりたかった。こんなにも取り乱した妹を見たのはいつ以来だろう。きっと獅子丸だって同じことを思うはずだ。

陽虎と別れた大河は使命感に燃えながら面会室のドアノブに手をかける。だが部屋に入った瞬間、心にいきなり冷や水をぶっかけられた。

「また会えましたね、大河さん」

面会室の仕切りガラスの向こうに立っていたのがあの城坂論語(しろさかろんご)だったからだ。

城坂論語、通称『殿下』。忘れたくても忘れられない相手だ。『白面の貴公子』の一件後の調べで京都と大阪に大きな病院を持っている城坂家の御曹司であることが判明。一流進学校でもトップの成績を取るような優等生だが……その裏の顔は犯罪コンサルタントだ。探偵である獅子丸にとってはいわば不倶戴天(ふぐたいてん)の敵だった。

あまりの展開に大河は思わず目頭を押さえてしまった。何が勢いが肝心だ。一瞬でも相手の名前を確認していればこんな不意打ちを受けることもなかったというのに。

「陽虎さんを責めるのは御門違いですよ。陽虎さんはぼくらに面識があることは知りませんからね」

白いワイシャツにスラックスというシンプルな格好だったが、ワイシャツの上のほうのボタンがだらしなく外れているせいでなんともいかがわしい雰囲気を纏っている。同性として甚だ不愉快だが、たったそれだけのことで艶(つや)めくような美少年なのだ。

「まあ、ぼくが言ってなかっただけなんですが」

ぬけぬけとそんなことを抜かして、論語は椅子にゆっくりと腰を降ろした。

「……せめてボーイフレンドとかそういう表現をしてくれたら良かったんだ」

それでも面会相手がこの少年であることは予想できて然るべきだった。

「何をもってそう呼びますかね？」

そう言う論語の白い首筋の下、鎖骨の辺りに赤い腫れが見えた。

「おい、獅子丸が来る前にそれは隠しておけよ。殺されたくなかったらな」

大河が自分の鎖骨の同じ場所をトントン叩いて位置を論語に教えると、論語は確かめようと首を引く。しかし当然のことながら人間は自分の鎖骨を直接見ることはできない。

どうやら流石の論語も首の可動域は普通の人間と同じらしい。

やがて確認を諦めた論語は大袈裟に首を傾げてみせる。

「やれやれ……ぼくは悪いことをするのに証拠を残さないというのがポリシーなんですがね」

そんなことを嘯きながら論語はボタンを留めた。しかしすぐに何かを思いだしたように人差し指をボタンに引っかける。

「……獅子丸さんが来るまでの時間潰しにキスマークでも探します？」

論語と話していると人間が何故衝動的に殺人を犯すのかよく解る。神経をダイレクトに逆撫でされた気になるのだ。

大河が論語に何か言おうとした瞬間、獅子丸が入ってきた。

「すまんな。外で張り付いていたマスコミ連中を追い払うのに時間がかかった」

「ああ、ごめん。その辺は僕が気を遣うべきだった」

しかし陽虎の話から判断すると、論語がここに連れてこられてそれほど経っていないはずだ。なのにどうしてあんなにマスコミが集まっていたのだろうか。

「大した手間じゃなかった。気にするな。それより……」

獅子丸は論語を一瞥すると、冷たく吐き捨てた。

「さっさと用件を言え」

論語は論語で意に介する様子もなく、屈託の無い笑顔で応じた。

「あれ、ニュースでご覧になってませんか？　昨夜、資産家が焼死体で発見されたってやつです……あの被害者というのがぼくの祖父である城坂慈恩(じおん)なんですよ」

大河は驚愕した。さっきのニュースがそうだったとは……。

驚いた気配がないところを見ると、獅子丸にはある程度見当がついていたようだ。

「詳細をご存じなさそうな大河さんのために説明しておきますと、昨夜はいつもと違ってぼくも祖父もブライトンホテルに宿泊する予定だったんです」

「なんでわざわざブライトンに？」

普段は大阪に住んでいる論語だが、土日をできるだけ京都で過ごしたいという理由で毎週土曜は岡崎の慈恩の屋敷に泊まっていると聞く。

「岡崎の屋敷に住み込みで祖父の世話をして下さっている芳野(よしの)夫妻がいましてね。芳野さんたちの結婚記念日がちょうど昨日で、祖父が気を利かせて二泊三日の城之崎旅行をプレゼントしたんですよ。まあ、それはそれとしてぼくは京都に行くわけで……色々考えるとホテルに泊まったほうが楽でしょう？」

金持ちの金銭感覚はよく解らないが、まあ事情は理解できた。それに論語が家事をするところがまったく想像できない。

「祖父は祖父でブライトンのレストランで会合があったんですが……何故だか解りませんが祖父は会合を早めに切り上げて岡崎の屋敷に行き、普段生活していた離れで何者かに殺されたようです。幸か不幸か、離れから火が出たせいで、祖父の死体はすぐに発見されました。ぼくが泊まっている部屋の内線に連絡があったのは午後十一時ぐらいですかね。

そこからすぐに岡崎の屋敷の捜索が始まって……どうもぼくがやったという物証が出てきたらしいですよ。流石に詳細は教えてくれませんでしたけどね」

「昨日の今日とはなかなかにスピーディだな」

「探偵公社はもっとお役所仕事だと思ってたんですが……日曜ぐらい休んだらいいのに。何もぼくが陽虎さんと遅めのモーニングを食べてる最中に連れて行かなくたっていいじゃないですか」

それで陽虎がここにいるわけか。

「弊社、グッジョブだな」

獅子丸は公社が二人の逢瀬を邪魔したのが嬉しかったらしい。

「コンサルティングに留めておけばよいものを……下手を打ったな。オレが手を下すまでもなかったか」

獅子丸が勝ち誇るようにそう言い放ったが、論語はいたって涼しい顔だ。

「単刀直入に言わせていただきますと、ぼくを無罪にして欲しいんです」

「往生際の悪い奴だな。もう凄腕の弁護士を探すべき段階だろうに」

「失礼ですね。さっき大河さんにも言いましたが、ぼくが悪いことをするのに証拠を残すとお思いですか？　屋敷から出た証拠品は真犯人が捏造したものです。ぼくは元々無実なんですよ」

「無実の罪だというのなら、もっとしおらしくしていたらどうだ。そうしたら警察も少しは同情してくれるぞ」

「無実の罪だからエラそうにしているんですよ。ぼくに恥じ入る点なんて何一つありませんしね」

自覚があったのか。

「まあ、今回は何もせずにキングレオと因果が結べたということで良しとしましょうか」

「今のはこれまでの四件では何かしていたという自供か？」

「信じようと信じまいと、ですね。ところで今回の事件、まるで『ノーウッドの建築家』を思い出しませんか？」

『ノーウッドの建築家』は例によってまた有名なホームズ譚の一つだ。

ある日、ホームズとワトソンの許にジョン・ヘクター・マクファーレンという青年弁護士が飛び込んでくる。そして彼は自分が殺人事件の容疑者にされてしまうと二人に訴えた。

彼の話によると、昨日マクファーレンの事務所にジョナス・オールデイカーという建築家が現れ、自分の死後に全財産をマクファーレンに譲りたいと申し出たのだという。しかしオールデイカーとマクファーレンは初対面だった。マクファーレンがその真意を問い質すと、オールデイカーには身寄りがおらず、古い知り合いの息子であるマクファーレンに遺産を譲りたいとのことだった。

マクファーレンにとっては願ってもない申し出だった。マクファーレンはオールデイカーの申し出を受け、オールデイカーの自宅のあるノーウッドまで一緒に足を運び、正式な手続きを行った。

だが翌日新聞を読んだマクファーレンは驚愕することになる。オールデイカーが自宅の裏で焼死体で発見されたと書いてあったのだ。動機も犯行機会も充分となれば、真っ先に疑われるのは自分だと思い、ホームズに助けを求めた……。

「ぼく、少し前に祖父から、父や叔父や兄を差し置いて後継者に指名されたんですよね。だから祖父の気が変わらない内にぼくが殺してしまった、と警察が考えていてもおかしくはありません」

大河はふと、どうでもいいことに気がついた。

「身内殺しで容疑をかけられる、という点では『ボスコム渓谷の惨劇』もあるんじゃないか?」

『それも悪くないんですが、祖父の使っていた離れが悩虚堂(のうつどう)っていうんですよねえ……『悩虚堂の偏屈家』なら語呂もいいですし。シーズン1の締めくくりには相応しいと思いませんか?」

「何がシーズン1だ！」

確かに前回までと合わせて五話、まとめて発表するには丁度良い尺ではあるが。

「なあ、どうする獅子丸……」

大河が獅子丸の様子を窺うと、獅子丸は歯を覗かせて笑っていた。一緒にいても滅多に見られないほどの会心の笑顔だ。

「断る」

対して論語は眉根を寄せてこちらを見つめていた。

「今なんと仰いました？」

「断ると言ったんだ。確かにやり甲斐のある事件で、ここのところ退屈していたのは事実だ。普通なら喜んで引き受けていただろう。容疑者がお前でさえなかったらな」

「解決できるがお前の態度が気に入らない、ですか？」

獅子丸はゆっくりと首を縦に振った。

「しかし既に獅子丸さんがぼくに会いに来たことは外で張ってた記者も把握してます。このまま断ったらキングレオの経歴に瑕がついてしまいますねえ」

その口調で、大河はあの多数の報道陣が論語の仕込みであることに気がついた。どうやって呼び寄せたのかは解らないが、逮捕されることを見越していたのならそう難しくはないだろう。

だが獅子丸は論語の挑発を一笑に付した。

「話にならんな。このままでは有罪になると考えてお前はオレを呼び出した。お前が無罪になるならともかく、有罪になるのなら何の問題もないだろう」

名探偵としてはどうかと思うが、個人としてはまあ解る。獅子丸はとにかく論語が気にくわないのだから。

「ええ。ですから裁判で切り札を発動させます」

大河は思わず自分の耳を疑った。

「……今、なんて言った?」

「詳細については話したくありませんし、話せません。ただ、ぼくは自分が潔白であることを証明するための方法を知っているとだけ言っておきましょう」

「嘘だろう?」

「信じようと信じまいと……ただの予告ですからね。信じないのもそちらの勝手ですよ。けど、もしぼくが無罪になったら大スキャンダルですよね? そうなる前にどうですかって、提案してるんです」

なんてことだ。

「まあ、鮮やかに自身の潔白を証明した後は探偵公社の試験でも受けてみますか。何せ実績は充分ですからね」

「お前が無罪放免なら公社にとっては大失態だ。公社のメンツを潰したお前を採用すると思うのか?」

「どうして被害者のぼくが恨まれるんですか? 責めを負うのは推理をしくじった探偵さんでしょう? それにぼくが探偵になったら、きっと公社はこれまで以上に利益を得ますよ」

確かに算盤勘定に長けた山風さんならやりかねない。実際、そうすることで失態による損害は埋まるだろう。

「奇跡の美少年探偵、って感じでいかがでしょう?」

「お前が同僚か。考えただけでも不愉快だな」

「愛ですよ。ぼくなりのね」

論語の言葉なんてブラフに決まっている。他に打つ手がないからこそ、姑息な手段を使って獅子丸を乗せようとしているのだ。

「獅子丸、そいつの挑発に乗ることはないぞ」

大河の言葉に獅子丸は肯いた。

「そうだな。オレもこいつが同僚というのはご免だが、入ってくることになったら改めて潰せばいい。もっともそれも杞憂に終わるだろうがな」

「やれやれ。結局、交渉は決裂ですか……陽虎さんもさぞやがっかりするでしょうね」

論語のこれ見よがしの一言を無視できず、獅子丸が吼える。

「陽虎ががっかりする?　どうしてだ?」

「無実の罪で捕らわれているぼくを無敗の獅子丸さんが助けられないなんて……小さい頃からの憧れもこれでおしまい、幻滅間違いなしですね」

やはり論語は獅子丸の弱味を突いてきた。獅子丸は陽虎に嫌われることに耐えられないのだ。大河は獅子丸が次に何を叫ぶのか、聞くまでもなく解ってしまった。

「引き受けないとは言ってない！」

本当は一乗寺の自宅までおしかけるつもりだったのだが、山風がたまたま四条烏丸界隈にいたので公社ビルで落ち合うことにしたのだ。

「疑義の申し立てなあ……」

四条烏丸にある京都本社、その理事室に大河はいた。

「そら、困ったことになるなあ」

「そこをなんとかお願いします」

探偵の無茶をフォローするのも助手の仕事だ。昔は苦労したものだが、今となっては慣れたものだ。

ちなみに獅子丸は「スタッフを確保してくる」と言って、四条烏丸の公社ビルの前で大河を降ろしてタクシーで走り去った。きっと運悪く京都で休日を過ごしていた誰かを拉致してくるのだろう。大河はその誰かに同情すると同時に、疫病神の論語を恨んだ。

「僕らの商売はねえ、要は警察に推理を売ってるわけや。『これはウチとこの優秀な名探偵が自分の名前にかけて考えた推理です。どうかお納め下さい』って感じにな。それを『あ、やっぱ違いました。こっちが正しい推理ですわ』とするのは会社としてはあんまり嬉しくないことやねんけどな」

山風は本質的には商売人だ。京都本社の不利益になるような厄介事はできれば避けたいというのが本音だろう。

「なんのための社規ですか……まさか疑義申し立ては受け付けないと言ってるんですか？」

「そない怖い顔しなや。悪いようにはせえへんから」

山風はそう言ってやんわりと大河をなだめる。しかしこの笑顔に何度騙されてきたことか。大河は警戒を解くことなく山風の話を聴く。

「アリかナシかで言うたらアリやで。全然アリ。向こうさんかてあのキングレオが自ら再捜査するならまあええわって話になるもん」

「では、獅子丸が動いても問題ないということですね？」

大河が念を押すようにそう訊ねると、山風はぬるりとした笑顔で大河の顔を覗き込んできた。

「けど、昨日の今日やろ。まだ捜査情報もロクに知らん内からなんで冤罪やって思うん？　その辺、なんか引っかかるねんけどな」

大河は顔色を変えないように努めた。こちらが個人的な事情で疑義申し立てをしてると解れば、その不当性を攻めてくるはずだ。なかなかに厭らしい間合いで攻めてくる。流石は京都のぬらりひょんと呼ばれる男だ。

論語や陽虎のことはとりあえず伏せておくべきだろう。どうにか誤魔化さなくては。

「……獅子丸は一流の狩人です。あの嗅覚に我々は幾度となく驚かされてきたじゃないですか。あいつが冤罪を疑うのなら調べる意味はあります」

「まあ、せやな。僕かてそれを止める気にはならへんよ。公社きっての稼ぎ頭にヘソ曲げられても困るからな」

「それじゃあ……」

しかし山風の顔はどうにも晴れなかった。

「ただ、今回は相手が相手やからな」

「誰ですか。まさか桜花さんとか？」

「だったらまだ何とかなったかもしれへんけどな……」

山風は弱々しく首を横に振って、その名を告げた。

「……河原町の大先生や」

大河は思わず天を仰いでしまった。

河原町義出臣、日本探偵公社が誇る名探偵だ。そのずんぐりとした巨体から、イギリスの名探偵ギデオン・フェル博士に因んだ『和製ギデオン・フェル』というキャッチフレーズで人気を博し、いつしか河原町ギデオンと呼ばれるようになった。

早ければ三十代で一線を退く者も珍しくないこの業界において、義出臣はもう四十年近く現役を続けていた。まあ、化け物と呼んでも差し支えない。

トップの座こそ龍樹桜花にかなり前に空け渡しているが、それでも今をときめく獅子丸を抑えてナンバー2の地位を堅守している。京都本社が全社的に強い影響力を発揮できるのもこの三人の名探偵の存在が大きいのだ。まさに名実伴った重鎮である。

「河原町先生の推理を僕が理事の権限でないないするわけにはいかんのや」

今の山風は二人の稼ぎ頭の間で板挟み状態なのだ。管理職としてはとても辛かろう。

もっとも普段、大河は色々と仕事をねじ込まれるほうなのでいい気味ではあるのだが。

「そん代わり、二人には存分に殴り合って貰う」

「と言いますと？　まさか本当に殴り合わせるわけじゃないですよね？」

「当たり前やろ。社規にもあるやろ。『一つの事件に関して探偵同士が異なる見解を持つ場合、双方の推理を戦わせることを以て解決すべし』と。お互いに証拠を持ち寄って推理をぶつけ合ったらええがな」

「形骸化してるものだと思ってました」

確かあれは大河や山風の先祖が言葉を操って戦っていた時代の名残だったはずだ。

「普通は殴り合う前に色々あってどうにかなるんや。今回はどうにもならへん。僕が何を言うたかて、獅子丸君も河原町先生も折れるわけあらへんからな」

とりあえずこれで道は繋がった。

ひとまずほっとため息をついたところで、山風が意味深な笑いを浮かべていることに気がついた。

「……その顔はなんですか？」

「喜んでるところ悪いけどな。これはあくまで公社内部の都合や。今はまだ城坂家の坊ちゃんも重要参考人で済んでるけど、いつまでもそうしてられへんし、なるはやで済ませなアカン。ってわけでやるなら明日の朝一やな。そこは譲られへん」

明日の朝一って……一日もないではないか！

「いくら何でも急過ぎませんか？」

「かなり頑張ったんやで。それにこれかて疑義申し立てを受けたことに変わりないやろ」

「しかしいくらこの条件では獅子丸でも……」

「だから無理せんとやめとく手があるやんか。僕かて獅子丸君が無駄に失敗するところ見たないもん。人の口に戸は立てられへんからな」

そして山風は大河の肩に手を置くとこう言った。

「まあ、獅子丸君もキミの言葉になら耳を貸すと思うけどな。『流石に今回はやめとこう』って言うてみてくれへん？」

義出臣のことを考えるとまず思い出すのは中学生の頃だ。当時は獅子丸共々、義出臣に制圧術の稽古をよくつけて貰ったものだ。

「お前たち、探偵に大事なものは何か解るか？」

義出臣は道場の床にどうにか座っている大河と獅子丸を見下ろしながらそう言った。

大河はともかく、獅子丸もこの頃は武術では義出臣には敵わなかった。実際、二人に語りかける義出臣の息は殆ど上がっていない。

「……洞察力ですか？」

獅子丸が何も言わないのでとりあえず大河が答えたが、大河はそれが義出臣の求める答えとは違うことが解っていた。

「まあ、それも大事だがもっと重要なものがある」

「では何ですか？」

「我を通すこと……そしてそのために何か秀でた力を持つことよ。それに比べれば他のあれこれなんか些末な問題だ」

そう言って義出臣は太鼓腹を撫でた。

「時に獅子丸よ。お前は知力にも体力にも恵まれた。おまけに顔もいい……まるで若い頃のワシと同じだ」

「……太鼓腹のジイさまに似てると言われても嬉しくないぞ」

獅子丸は負け惜しみを吐きだした。

「ん、この身体に勝てないのはどこの誰だ？」

「くっ」

これは獅子丸が言い負かされた珍しい場面として大河の記憶に残った。

「勘違いしているようだから教えておくが、ワシにとってはこの身体も我が儘を通すための手段だぞ」

「なんだと？」

「ワシは毎晩のように美味い料理と酒を楽しんでおるが、内臓脂肪なんかほとんどないぞ。いくらかの筋肉と……あとは皮下脂肪だ。鍛えておるからな」

「そういうことか……道理で勝てないわけだ」

獅子丸が驚いている。確かにあの食事内容で内臓脂肪がないのは凄いことかもしれないが、獅子丸の驚きの根はもっと深そうだ。

「獅子丸、説明してくれ」

「ああ。皮下脂肪というのはいわばクッションだ。あれが骨や筋肉への打撃を和らげるから、オレがいくら打ち込んでも応(こた)えなかったわけだ」

「そう、これはワシにとっての鎧(よろい)なんじゃ」

「それだけじゃないだろう。組み手をしてよく解ったが、明らかに筋量以上の威力が出てる。さては打撃に体重を乗せてるな？」

「正解だ。ま、ヒントをやったからこれぐらいは解って貰わんとな」

義出臣は顎を撫でながらそう言うと、こう続けた。

「しかしお前にはまだまだ我が儘を通す力が足りない。このままでは一流の探偵にはなれんな」

それからだ。獅子丸がバリツに打ち込むようになったのは。それはきっと義出臣を倒すために獅子丸が出した解だったのだろうが、大河の知る限りあれから二人が手合わせをしたことはない。ただ獅子丸の性格を考えれば、自身の天井知らずの成長に頼んで老齢の義出臣を叩きのめすことを良しとしないだろう。勿論、義出臣が一方的にやられるはずもないが……。

大河にとっては獅子丸も義出臣も絶対的な存在だった。そしてそんな二つの絶対がぶつかり合うなんてことは想像もしていなかった……。

考え事をしながら廊下を歩いていると、曲がり角で誰かとぶつかった。

「すいません！」

大河は平気だったが、相手がよろめいていたので慌てて手を取る。勿論、考え事で上の空だったということもあるが、こんな休日の会社で誰かとぶつかるなんてことがまず想定の外にある。

「……あれ、河原町先生？」

ぶつかった相手は義出臣だった。義出臣は義出臣で狐につままれたような顔をして大河を見ている。

「おう、なんじゃ大河か。びっくりさせおって」

そう言って大河の手を振りほどくと、胸を張って自身の壮健さをアピールした。

髪はほぼ真っ白になったが、それ以外はファーストコンタクトの記憶とほぼ変わっていない。強いていえば大河の背が高くなったぐらいだ。大河のほうが十センチは上だろう。

「もしかして昨日からずっと捜査を？」

「ああ……ワシは長年、慈恩さんの顧問探偵だったからな。論語のことも生まれた頃から知っておる」

トラブルの種を抱えた企業や資産家が公社の探偵を顧問として雇うことはままあり、それもまた公社の重要な収入源になっている。もっとも獅子丸のように顧問の仕事を断るような者もいるが。

「しかし参ったな。これで依頼主だけでなく主治医も失ってしまった。慈恩さんは医者としても優れた人だったんだがなあ……。身体もあちこちガタが来て、とっくに限界なのにのう」

「我鷹さんなら獅子丸の面倒も見てますし、先生の主治医も務めてくれますよ」

「我鷹君の腕がいいのは認めるが、健康管理がキツそうでな……そんなことより獅子丸の奴は本気なのか？」

本題に入ってしまった。これに関してはストレートに答えづらい。

「そうですね。僕も詳細は解りませんが、何らかの嗅覚が働いたようです」

大河が誤魔化すと、義出臣は腕組みをしてふんぞり返った。

「先に言っておくが、今回の捜査に関してワシは一切改める箇所はない。なんなら引退を賭けたっていい」

「やめて下さいよ。それで獅子丸が退くわけないことぐらい解るでしょう？」

「まあ、そうだな。しかし引退というのは本気だぞ」

「え？」

「わざわざ口には出さんが、ある時期からはもう負ければ次はないと思って事件に臨んでおるよ。麒麟も老いては駑馬に劣るというしな」

「……先生には生涯現役でいて欲しいです」

「若造が簡単に言ってくれるのう。まあ、言われんでもそのつもりじゃ」

偽らざる気持ちを口にしたつもりなのだが、軽く流されてしまった。

「ところでメシでも行くか？　ワシ、さっきまで捜査に集中してたせいか、異常に腹が減ってて肉の気分なんじゃ。熟成した牛肉もいいが、鳥のジビエも捨てがたい……お前は何が食べたい？」

この歳になっても美食は止められないと見える。こちらも生涯現役を貫くつもりなのだろう。

「いや、残念ですがこれから獅子丸の手伝いをしないといけないので」

「勿論、解ってて誘ったのよ。獅子丸陣営を少しでも妨害できたらと思ってな」

義出臣はそう言って大笑する。義出臣の盤外戦術は社内でも有名なのだ。犯人を追い込むためならどんな手でも使うのが義出臣だが、流石に昔馴染みの大河にはえげつないことはしないようだ。

「ところで大河、まだ小説は書いとるのか」

「ええ、まあ……今、最終選考に残って、結果待ちです」

そう言うと義出臣は愉快そうに自分の身体を揺する。

「一度切りの人生、あれもこれも欲張るには短すぎるからな。その点、お前たちはいいのう。お互いに違う道を選べた。成功を心から喜べる相手がいるというのは幸せなんだぞ」

そう言うと、義出臣は「じゃあ、また明日」と言い残してその場を去って行った。

大河はその背中を見守ったまま動けなかった。

あの義出臣がぶつかっただけでよろめいた。確かに上背は大河のほうがあるが、それでも体重は義出臣のほうがずっと上だった。少なくとも昔の義出臣なら大河に尻餅をつかせていただろう。

間違いなく義出臣は衰えている。まだ元気ではあるが、かつてほどの勢いはないと見ていい……。

そして大河は恩人の衰えを獅子丸に伝えるべき立場にある。なのにどうしてもその決心がつかなかった。

「大河さん！　あの人、どうにかして下さい」

廊下でぼんやり義出臣のことを考えていたら、いきなり背中を揺すられた。

「北上さん？　どうしたの？」

北上イオだった。

「どうしたのじゃありませんよ。人がカフェで優雅な気分を味わってたら、いきなり腕を摑まれて……私、拉致されたの初めてですよ！」

「ああ、同情する。これが君にとって最初で最後であって欲しいよ。お連れさんに迷惑がかかってなければいいけど……」

慰めるつもりでそう言うと、急にイオはキッと大河を睨んだ。

「どうしたの？」

「別に一人で寂しい休日を過ごしてたわけじゃないんですよ。東京から来たばっかりでこっちに友人が少ないだけです！」

何の言い訳かは解らないが、イオは獅子丸の被害者だ。深くは追及するまい。

「北上さん。本当は僕も獅子丸を諫める立場なんだけど、今回は状況が状況だからね。今は僕たちに協力して欲しい」

「……解りました」

大河が真剣に頼み込むと、イオは渋々といった表情でそう返事をした。

「けど、代休はいただきますからね。そこのところ、理事に念押しして下さいよ」

「ああ、それは必ず勝ち取ってみせるよ」

イオは少し安堵した様子で肯くと、急に何かを思いだしたような表情でこんなことを言った。

「あ、そういえば大河さん、『人、世に二人あらば』が最終選考に残ったそうですね」

実は三月にクイックディテクティブを獅子丸に任せた恩を売って、イオに読ませたのだ。勿論、最初からそうするつもりではなかったのだが、チェック用に持ち歩いていた原稿の存在を思い出し、その場で「じゃあこれで」と封筒に入れて渡したのだ。定時後だったので、重そうに抱えて退社するイオの姿をよく憶えている。

「そうなんだよ。今度こそって期待してるんだけど」

「あれなら受賞しますよ。密室トリックも派手でしたし」

自信があったのはむしろアリバイネタのほうなのだが、イオにそんなことを言っても仕方がないだろう。

そこに獅子丸から着信が入った。

「どうした獅子丸？」

『今どこだ？　オレはもうオフィスにいる。我鷹さんも一緒だ』

「どうして我鷹さんが？」

『お前や北上に慈恩の死因を解りやすく説明できそうだからな。おまけに仕事柄、慈恩についても詳しい』

折角の休診日に拉致したわけか。ひどいことをするものだ。

「解った。じゃあ、北上さんと一緒だからすぐにそっちに行くよ」

大河はすぐにイオと獅子丸のオフィスに移動した。

「来たか」

我鷹尊（たける）は部屋の中央に仁王立ちして、二人の到着を待っていた。白衣を着てない我鷹を見るのは久しぶりな気がする。それだけいつも仕事をしているイメージが強い。

「すいません。休診日なのにわざわざ……」

「いや、助かった」

「え？」

「大河、城坂慈恩ってウチの親父と少し似てるとは思わないか？」

我鷹敬（たかし）のことだ。言われてみると二人とも日本人にしては彫りの深い顔立ちの老紳士で、似ていると言えなくもない。ただ、人相という点では敬のほうが圧倒的に良い。

「そういえば似てなくもないですね」

「だろう？　報道を見た知り合いから家に安否確認の電話がひっきりなしにかかってきてもう大変でな。これ幸いと抜けてきた。解剖結果にも一通り目を通したし、ミーティングならもう始められるぞ」

「お願いします」

大河とイオがソファに座ると、尊も合わせて腰を降ろした。獅子丸はタブレット端末を小脇に抱えながら、ソファの近くに自分の椅子を転がしてきた。

「話しておくべきことは沢山あるんだが……そうだな、まずは死因から話すとしようか。死因は胸部の刺し傷で、心臓にまで達していた。外傷はこれ一つきりで余計な傷もない。実に鮮やかな手並みだ。これが怨恨のある殺人だと執拗に何度も突き刺したりするものだがな」

その説明に大河は早速引っかかりを覚えた。

「それは正面から刺したということですか？」

「その可能性が高いな」

「しかし余計な傷がないというのは抵抗の痕跡がないということでもありますよね？」

「そうなるな。普通は刃を防ごうとして腕や手首に防御創ができるんだが、それすらない」

その点は妙だが、ある人物なら容易にクリアできてしまう。

「しかし心を許している相手なら可能というわけですね。警戒されずに至近距離まで近づいて心臓を一突き、と」

「その通りだ。実際、河原町先生はその点を、論語が犯人であることの根拠にしている」

やはりそうか。

「けど慈恩が心を許す相手は孫の論語だけだったのか？　例えば息子とか妻とか」

そんな大河の疑問に獅子丸が答える。

「妻とはとうに死別。息子は長男の影彰(かげあき)――論語の父親だな――と次男の純紀(すみのり)の二人がいるが冷遇している。二人を飛ばして論語を次の後継者に指名したぐらいだからな。さらにいえば、論語には兄も従兄弟もいるが、こいつらはまったく相手にされていなかった。つまり慈恩が死んだら論語は城坂グループのトップということだ。

二人の息子と他の孫にはそれぞれアリバイが成立していて、さらに家宅捜索では岡崎の屋敷で論語が使っている部屋の天井裏から血まみれのレインコートが発見されている。ジイさまの主張する至近距離で刺殺したという説を裏付けるようにな」

獅子丸がタブレット端末を差し出す。画面には数点の写真がサムネイルで表示されているが、縮小されていても一目でそれと解るどす黒い染みが大河の気持ちを萎えさせた。正直、見ていて愉快なものではないが、仕事だから仕方がない。

ざっと流し見したところ、発見されたのは上下が分かれたセパレートタイプの青いレインコートで、上のジャケットは前後満遍なく血が付いていた。

「このジャケット、前後とも血に濡れているのは妙だな」

「ジイさまの見解では、刺殺後に論語が死体を背負って移動させたからだそうだ。まあ、論語の体格から考えれば引きずるよりも背負ったほうが楽に運べるだろうが」

レインコートの写真を見ていてまた妙なことに気がついた。ジャケットの大きな血痕のすぐ隣にサイズなどの情報が記載されたタグのようなものが飛び出ている。

「……もしかして上のジャケットは裏返しなのか？」

「ああ、よく気がついたな。表のほうに血が付いていないことから考えて、裏表逆に着たまま犯行に及んだと見られている」

「スナップボタン、留めにくかっただろうに」

「横着したんじゃないですか？　一度着た後に頭から脱いで裏返しになったやつをそのまま着たとか」

「北上、お前のズボラな私生活を垣間見せるな。不快だ」

「私はそんなことしてません！　例えばの話です！」

そんなイオを無視して、獅子丸がタブレットに指を伸ばすと、一枚の写真を拡大する。

「スナップボタンといえばこのレインコート、第二ボタンが壊れている。まあ、これ自体は城坂邸の玄関に備えつけられていたもので、以前から第二ボタンは壊れていたそうだが」

裏返しの上に第二ボタンが壊れていた……まあ、それでも血を浴びないようにするという目的は果たせたとは思うが、何かが引っかかるのは考え過ぎなのだろうか。

「まあ、レインコートは置いとくとしても、心を許している人物ぐらい身内に他にもいるだろうに……」

大河の独り言に尊はかぶりを振る。

「残念ながら話はそう簡単じゃないんだ。これは俺も実際に何人かの患者から聴いたことがある情報なんだが……ここ数年、歳のせいか慈恩はすっかり偏屈になって、実の息子たちすら信用しなくなっていたそうだ。代わりに孫の論語を溺愛するようになった」

「まあ、毎週末泊めてるぐらいですからね」

「更に絶望的なことに、今獅子丸の話に出た血まみれのレインコートと一緒に凶器とみられるナイフも見つかっている。論語の指紋こそ出てないが、ナイフに付着していた血液も慈恩のものに間違いはなく、刃の形状は遺体の傷口や傷の深さとも一致している」

尊の言葉が終わるのを待って、イオがさっと手を挙げる。

「どうした？」

「……その、慈恩さんは焼死体で発見されたんですよね？　傷口まで調べられたんですか？」

「慈恩の死体が発見されたのは離れの悩虚堂だ。死後、火を点けられたみたいだが、幸い消火が早かったお陰で中身はレアだったらしい。だから傷口などを調べるのに不都合はなかったそうだ」

死体に慣れた者らしい言い回しだが、イオは少し引いているようだった。

だが、イオのお陰で大河の中に新たな疑問が生まれた。

「我鷹さん、死亡推定時刻はどうなってますか？」

「そこだ。身体が軽く焼けた上に消火活動で水がかかったせいで、体温から正確な死亡推定時刻を判断することができなくなった。一応、十八時から二十二時半の間という見立てだそうだが、出火推定時刻が二十二時半だからあまり意味はないな。殺してすぐに火を点けて逃げれば、二十三時にブライトンにいることは充分に可能だ」

論語のことを指しているのだろう。二十三時に警察から連絡を受けたと言っていた。

「そういえば論語君のアリバイはどの程度はっきりしているんですか？」

イオが無邪気にそう訊ねると、たちまち獅子丸は不機嫌になった。話がややこしくなる前にと、大河は先回りをした。

「それに関しては僕が説明するよ。実は山風さんにはまだ言ってないんだけど……僕の妹の陽虎が論語と個人的に仲がよくてね。昨夜は二人で東山のフランス料理屋でコースを食べていたらしい」

論語の依頼を引き受けた後、面会が終わるのを待っていた陽虎に訊ねたら嬉しそうに詳細を話してくれた。

「仲がいいというか……それってもう恋人同士なんじゃないですか？」

「お前の生きてる世界では食事をしたらもう恋人か？」

突然、獅子丸がイオに食ってかかる。

「え……」

「それで今は大河の恋人気取りか！」

「せ、セクシャルハラスメント！　訴えますよ！」

大河は慌てて二人をなだめる。

「二人とも落ち着け。それに話の途中だ。陽虎によると店を出たのが二十一時で、それから三十分以内に別れたそうだ」

三十分という言葉を聴いてイオは何やら計算していたようだが、やがて何かを納得した様子で肯いていた。

「……紳士な子ですね。まあ、あんまりガツガツしてそうには見えませんけど」

獅子丸が恐ろしい形相でイオを睨んでいたので、大河は慌てて話を再開する。

「ところが一つ問題があるんだ。実はこの夜、ウチの両親は東京に行っててね。嵯峨野の実家にいたのは陽虎だけだった」

「陽虎ちゃんの証言に信憑性がないということですか？」

イオの発言に獅子丸がまた嚙み付いた。

「陽虎の言葉を疑えというのか？」

それは自分が信じたいだけだろう。

「そこはともかく、陽虎と東山で別れたのが二十一時半として、論語が二十三時にブライトンの部屋で電話を取るまでに約九十分の空白があるのか。慈恩を殺害し、証拠品を隠し、離れに火を放つには充分な時間だな……そういえば母屋の家屋まで焼けなかったのか？」

「敷地は二百五十坪、家屋部分が平屋で百八十坪、庭が七十坪といったところだ。庭の中央部分に慈恩が建てた離れ、悩虚堂がある。慈恩は普段からここで寝泊まりしていたようだ」

獅子丸がタブレット端末の画面を切り替えながら説明する。

「門をぐるとすぐに家屋で、ドアの右手にある通路から回り込めば直接庭に行くことができる。故に門にも鍵がかかるようになってる」

「なるほど、悩虚堂まで直接行けてしまうもんな」

「門は施錠されていたし、破壊された形跡もない。鍵は複製が難しいタイプのもので、おまけに二週間前に新調されたばかりだったそうだ」

つまり通り魔や強盗の可能性は極めて低いということだ。

「論語にとっては不利な条件ばかり重なってるわけか。けど、切り札があると言ってたな……ハッタリかもしれないけど、見当はつくか？」

「あの自信から考えれば、一撃で無罪になるほどの説得力があるものだ。だとすれば、やはり真犯人の情報かアリバイか……もしも二十一時半から二十二時半までの論語のアリバイを証明することができれば、それで充分だな」

「……やっぱり陽虎が一緒だったという可能性はないか？」

「なんだって？」

「だから、陽虎が何らかの理由で二十一時半に別れたと言わざるをえなかった可能性がないかという話なんだが……両親や僕たちには話しづらいようなことがあったのかもしれない。訊くか」

大河が携帯電話を取り出そうとすると、獅子丸は手刀でそれを叩き落とした。

「何をしている！」

「いや、だから陽虎が論語とどうやって過ごしたのか、本当のことを確かめようかと」

「そんなことを確かめて何になる？　確かめない限り、不確定でシュレディンガーだ！」

　獅子丸が無茶なことを言うのは今に始まったことではないが、名探偵としては大いに問題のある発言だ。

「なので、二十一時半以降に論語が陽虎と一緒だった可能性も陽虎がアリバイを証言するという可能性も考えないものとする」

「意地を張りすぎだ！　自分の両手両足を縛るような真似をするんじゃない」

「これでもいいハンデだ」

　などと嘯いてはいるが、あまりよろしい状況でないのは確かだろう。

「共犯でもいない限り、犯人は必ず一度は悩虚堂に入らないといけないですよね？　だったら……もしも論語君が現場に立ち入ってないことを証明できたとしたらどうでしょう？」

　タブレット端末を眺めていたイオが突然、何かを思いついたような声を出した。そんなイオを獅子丸はしかめっ面で見る。

「どこかに立ち入ったことの証明は割と簡単だが、立ち入ってないことの証明となると途端に難しくなるぞ？」

　実際、昨日は一日通して雲一つない晴れだった。土は固まっていたからまず靴跡での証明は無理だ。おまけに消火活動もあった。死体が見つかったのは消火後だから消防士たちには現場保存という発想もない。この状況でどう証明する?」

「悩虚堂にはちょっと変わった仕掛けがあるとこの資料にありました。その仕掛けを考慮に入れての考えなんですけど……」

「面白い。話せ」

その時、山風から着信が入った。

「山風さんからだ。ちょっと電話してくる」

大河はそう断りを入れて廊下に出た。


山風からの電話は義出臣との〝対決〟が正式に決まったという内容だった。あの短時間で各支社の理事の了承を取り付ける手腕は流石としか言いようがない。まあ、本音では調整の都合で一日、二日の延期を期待していたのだが、そこまで楽はさせてくれないか。

大河が獅子丸のオフィスに戻ると、獅子丸がいい笑顔で出迎えてくれた。

「驚け大河。北上が初めて気の利いたことを言ったぞ」

「ひどい!」

容赦のない物言いだが、一応褒めてはいるのか。

「獅子丸、もっと褒め方というものがだね……」

「充分褒めただろう。とりあえずアイデアは評価すると言ってるんだ。上手くやればあのジイさまの足元を払える。続きは問い合わせでそれが正解だったと解ってからだ」

そう言うと獅子丸は外に出る支度を始めた。イオの推理を訊いてみたかったが、それは後回しになりそうだ。

「どこに行くんだ？」

「さっき北上が見つけた悩虚堂についての説明の続きに面白い記述があってな。なんとジイさま、悩虚堂の中には入らず、現場に立ち会った刑事たちに調べさせるだけで済ませている」

「まぁ入らなかったというのは引っかかるけど……河原町先生が何か見落としている可能性があるかもしれないと？」

「そういうことだ。大河、お前も来い」

やはりそうなるか。日曜日なのに忙しいことだ。

支度が済んで、部屋の外に出ようとした瞬間、獅子丸が何かを思いだしたような表情でイオに釘を刺す。

「北上、電話会社に連絡をとりつけて例のものを取り寄せておけ。間違っても休みで担当者がつかまりませんでしたなんて言うなよ？」

「えっ？」

「自分の推理に責任を持ってこそ公社の社員だ。頑張れよ」

こちらを見送るイオの渋い顔を大河はしばらく忘れられそうになかった。


三十分後、大河と獅子丸はパトカーに乗って岡崎に向かっていた。

「わざわざ同行していただいてすみません」

助手席で眼をつむったまま何も言わない獅子丸に代わって、大河は論語の父親である城坂影彰に礼を述べた。

「こちらこそ、息子がご迷惑を……」

流石に論語の件で謝り疲れたのか、紳士らしい外見の影彰もややうんざりしているのがうかがえる。事情聴取と息子の世話のあれこれのために京都に来ていた影彰を無理矢理確保してるのだ。なるべく負担をかけないようにしなければならない。少なくとも論語の話は後回しにしたほうが良さそうだ。そこまで考えたとき、おもむろに獅子丸が口を開いた。

「亡くなった慈恩氏の健康状態について教えていただけませんか」

「そうですね。父は頭もはっきりしていたし、とくに調子の悪いところもなかった。眼も耳も正常だったし……というか、同年代のお年寄りと比べても異常に元気でしたね。ただ四年前に倒れた際、心臓にペースメーカーを埋めまして……以来、電波を遠ざけるためだと言い張って悩虚堂を建て、そこで寝起きをするようになりました。以降、頭ははっきりしてても性格は悪くなりましたね。まあ、それが本来の姿だったのかもしれませんが」

　身内ながらひどい言われようだが、解らなくもない。

「ちなみにペースメーカーの誤動作ってどのくらい起きてるものなんですか？」

「街を歩いていて交通事故に遭うよりも小さい確率ですよ。それにもうペースメーカーを狂わせるような周波数の携帯電話はないんですが、父はどうしても納得しなくて……自分も医者のくせに、歳を取ると猜疑心が強くなるというのは本当ですね。息子を信用していないのは明らかでした」

　少し話しただけで影彰が狷介（けんかい）な父親と厄介な息子に挟まれて苦労しているのがよく解った。大病院の院長という立場ではあるが、自身は決して才気煥発というタイプではないのだろう。

「今回の件、私は事故だと思ってます。論語は確かに父親の私から見ても特殊な子ではありますが、それでも人の命を奪うような子ではありません……そもそも動機もないですし」

「しかし事故で胸を貫かれるというのも……」

「確かに都合の良い願望ではあるのですが……悩虚堂のあの仕掛けが作動すればもしかしたら、というところですね」

「それはどのような？」

「金庫破り対策といいますか、総当たりで鍵の番号を試そうとすると……刃物が飛び出るようになってるんです。勿論、金庫破りの姿勢にもよるでしょうけど、基本的には正面から胸を刺すようになっていたらしいです」

なんて物騒なんだ。

「この話は警察に？」

「ええ。実際金庫は開けられていて、中は空っぽだったそうです」

つまり警察も義出臣も悩虚堂の仕掛けのことは把握しているが、その上で、仕掛けが作動したわけではないという結論に至っていると考えるのが妥当か。

「恐ろしいことですが、鍵の番号は私も弟も教えられてないのです。論語ならもしかしたら……というところですが」

後継者と見込んでいた論語になら教えているかもしれないが、今更訊いたところで知っていたと答えるかどうかは解らないだろう。

「しかしそんな仕掛け、いくら賊に不法侵入という非があってもそれで殺してしまっては慈恩氏が罪に問われますよ」

「父も承知だったと思います。が、逆に言えばそれだけのことをしても守りたい秘密があったのではないでしょうか」

「失礼ですが、金庫の中身がどんなものだったか解りますか？」

「いや、病院の経営については私から見ても不明な点はありませんでしたし……。強いて言えば父が個人で担当している患者の情報でしょうか。今でも古い馴染みの患者さんは父自身が病院で診てますが、誰かに盗られるのが厭だといってカルテは自分で管理していました」

また謎が増えてしまった。犯人は金庫の中身が目当てだったのか。仮に金庫の中身がカルテだったとしたら、何故それを奪ったのか。

そんな風に大河が頭を悩ませていると、パトカーがゆっくりと停車した。岡崎の城坂邸に到着したようだ。

まだ邸内には刑事が二、三人残っていたようだったが、彼らは大河たちの姿を認めると、すっと後をついてきた。一通り捜査が終わっているとはいえ、大河たちが変なことをしないよう立ち会い人になるつもりだろう。

事件の舞台となった悩虚堂はスケールを小さくした銀閣という趣の、ちょっとした離れだった。今は焼け焦げてみっともない姿になっているが、慈恩にとってはそれなりに自慢の建物だったのだろう。

「ああ、そういうことか」

悩虚堂を見た大河は、不謹慎と思いながらもこみ上げてくる笑いを抑えるのが大変だった。獅子丸も同じ気持ちらしく、笑いを口の端で留めながら、こんなことを言った。

「正確には自分では直接調べられなかったんだな」

悩虚堂の入り口はいわゆるにじり口になっており、狭い長方形の枠に頭を突っ込んで

う。腹ばいにならないと入れない。間違いなく義出臣の体型では腹がつかえて通れないだろ

「よし、大河。中を見てこい」

「え？」

「ジイさまは代わりの人間を送り込んで捜査情報を得た。オレも同じ条件でないとフェアじゃない。というわけで悩虚堂には助手のお前を送りこむ」

「……本音は？」

「服を汚したくない」

だろうな。

「クリーニング代、経費として認められるといいな……」

大河は諦めてにじり口に頭をくぐらせた。様々なものが入り混じった臭いが鼻孔に入ってくるが、なるべくその源を考えないようにした。

昨夜の消火活動の名残か、室内はまだ湿っていた。布越しではあるが手や膝にじっとりとした畳の感触が伝わってくる。ただあちこち焼け焦げているお陰で、血のドス黒い染みが目立たないのが救いであった。

大河はゆっくり立ち上がると、室内を調べることにした。まず眼に入ってくるのが例の金庫だ。金庫は開いたままの状態で煤けていたが、刃物は飛び出ていない。例の仕掛け自体、火事や消火活動でおかしくなっているのかもしれないが、流石に試す勇気はな

い。

　続いて視線をスライドさせると、焼けた衣装簞笥らしきものを発見した。半分開いたままの扉からは吊すものを失ったハンガーたちの姿が覗いていた。服は殆ど燃えているようだ。もしかするとここは火元に近かったのかもしれない。

「何かおかしなところはあるか?」

「いや、特には。報告書の通りだよ」

　それにしても、一人で籠もるには充分な広さがあるとはいえ、快適な空間とは言い難く、学生向けの安アパートのほうがまだマシな気がする。あとは燃え残った布団とちゃぶ台ぐらいしか特筆するものがない。

　大河は諦めてひとまず悩虚堂の外に出た。湿ったズボンの膝が気持ち悪いが、いつ着替えられるか解らない。早く乾いてくれるのを願うばかりだ。

「何も収穫がなかったよ」

「御苦労だったな。まあ、そういうこともあるだろう」

　これで城坂邸に来た目的は果たしたわけだが、影彰と別れる前に訊かなければならないことがある。

「そういえば当日の会合は無事に済んだのですか?」

「ええ。先方にも確認したのですが、特につつがなく……敢えて言うとすれば、二十二時クローズの予定が幾らか早まった、と」

「それはどの程度ですか?」

「予定より二十分早かったそうなので、終わったのは二十一時四十分ぐらいでしょうか。父のほうから早めの閉会を申し出たようです。まあ、元々情報交換が目的の場ですから、食事が終わり話題が尽きたらお開きでも失礼には当たらないかと」

となると、閉会後にすぐにブライトンを出ても岡崎に着くのは二十一時五十分か五十五分か。少なくともその時間にはまだ生きていたと見るべきだが、二十二時半が出火時刻ということを考えると犯人はかなり手際良くやり遂げたとしか言いようがない。

大河がそこで何気なく携帯電話を見るとイオの携帯電話から不在着信が一件入っていた。悩虚堂にいる最中に携帯電話が反応した記憶はないのだが……腑に落ちないものを感じながら大河はコールバックした。

『あ、繋がった。電源切ってたんですか?』

「いや、そんなことはないんだけど」

『それより大変です。被害者の次男、純紀さんがプルガ熱を発症して京大病院に搬送されました』

「今更何を話せと言うんだ……」

城坂純紀はベッドの上でひどく辛そうにしていた。顔は紅潮し、声もかすれている。

しかし、まだなんとか話すことができる状態で幸いだった。

「論語のことで振り回されるのはもう沢山だというのに……」

いつも顔を合わせているわけでもない叔父にまでこう言わせるとは、周囲の人間に一体どれだけの迷惑をかけてきたんだろうか。

「感染元に心当たりは？」

「昨日の夕方、父と岡崎の家で会ったんだ。あの時、父は体調が悪そうにしていたから父もプルガ熱を発症していたのかもしれない。蚊に刺されたしな」

純紀はゆっくりと右手を挙げ、蚊に食われた跡のある手の甲を見せてきた。

プルガ熱を発症してしまった純紀はこれから人里離れた伝染病治療センターで、完治するまで手厚い看護と治療を受けることになるが、裏を返せばそれは隔離と同義だ。完治しなければ元の生活に戻ることも許されない。

実はすぐ隣の部屋では防護服に身を包んだ治療センターの職員たちが純紀の搬送を今か今かと待ち構えている。獅子丸のために無理を言って搬送を待ってもらっている状態なのだ。無駄に時間はかけられない。

「何故、事情聴取でそれを言わなかった？」

しかし獅子丸は病人が相手でも容赦がない。

「故意に証言をしなかったわけじゃない。事情聴取を受けてる時にはもう発熱していたのか、頭がぼうっとして忘れていたんだ」

「そうか。とりあえず蚊に刺されて即発症したわけではないということは解った。だったら昨日、慈恩の様子がおかしいことが解っていてどうして出かけるのを止めなかった？」

態度はひどいが、もっともな疑問だ。

「私だって父の体調を気遣ったさ。会合だって私は別件があって行けないが、兄はスケジュールが空いているのだから大阪から呼び出せばいいと助言した」

純紀は事件当夜、日頃から懇意にしている患者たちと飲みに出ており、アリバイが成立していた。

「そうしたら『そういうわけにはいかない』の一点張りで……あの人の頑固さは息子の私がよく解っている。一度言い出したら絶対に聞かないんだ」

慈恩本人もまさか自分がプルガ熱にかかっているとは思わなかったかもしれないが、それでも普通の病気ではないことぐらいは気づいていたはずだ。

「その会合はそんなに重要なものだったんですか？」

「東京の医療関係者たちが別件で上洛すると聞いて、父がセッティングしたんだ。次にどんな病気が来るとか、どの薬を仕入れれば儲かるとか……確かに業界関係者なら知りたい話ではあるが厳密には商談ではないし、優先度としては高くない。それこそ病気なら代理で誰かを出席させれば済む話だ。まあ、自分でセッティングした場だからこだわるのは解るが……」

もうこの時点で不可解なことだらけだ。体調不良を押して会合に出席したのもさることながら、会合を早めに切り上げて向かった先が悩虚堂だった理由が解らない。体調が悪かったなら普通は会合後、ホテルの自分の部屋で休むなり、あるいは病院に駆け込むなりするだろう。何故悩虚堂なのだ？

いや、会合を終えた慈恩がどこか別の場所で殺されて、会合があったことやブライトンへの宿泊予定を知らなかった犯人が悩虚堂へ運び込んだ可能性はあるか……。

「会合の存在を知らなくて、慈恩氏を殺害しそうな人物に心当たりはありますか？」

大河はその辺がどうしても気になり、探偵の獅子丸を差し置いて訊ねてしまった。

「強いて心当たりを挙げるとしたら……北白川で開業している我鷹尊という男か」

何故その名前が出てくるのだ？

「この三年、ウチのグループの上客が何人か我鷹の病院に流れた。勿論、それでこちらの屋台骨が傾いたわけでもないが、父にしてみれば面白くない。以来、我鷹を恨んでいた」

どうやら純紀は大河たちと尊の関係を知らない様子だ。

「ふん。自分の至らなさを棚に上げて御苦労なことだな。それで？」

「いや、それだけだ。父には敵が沢山いたが、父が恨む人間となるとそう多くない。向こうだって父からの敵意に気がついていただろう。窮鼠猫を嚙む……潰されると思い込めば、先手を打つこともあるかもしれないと思ったんだが……いや、犯人よりもあの最期のほうが遥かに問題だ」

「最期というのは慈恩氏の？」

　話が突然飛んだが、さりとて聞き流すこともできない。

「実は私の祖父も何者かの手によって屋敷ごと炎で焼かれているのだ」

　その証言には流石の獅子丸も驚きを隠さなかった。偶然の一致かもしれないが、調べないわけにはいくまい。

「父、そして父の父が似たような最期を迎えた。次は兄の番……それとも後継者の論語……いや、私かもしれない」

「何故そう思う？」

　獅子丸が訊ねたが、純紀はもはや獅子丸のほうを見ていなかった。

「ああ、熱い。炎で焼かれるようだ……」

　熱に浮かされたようにうわ言を言い始めた純紀を見て、獅子丸はかぶりを振った。おそらくもう朦朧として何を言っているのかわかっていないのだろう。残念ながらここで時間切れのようだ。

「オフィスに戻るぞ」

「……そうか。助かった」

そう言って尊は通話を切ると、大河たちのほうを振り向いてこう告げた。

「慈恩の遺体からプルガ熱のウイルスが出たらしい」

オフィスに戻った大河と獅子丸はイオと尊にサポートしてもらう形で捜査を進めていた。

「ちなみに今朝ニュースになった山科の女性感染者だが、実は慈恩が囲っている愛人だったそうだ。まあ、病院に運び込まれたお陰でアリバイが成立したのだから、彼女にとっては不幸中の幸いだったといえるかもな」

こうやって協力してくれているが、もしかしたら犯人かもしれない。いや、尊に限ってそんなことはないと信じてはいるが……。

「……あの、大河さん、ちょっといいですか？」

真面目に悩んでいる大河に遠慮したのか、イオはやけに遠慮がちな声で大河を呼んだ。

はて、獅子丸の言いつけで慈恩の父が屋敷ごと焼け死んだという話を調べていたはずだが、何か問題でもあったのだろうか？

「その……城坂家で昔あった事件なんですが、いくら調べても出て来ないんですよ」

「本当かい？」

では純紀の話は嘘か妄想だったのか。

「はい。検索条件を変えて、何度も調べたんですが……」

そこで大河はイオが失敗した理由に見当がついた。

「ちょっと貸してくれるかな？　一度ログアウトして僕のＩＤで入り直すよ」

イオの手からタブレット端末を受け取ると、自分のＩＤでログインし直し、事件のキーワードを検索していく。しかし結果は空振りだった。

「駄目でしたか？」

「うん、そうみたいだ」

だが大河は自分が失敗した理由は解っていた。そして解決する方法が一つしかないことも。

「獅子丸、ちょっと試して欲しいことがある」

「どうした？」

「例の城坂家の昔の事件、お前に調べて欲しいんだ」

その言い回しで真意が通じたらしい。何も言わずにタブレット端末を受け取ると、大河と同じように自分のＩＤでログインし、検索する。

「一発で出てきたな。『城坂家放火殺人』……なんだこの素っ気ないタイトルは。よほど見つけて欲しくなかったと見える。閲覧制限をかけてる上に念が入ってるな」

「閲覧制限？」

イオが首を傾げる。

「研修で教わってないのか？　いや、教わらなくとも若手社員と名探偵のオレでアクセスできる情報が同じはずはないと想像できて当然なんだがな……」

　公社のデータベースにはこれまで扱ってきた様々な事件の情報が蓄積されているが、当然ながら公社員にその全てを閲覧する権限が与えられているわけではない。役職、年次、所属組織によって閲覧できる情報が異なるのだ。

「けど、僕にも閲覧できないってよほどの情報だよ」

　大河は獅子丸の助手なので、その気になれば大抵の情報は閲覧できるだけの権限が与えられていた。

「どうやら閲覧権限は京都本社のＶＩＰに限られるようだな。ちょっと待ってろ。ざっと眼を通したら説明してやるから」

　獅子丸は画面をスワイプしながら、事件の詳細をインプットしていく。

「なるほど。だいたい解った」

　獅子丸の話を要約すると、こんな内容だった。

　今から五十年ほど前の三月の夜、岡崎にあった城坂家から火が出て家屋が全焼。焼け跡から当主の城坂語詰の死体が発見されたが、解剖の結果わかった死因が焼死ではなく後頭部を強く殴られたことによる脳挫傷だったことから、警察と探偵公社はこれを殺人事件と見て、捜査を開始した……。

「これって……今回の事件と同じじゃないですか！」

「同じだと？　どういう脳をしてるんだ。死因も焼けた範囲も違うだろうが……そして一番違うのは容疑者だ。今回は孫だったが、こっちは息子だ」

「息子……ということは慈恩か？」

「いや、慈恩の双子の弟の城坂天央だ」

そう言って獅子丸はタブレット端末の画面を差し出してきた。天に央と書いて『てんおう』か。

「んー、慈恩も天央も変わった名前ですよね」

イオが率直な感想を口にする。まあ、気持ちは解るが人のことは言えないだろう。

「……祇園社と天王社から取ったんじゃないかな。語詰という名前が祭神の牛頭天王に由来してれば、の話だけど」

「流石だな大河」

というか、そもそも命名規則が凄い。時間があれば城坂家の家系図を見てみたいぐらいだ。

「語詰は京都では指折りの実業家だったが正妻との間には娘しか生まれなかった。だが愛人との間に慈恩と天央という双子が生まれたため、自分の後継者として引き取ることにしたそうだ。二人とも引き取ったのは経済的な余裕があったというのもあるが、どちらか優れたほうを自分の後継者にしたかったからだろうな」

「実際のところ、二人の出来具合というのはどんなもんだったんだろう」

「それも書いてある。事件が起きた三月十七日時点で二人は十八歳だった。つまり高校を卒業したばかりというわけだ。慈恩は医学部に合格していたが天央は受験に失敗して浪人、周囲は慈恩が後継者で決まりだろうと思っていたそうだ。動機は未だに不明だが、その辺の事情が天央の気に障ったのかもしれない、と書かれている」

動機が不明ということは解き明かされなかった部分が残っているということだ。

「獅子丸、もしかして未解決事件なのか？」

「ああ。天央は語詰が殺された日を境に姿を消してそれきりだ。言い方を変えれば、まんまと逃げられたということだ」

それならば京都本社の失態と言えなくもない。道理で閲覧に制限がかけられるわけだ。

「住んでいた家が燃えた上、大黒柱も失った城坂家だったが、語詰が手がけていた事業の権利を売却したことでそれなりにまとまった額が手元に残ったらしい。お陰で慈恩は医学部を出てすぐに開業することができたわけだ」

つまり慈恩はたった一代で城坂家を立て直したわけか。だったら影彰と純紀に厳しいのも何となく理解できる。

「まあ、流石の慈恩も医学部の最初の二年は成績がボロボロだったそうだが……そんなことより消えた天央だな。仮に天央が今回の事件に関わっていたとして、動機はなんだ？」

獅子丸の疑問にイオが小さく挙手して応じた。

「……濡れ衣に脅えてずっと逃げていたけど、時効も成立しているし、あとは悔いなく死ねるように遺留分を受け取りに現れたとか？」

「遺留分なんて難しい言葉よく知ってたな。だが、そんなものがあったとしても今の慈恩には大した金額でもないだろう。で、大河はどう思う?」

「ひどい!」

「いや、北上さんの考えも一理あるよ。確かに大した額じゃなかったかもしれないけど、もし五十年分の利子をつけて返せと言ってきたら揉めるんじゃないかな」

「まあ、動機にはなり得るか。しかしそれなら本人でなく、子や孫が犯人という可能性もあるな」

「人を集めて、あちこち当たらせるか? 人を手配するのも今ならまだなんとかなるかもしれないし」

時刻は十七時。日曜のそんな時間に招集をかければ、確実に厭がられるだろうが背に腹は替えられない。

「その可能性に賭けるとなるとギャンブルだな。明日の朝一までに候補者を発見できる可能性は低いし、リソースを注ぎ込むには優先度が低い」

「でも他に手はないんだろう?」

「究極的な話、ジイさまにならなら負けてもいいが、論語には負けたくない」

やはりそうか。

「……待てよ。城坂邸に捜査員を送り込むのはアリだな。現場の連中には悪いが、もしかしたら論語には勝てるかもしれん」

「勝つって……どうやって？」

「それは明日のお楽しみだ」

獅子丸は大河の疑問を受け流し、どこかへ電話をかけ始めた。

翌朝、迎えの車の中で大河は昨日の件を獅子丸に切り出した。一晩悩んだが、やはり話しておこうと思ったのだ。

「なあ、獅子丸。河原町先生、だいぶ弱ってるかもしれないんだ」

「確かにオレの知ってるジイさまならお前が十人ぶつかってもはじき飛ばしただろう」

獅子丸は特に表情も変えずにそう言い放った。だが恩師の衰えを聞かされて平気なはずがない。

「今日はお前の勝ちかもしれないが、なんだか複雑な気分だよ」

だが獅子丸は大河のそんな思いを笑い飛ばした。

「ハッ。あのジイさまが弱ってるはずないだろう。河原町ギデオンは伊達ではないぞ」

大河はそこで獅子丸もまた義出臣の〝絶対〟を信じたい者の一人であったことに気がついた。

「……そうだな。そうに違いない」

「まあ、オレは敬老精神に溢れているから、足払いで勘弁してやるつもりだ」

「それがいい」

やがて車は公社ビルの前に到着し……そしてその時はやって来た。

普段は会議に使われる円卓だが、今日は奥の席に山風が座り、両側に獅子丸と義出臣が立っていた。そして入り口側に設置された中継用のカメラが彼ら三人をフレームに収める。

「……というわけでウチの獅子丸君の疑義申し立てにより、河原町先生の捜査の妥当性を確認することになりました。みなさま、今日はよろしくお願いします」

山風は九時ちょうどからカメラ越しに各支社の役員に向けてしばらく語りかけていたが、どうやら終わったらしい。

「……いよいよですね」

「ああ」

大河とイオは入り口側から二人の戦いを見守っている。二人はまだ言葉を交わしていないが、既に戦っていた。語りかけるタイミングを見計らっているのだ。

「……ワシの推理は既に知っているな？」

「ああ」

先に口を開いたのは義出臣のほうだった。

「だったらさっさとかかってこんか。組み手では動き回るほうが格下、ワシからは動かんよ」

流石の自信だ。だが、獅子丸は義出臣がそう出ることは読んでいた。

「ジイさまの推理だが、おかしな点を見つけた」

「ほう？」

「ジイさまは慈恩に抵抗した様子がないことから『親しい者による犯行』と断定していたが、生憎事件当夜は雲一つない晴れだ。おまけに明るい月夜……そんな状況では相手がどれだけ親しい人間だろうと、レインコート姿で現れたら警戒するだろう。違うか？」

うん、いい初撃だ。

「おヌシ、細かいところに気がつくのう」

義出臣がひどく面倒臭そうな表情で口を尖らせる。

「まあ、アレだ。慈恩さんも歳だからな。視力が悪かったんじゃないか。誰だって歳をとれば身体のどこかはおかしくなるもんだ。同世代のワシにはよく解る」

身内だけの気安さのせいか義出臣は適当なことを口走る。こんなものが外部に流れたら炎上待ったなしだ。

だが獅子丸は笑いもせずに淡々と義出臣にこう告げた。

「一応、言っておくが影彰は慈恩の視力には特に問題がなかったと証言している。生まれた時から眼鏡をかけたことがないのが自慢だったとも言っていたな」

大河は今更、昨日の獅子丸の質問の意図を理解した。

「ふん。可愛げのない反撃だの」

義出臣が大口のクライアントであった慈恩の視力について知らなかったとは思えない。これはおそらく獅子丸がどこまで調べているのか探りを入れたのだろう。

「だったら矛盾を解消してやれば納得するか？」

「できるものなら、な」

「よし、まず現場の話から始めるとするか。慈恩さんの殺害は城坂家の敷地内で行われた……異論はあるか？」

「今のところ否定する材料はないな。どこかで殺された死体が自分で悩虚堂まで戻ってきたのなら話は別だが」

「よろしい。では城坂家の敷地を三つのゾーンに分けてみようか。家屋と悩虚堂、そして庭などの屋外の場所全てだ。まず家屋部分だが事件当夜、警察が徹底的に捜査している。異常といえば論語の部屋の天井裏ぐらい、あとは一つの血痕も見つからなんだ」

「それはオレも知っている。家屋は現場ではない」

「そうか……さて、その一方で屋外からも血痕の類いは出て来なかった」

「しかし消火活動によって悩虚堂の周囲は汚染されていたはずだ」

「んん？　現場汚染というのは現場が保存されなかったことを言うのであって、現場でなければ関係なかろう。悩虚堂の消火のために消防署の人間が庭を多少荒らしたかもしれんが……そんなことぐらいで殺害の痕跡を消しきることはできんとは思わんか？」

「犯人が消防署の人間を全員買収していれば不可能ではないが……まあ、そうだな」

「つまり犯行現場として残されているのはもう悩虚堂の中しかないということになる」

「それがどうした？」

「鈍い奴じゃの。犯人である論語はレインコートを着ていたが、それは慈恩さんには見えなかったということじゃ。何故なら暗い悩虚堂の中、息を潜めて慈恩さんがやってくるのを待っていたのだからな」

そんな話、昨日までは影も形もなかったではないか。

「……しかしジイさまは犯人は慈恩と親しい間柄だから接近することができたと言っていたのでは？　視界のきかない場所では相手が親しい仲だろうが関係ないだろう。見ても解らないのだから。むしろ警戒するのが当然だ」

そうだ。これでは獅子丸の指摘を受けて、推理を変えたようにしか見えない。

だが義出臣は腹を撫でながら、すっとぼけた顔でこう返す。

「それはちいと短絡的ではないかの。親しい者による犯行……まあ、ワシも少し言葉足りなんだな。というより、お前たちが勝手に誤解しただけともいうか」

「誤解？」

「親しい間柄だから接近することができた、というのは慈恩さんのパーソナルスペースに入れるという意味だけではないぞ。慈恩さんの居住空間である悩虚堂に立ち入れるということでもある。

思い出せ。悩虚堂の入り口はにじり口になっていた。這うようにして入ってくる慈恩さんを仕留めるには最高の場所だと思わんかね？」

やられた！　ギリギリの後出しで推理を変えるとは……いや、これができるからこそ長年狡猾な犯罪者を相手にし続けることができたのだろうが。

「おや、反論がない……もしや降参かの？」

獅子丸がギブアップするはずもないが、ここからどう反撃するのか大河には思いつかない。

大河が心配しながら獅子丸を見守っていると、獅子丸はこちらに向けて手招きしてきた。

「大河、こっちに来い」

「どうした？」

大河が寄ると、獅子丸は傍らに置いてあった包みを大河に差し出した。

「これを着てくれ。ちょっと検証したいことがある」

出てきたのは上下が分かれるタイプのレインコートだった。よくよく見れば例の証拠品と同型だ。

大河は素直にレインコートに袖を通した。ご丁寧にも第二ボタンが潰れているところまで同じだ。

ボタンを留め終えた後、大河はあることに気がついた。

「あ、裏返しに着たほうが良かったか？」

「構わん。今はどっちでもいい」

どっちでもいいとはどういうことだ？　それでは検証の意味がないのではなかろうか。

だが今更着直しても獅子丸の神経に障るだけだろう。大河はそのまま下を穿き、フードを被った。

「これでいいのか？」

「ああ、よく似合っている。それと山風さんも検証を手伝って貰えませんか？」

「え、僕ぅ？」

突如指名された山風は少々戸惑っているようだった。

「山風さんはにじり口から悩虚堂に入る最中の被害者の真似をして下さい」

実質、山風に床を這い回れと言っているようなものだ。世話になってる人になんてことをさせるのだろう。

「君とか北上さんとかではアカンの？」

「これは山風さんでなくては無理です。さあ、早く」

有無を言わさぬ口調で獅子丸がそう言うと山風は哀しそうにかぶりを振る。

「もう、獅子丸君には負けるわ。しゃあない……この辺でええかな？」

しゃがんでもカメラに映る位置に移動すると山風は床に両手両膝をついた。

「そんならエアにじり口から入る真似するね。はい、お邪魔しますよっと……いややわあ、まるで土下座やん」

それはなかなかに滑稽な様子だった。こんな機会でもなければ見られない姿だろう。大河はカメラの脇に立っているイオが小さくガッツポーズをしたのを見逃さなかった。

「よし、大河。山風さんの胸を刺そうとしてみてくれ」

両腕を突っ張ってどうにか身体を起こそうとしている山風の胸は無防備だった。だが、立ったまま刺すにはいかんせん位置が低すぎる。大河は背を曲げ、前屈みになりながら山風の胸に凶器を刺すフリをした。

「大河、その姿勢のままストップだ……山風さんはもう結構です」

「あ、そうなん？」

山風は立ち上がると、膝をパンパンと払った。

「そんで、何を検証したかったたん？　まさか僕に高山彦九郎像の真似させたかったわけやないやろ？」

「それもあります」

「ん？　今なんて……」

「それより見て下さい。大河の胸の部分です」

胸？　それがどうかしたのか？

大河は硬直したままちらりと自分の胸に視線を向けてみたが、獅子丸の意図を理解することはできなかった。

「ほら、屈んだことで大きなスリットができてるでしょう。これは証拠品のレインコートと同じで第二ボタンが壊れているんですよ。実際、ボタンなんて一つ留めないぐらいではそう困りません。しかし前に屈むとこうやってスリットができる。論語が悩虚堂に入ってくる慈恩の胸を刺したなら前屈みの姿勢であり……このスリットから血が入った可能性は高いでしょう」

「つまり、返り血を浴びているはずやって言いたいわけやな？」

獅子丸は肯くとこう続けた。

「勿論、すぐ傍に家屋があるわけで着替えに困ることはなかったでしょうが、それにしても血で汚れた服の処分は必要です。確かに城坂邸には洗濯機も乾燥機もありますが、シャツ一枚を洗い、乾燥させるにはどんなに急いでも三十分以上はかかるから現実的な選択肢ではないでしょう。だったら当然、隠すのが一番楽なはずですが……部屋の天井裏からは血で汚れた服が発見されていません。

さて、ジイさま。これをどう考える？」

これぞキングレオ、見事だ。さて、義出臣はこの切り返しにどう応じるのだろうか。

「服が発見されていないのが気にくわんか？　だったら燃やしてしまったと考えるほうが自然だろう」

「服は燃やしたのに、レインコートを燃やさなかったのはおかしくないか？」

「石油系の素材はよく燃えるが、それと解る痕跡を残してしまうからの。一方、繊維なら燃え残りが出てもおかしくないだろう。衣装箪笥にシャツを投げ入れて火を点けたらもう発見できないと思うがどうかのう？」

決定的な切り返しとまでは言えないまでも、致命傷を負わない程度には獅子丸の推理を弱めている。

「どの道、凶器だってすぐには始末できまい。だったらせめて減らしておきたいというのは合理的な発想とは思わんか、獅子丸」

「解った。ではジイさま、犯行所要時間の見積もりを聴かせてくれ」

「いきなりなんだ？」

「そこまではっきりと犯行時の状況が解ってるんだ。計算ぐらいできるだろう。とりあえず城坂慈恩がブライトンホテルでの会合を予定より早く切り上げたのは承知しているな？　それが二十一時四十分だ……ブライトンからタクシーを拾い、岡崎に行くまで十分か十五分か。まあ、慈恩が二十一時五十分過ぎには岡崎にいたとして、論語はどう立ち回った？」

ここで獅子丸は義出臣にこう問うているのだ。「それでも論語に犯行は可能だったのか」と。もし時間の見積もりにおかしな点があれば、ここまでの義出臣の主張は崩れるということだ。獅子丸はここで王手をかけたのだろう。

義出臣は少しだけ考え込むと、自分の見積もりを口にした。

「悩虚堂に忍び込んでから慈恩さんを始末するのに手際良くやれば十分、もたついても十五分ぐらい、そこから家屋に入り着替えて天井裏に証拠品を隠すのに更に五分か十分かのう。火を点けるのはまあ、一瞬で終わるとして合計で十五分から二十五分……二十分と少しというのが現実的なラインじゃな。うむ、充分に納まるな」

「今、肝心なところを誤魔化したな」

「誤魔化す？　ワシが何を誤魔化したというんだ。人聞きの悪い！」

「帰宅したからと言って、慈恩が真っ直ぐ悩虚堂に入るとは限らないだろう。十五分以内に入ったとしたらギリギリ可能だけどな」

「それを言うなら、論語が間に合ったという根拠もあるぞ。お前は何故レインコートの上が裏返しで発見されたのかも解らんのか」

「何？」

「慈恩さんに先んじて岡崎の城坂邸に戻った論語は家屋に入り、例のレインコートを摑むとすぐに悩虚堂に向かった。そして庭か悩虚堂の中でレインコートを着ている最中、門の向こうでタクシーが停まる気配がした。当然、論語には慈恩さんが来たのだと解る。その時、ボタンを留めようとして袖を通したレインコートの上が裏返しだったと気がつく。だがもう袖を通し直している余裕はないと考えた論語は裏返しのまま無理矢理ボタンを留め、悩虚堂で慈恩さんを待った……こう考えるべきだろう」

しぶとい！　熟練のロジック回しだ。

「……ジイさまのレインコートの話、付き合ってやってもいいが……ここらで終わりにしよう」

　獅子丸は懐から封筒を取り出すと傍らのテーブルにそっと置いた。きっと論語の無罪を証明する何かなのだろう。

「これは全くの偶然だが……論語はオレの従妹の陽虎と仲が良かったらしい」

　ここで陽虎の存在を明かすのか。

「ああ、警察署に陽虎ちゃんが来とったらしいと後から聞いたぞ。確か二十一時半前には東山で別れたとか言っておったらしいが……それでも悩虚堂の出火まで一時間強はある。陽虎ちゃんには可哀想だが、犯行は充分に可能だ」

「ところが論語に犯行は不可能だったと証明できると言ったらどうだ？」

「ハッタリでなくてか？」

「当たり前だ。手を振って別れたからといって、それで二人の一日が終わるわけじゃない……まあ、ジイさまにはピンと来ないか」

「なんじゃと？」

「世代が違えば常識も違う。これぱかりはジイさまに同情するが……答えは携帯電話だ。二人は別れを惜しんで電話をしていたんだ。これでは犯行どころではないと思わないか？」

「獅子丸、お前はもしや喋りながらの犯行は不可能だと言っているのか？　それなら世界は広いぞ。それぐらいやってのけた奴はいくらでもいる。もっと言ってしまえば、陽虎ちゃんは聴かなかったフリをしていたのかもしれんぞ。愛があればそれぐらいは……」

「愛は関係ないだろ！」

獅子丸が少し取り乱した。やはり陽虎と論語の仲に言及されると冷静ではいられないようだ。

「……もっと根本的な話だ。いいか、四年前倒れて心臓にペースメーカーを入れた慈恩はそれ以降、自分で建てた悩虚堂に籠もるようになった。これが大前提だ」

「それぐらい言われんでも知っとる」

「ああ、そうか。ジイさまは入ったことがないんだったな。知らないなら教えてやるが、悩虚堂は電波を遮断する構造になっているんだよ」

そんな大事な情報を後出しで……と思ったが、昨日のイオからの電話が不在着信扱いになってたのはそういうことか。影彰の発言と合わせて気がついて然るべきだった。

……まさか。

大河の胸に厭な予感が去来する。そして何故か、目の前の封筒こそ獅子丸がイオに命じて電話会社から取り寄せたものだという確信があった。

獅子丸の取り出した封筒にそっと手を伸ばし、中身を少し確認した。

一昨日の論語の携帯電話の通話記録だ。それによると二十一時三十五分から二十二時三十八分までの間、陽虎の電話と通話していたことが解る。

これが何を意味するかというと……仮に論語が義出臣の言う通り、通話しながら犯行に及ぶことができたとしても、一瞬でも悩虚堂に入っていたら電波は遮断されて通話も途切れたはずだ。しかし通話記録にはそのようなログはない。

つまり論語はこの約一時間、一度も電波の遮られる場所には行かなかったということになり……アリバイが成立する。

おそらくこの妙な詰め手は獅子丸が義出臣の名誉に傷をつけないために考え出したものだ。これなら河原町ギデオンが見落としても仕方ない……世間にそう思わせたいのだろう。

「じゃあ、一つジイさまにエレガントな解決を見せてやるか」

そう語りながら獅子丸は大河の方を見て笑う。

探偵に気分良く仕事をさせるのも助手の仕事だ。なのに大河は曖昧な笑みを返すのが精一杯だった。

だが途端に獅子丸の表情が険しくなり、それから何故かちらと入り口の方に視線を送った。確かあそこにはイオがいたはずだが……。

次の瞬間、カメラを担当していた職員が悲鳴にも似た声を挙げる。

「あ、出力が！」

どうやら機材トラブルらしい。だが獅子丸の合図と無関係とも思えない。

さてはイオに何かやらせたのか？

獅子丸は職員が機材を必死で触る様子を少しの間眺めていたがやがてかぶりを振ってこう言った。

「映らない以上、話し続ける意味はないな。始まったばかりだが小休止だ。一度オフィスに戻らせてもらう」

そして獅子丸はテーブルの上の通話記録を引っつかむと、有無を言わさずに外へ出て行った。


大河が獅子丸の後を追うべく会議室を出ると、外では獅子丸がイオに何やら指示を出しているところだった。

「留置場に連絡を取って、あの馬鹿とオレのオフィスで通話ができるようにしろ。大至急だ」

「あの馬鹿って論語君ですか？」

「自分を勘定に入れなければすぐに解るだろう。早くしろ！」

獅子丸の怒声にイオはしばらく雷に打たれたように固まっていたが、やがて命令を理解すると二人に背を向けて走り出した。

大河は獅子丸と共に獅子丸のオフィスへ急いで移動した。獅子丸の様子から他の人間に聴かれたくない話をしようとしているのは明らかだった。

大河はオフィスのドアを閉じるとほぼ同時に口を開いた。

「獅子丸、さっきのトラブルって……」

「北上に命じて、機材を少しな。復旧まで三十分ぐらい時間を稼げるだろう」

「準備がいいんだな」

「あのジイさまとやり合うんだ。保険ぐらいは用意する」

しかしこの手の仕掛けは正面突破が信条の獅子丸らしくない。それだけギリギリの戦いを強いられているということか。

そんなことを考えていたら、いきなり獅子丸に両肩を摑まれた。

「大河、正直に言え。何に気がついた？」

「いや、何でもないんだ……ちょっと気分が悪くなっただけで」

大河は話を打ち切ろうとしたが、獅子丸はそれを許さなかった。

「嘘だな。そんなはずはない。お前はあの通話記録で何かに気がついた」

やはりこうなってしまうのか。これ以上、獅子丸に不利を背負わせたくないというのに。

「ああそうだな。お前に嘘はつけないな」

大河は全てを話すことにした。

「一つ確認しておきたいんだが、もしかして北上さんがお前に披露した推理が、さっきの携帯電話の通話記録を使った不在証明だったのか？」

「そうだ」

「なんてことだ……」

イオがすんなりと獅子丸を満足させる答えを出した理由をもっと深く考えておくべきだった。いや、あの場で素直に確認しておきさえすれば……。

「獅子丸、北上さんがその発想に辿り着いたのは当たり前なんだよ」

「というと？」

「そのネタ、僕がこの間応募した作品に出てくるんだ」

「それは例の最終選考に残ったやつか？」

大河が肯くと、獅子丸は近くのサンドバッグに蹴りを叩き込む。明らかにイラついている。

「しかし北上の奴、そんなこと一言も言わなかったぞ」

「無理もないよ。多分、北上さんは意識してなかったんじゃないかな。密室トリックがメインのネタだと思ってたみたいだし」

「漏洩ルートは解るか？」

「陽虎にはストーリーの概要しか話してないし……そうなると北上さんか？」

「北上にはどういう形式で渡したんだ？」

「印刷したものを渡したよ……持ち歩いていたものを。北上さん、読むのが早いみたいで翌朝には感想をくれたな」

「定時後に渡して翌朝に感想が来たということは、北上はそのまま家に持ち帰ったわけか。狙われたとしたらその後だな」

仮にイオがその後気をきかせてシュレッダーにかけて処分してくれたとしても、論語が関わっている犯罪者の層の厚さを考えれば大した意味はないだろう。

「最初から原稿が目当てではなく、オレやお前の弱味を探すために周囲を探ってたのかもしれんな……まあ、そんなことより今は例のアリバイトリックだ。偶然ならいいが、意図的にやってきたなら相当厄介だぞ」

「ああ。本当にそうだ」

たまたま殺人事件に巻き込まれそうだった論語がそれを察知してこのトリックで自分のアリバイを作った……それも充分におかしいのだが、問題はこの先にある。

このトリックを偽装工作に利用して論語が本当に慈恩を殺害していた場合、またはこのトリックで自分のアリバイを確保して誰かに慈恩を殺させた場合を考え始めるともうどうしようもなくなる。

いくら獅子丸でもこんな状況は想定していなかっただろう。

全て僕の責任じゃないか……。

大河が獅子丸に詫びようと思った瞬間、イオがオフィスに駆け込んできた。間の悪いことに獅子丸は大河の両肩を摑んだままだった。

「……あの、じきに留置場との電話がこのオフィスと繫がりますと伝えに来たんですが……お邪魔でしたか？」

獅子丸は大河の肩から手を離すと、腕を組んで機嫌が悪いことをアピールした。

「ああ、全面的にお前が悪い。反省しろ」

「ひどい！　こんなに頑張ってるのに……」

確かにイオは間が悪いだけで仕事をしていないわけではない。むしろ、今はよくやってくれているといえるだろう。

「そういえばそうだったな。そこは褒めてやる」

「ちょ、ちょっと……」

獅子丸はイオの頭に手を当てて二、三度撫でた後、そのままイオをオフィスの外に追い出した。ひどいことをするものだ。

「大河、とりあえず奴の真意を問い質すのが先決だ。勿論、素直に答える保証はないが」

「ああ。正直、気は進まないけど……」

ほどなくして電話がかかってきた。このオフィスは獅子丸のために完全にハンズフリーで通話ができるようになっている。だから望めば大河も通話に参加することができるのだ。

『おや、約一日ぶりですね。ぼくに用があるそうですが……なんでしょうか』

その声はオフィスの高品質スピーカーを通して二人の耳にダイレクトに届いた。音声の劣化もなく、まるですぐ隣に論語がいるようで気持ちが悪い。

「悩虚堂の件で今揉めててな。お前に確認したいことがあって電話した」

『揉め事？　それはいいですね。何でも訊いて下さい』

「お前が言っていた切り札というのはこんなアリバイトリックじゃないのか？」

獅子丸がざっと説明し終えると、拍手の音が聞こえた。

『おや、よくぞ気がついてくれました。流石はキングレオ……まあ、親切な大河さんが教えたのかもしれませんがね。ぼくにも教えてくれましたし』

「は？」

『いやですねえ。円山公園で例の事件に遭遇した時ですよ。ベンチで語り聴かせてくれたじゃありませんか。もう、忘れっぽいんですから』

論語の言葉を受けて、獅子丸が大河に視線を寄越す。

「念のために訊くが、話したのか？」

「話してない！　信じてくれ」

「たとえ嘘でも信じてやる。お前がそう言うならそうなんだろう」

勿論、大河には例のトリックを論語に話した記憶はない。

「こんなに回りくどいことをして、何を考えている？」

『そうですねえ……例えばこのアリバイトリックでぼくが無罪放免となったとしましょう。その後、ぼくがマスコミに「大河さんから教えてもらったトリックがあって命拾いしました。ところでそのトリックが使われてる小説は新人賞の最終選考に残ってるみたいですよ」とか言ったりしたら……大河さんの小説、賞を獲ったりしませんか？　実力での受賞に拘ってる大河さんには迷惑な話かもしれませんが』

なんて最悪なことを考えるんだ。こいつは……。

『でも実際には大河さん、なんだかんだで辞退しないと思うのでもう一捻りして……「大河さんから教えてもらったトリックを利用してアリバイを作ったらたまたま上手く行っちゃいました。本当はぼくが犯人なんですけどね」……なんてのはどうですか？』

大河は思わず天を仰いでしまった。こうも容易く最悪を更新されるともう言葉も出ない。

『しかし困りますね。公社の人間ともあろう者が一民間人に自分の考案したトリックを明かした挙げ句、実際に犯罪で使われたとなると……小説はお蔵入りですか。選考を辞退するよう公社からお達しが来るのがオトナの世界ですよね？』

しかし他人事みたいに言っているが、論語だってノーリスクではないのだ。

「お前だって獅子丸が負けたら、タダでは済まないんだぞ？」

『別にこの身がどうなろうが、そんなに興味がないんですけどね。先のことはまた先で決めるとして、今を楽しまないと』

やはりどうかしている。

「……解ったよ」

「どうした大河？」

「この怪物と関わって、何も犠牲を払わないでいられると考えるのが間違いだった」

大河は覚悟を持って、その言葉を口にした。

「僕は賞の選考を辞退する」

これで獅子丸を縛る枷はなくなる。選考を辞退するのは無念だが、それより獅子丸の敗北を見たくないのだ。

だが大河の覚悟を聴いた論語は存外普通のテンションだった。

『ああ、そうですか。ふうん……それだと予想よりは少しだけ面白くなくなりますねえ……』

大河はその随分と含みのある物言いが引っかかった。

「オレの予想が正しければ、残念ながらその覚悟は無駄になる」

「どういうことだ?」

「大河が選考を辞退すれば、今度は北上が原稿を流出させたと主張するんじゃないか?」

『ようやく獅子丸さんもぼくという人間のことが解ってきたようですね』

その手があったか。

そうなれば結局同じことだ。いや、大河に落ち度はないが、今度はイオの情報管理が問題にされる。

「……お前の本当の目的はなんだ?」

獅子丸は静かな口調で論語にそう問いかける。だが大河には獅子丸の怒りが痛いほど理解できた。

『強いて言えば獅子丸さんを試したいんですよ。キングレオほどの強者ならたった一人でも完結できるのに、どうしてそんなに誰かと繋がっていたいんですか？』

やはりそうだ。論語は獅子丸の周囲を狙い撃ちしている。この分では尊や山風も的にかけている可能性がある。

『王は孤高でいい……ぼくはそう思うんですよね。まあ、獅子丸さんが同意してくれるかどうかは解りませんが……とりあえず、どうぞお好きな手段で解決して下さい。ただ必ず何かは犠牲になると思うので、そのチョイスは獅子丸さんにお任せしますよ……要はそういう話です』

どうかしている。こんなことを思っていることもそうだが、確かめたいがために我が身を差し出すような真似をするとは……。

『だから大河さん、どうか興ざめなことをしないで下さい。獅子丸さんが自分で決めてくれないと面白くないんですよ。言っておきますがぼくには後出しの権利がありますからね。獅子丸さんがどんな解決を選んでも、ぼくはあなたが一番厭がることをして差し上げましょう』

論語がそう言った瞬間、獅子丸はサンドバッグにハイキックを決めていた。まるで蹴られたサンドバッグが天井にぶつかりそうな勢いだった。おそらくストレスが最高潮になったのだろう。

やがてサンドバッグの揺れが収まる頃、獅子丸はゆっくりと口を開いた。

「なるほど、お前の意図は解った。そして訊きたいことはこれで最後だ。お前は城坂慈恩を殺したのか？」

『ぼくが本当のことを口にする保証はありませんよ？』

「いいから答えろ。それをオレが真実にしてやる」

論語は電話口の向こうでひとしきり笑った後、素に戻ったような声でこう答えた。

『殺してませんよ。いずれ入ってくる遺産を今欲しがるほどお金には困ってませんしね。まあ、どうでもいいんですが』

「解った。お前の言葉を信じて……すぐに真犯人を指摘してやる」

なんだって？

「獅子丸、お前何を言ってるのか解ってるのか？」

「こいつの後出しを潰すのは簡単だ。要は綺麗に解決してしまえばいい」

「そうじゃなくて、真犯人が解ってるのか？」

大河の問いに獅子丸はどちらともとれる笑顔で応じる。

「さあな。だが、我が儘を通せなくて何が名探偵だ。これぐらいどうとでもなる」

『おっと、ちょっと良かったですよ今の。出典はあるんですか』

「河原町のジイさまから教わったことだ。今日の相手でもあるがな」

『では結局恩師を叩きのめすわけですね。結構結構結構。ぼくとしてもすんなり楽な方向に行って貰ってはつまらないと思っていたところです。じゃあ、ぼくから何か言うのはもうやめにしましょう』
そして論語は最後にこう言い残した。
『愉快な報告を待ってますよ。またお会いしましょう』

「中断前に主張しようとした件だが、なかったことにする」

再開直後、獅子丸はさらりとそう言ってのけた。

「獅子丸君、何言うてんの？」

山風が呆気に取られた様子で獅子丸に訊ねる。

当然の反応だ。これは公社の幹部も見ているのだ。例の土下座はともかく、数十分も無駄にしたということになれば京都本社理事の山風のメンツにも関わる。

まあ、実際のところ大河にしたところで山風と似たような気持ちではある。あれからすぐに機材が復旧したという連絡が来たため、真意を問い質す時間がなかったのだ。

しかし獅子丸がどこまで本気で真犯人を指摘するつもりなのかは解らないが、少なくともこの場をどうにかする道筋は見えているのだろう。ならば、大河はただ見守るだけだ。

「失礼。より正確に言えば、城坂論語が悩虚堂に立ち入らなかったという証拠を提出するつもりでしたが、それでは不完全だと思い直したためです」

「不完全というのは？」

「仮に論語の無罪を証明したところで、あの河原町義出臣ならばそれを覆してきてもおかしくはありません。どんな証明も覆される可能性がある限りは不完全です」

「つまり悪手だったと認めるということだな？」

義出臣が意地悪い笑顔で茶々を入れてきた。

「ジイさまと寝技の応酬のような真似をするのは遠慮すると言ってるだけだ」

「グラウンドではなく立ち技なら勝てるみたいな口ぶりじゃのう」

「殴り合いは骨身に応えるだろうからな。優しく締め落としてやろうと、手心を加えていたのかもしれん」

大河は二人の間に漂う険悪な空気を誰よりも肌で感じていた。おそらく二人とも本気になっている。この感じでは負けたほうは無事では済むまい。

「ああ、負けても敬老精神をぶら下げていたからと言い訳するつもりだな」

「……おい、ジジイ」

突然、とんでもない言葉が獅子丸の口から出て、大河は我が耳を疑った。見れば獅子丸の眼がこれまで見たことがないほど険しくなっている。

そして続けて発せられた言葉は更に衝撃的だった。

「今日限りで引退して貰うぞ！」

間違いない。獅子丸はキレていた。

「獅子丸君、ちょっと落ち着いて。冷静になろう、な？」

山風が獅子丸をなだめる。獅子丸と義出臣が真剣勝負を行った場合、どちらに転んでも損することが解っているからだろう。ならばせめて穏やかな決着を望むのは当然だろう。

「オレは冷静ですよ、山風さん。ただオレが本気で犯人を指摘した場合、あのジジイの進退問題になることは避けられないでしょう？」

「それはまあ、そうやけどな。弘法も筆の誤りってこともあるやろ」

「いずれにせよ、拙速な捜査で冤罪を生み出すような探偵が現場にいるべきではない……だからこそ、ここで引導を渡すのが礼儀です」

山風は手を顔に当てて天井を見上げた後、やがてふて腐れたようにこう言った。

「……解った。もう好きにし。僕はもう知らん」

「ありがとうございます」

獅子丸は山風に礼を言った後、義出臣を睨みつけて訊ねる。

「ジジイ、もう一度確認しておくが証拠品のレインコートには奇妙な点があったな？まず第二ボタンが壊れていて留めることができなかった。そして血がついていたのはレインコートの裏側……」

「ワシの話を忘れたのか？　論語は慌てたせいで裏返しにして着たのだ。それで全て説明がつくだろう」

「まだある。ただ裏返しに着ていたというのなら背中側にも血が付着しているのはおかしいだろう。悩虚堂で論語が慈恩の侵入を待ち構えて刺したとしても、いつ背面から血を浴びるようなタイミングがあった？」

確かに言われてみればその通りだ。証拠品の写真によると、レインコートの上衣は裏側が前後とも血で汚れていた。

「論語が死体を背負って運んだと考えれば何もおかしくないはずだがのう」

「にじり口から入ってくるところを刺殺した死体を何故背負う？　両腕を摑んで引っ張り込めば済むだろう」

「では工作を終えた論語が、にじり口から出る際に足から出たのではないか。その際に血だまりで背中を汚した……にじり口からの出方に作法はないからのう」

「だったら同じようにレインコートの下も後ろ側が汚れていなければならないはずだろう。しかし後ろ側に血はついていなかった。何か反論はあるか？」

獅子丸がそう言うと何故か義出臣は愉快そうに笑った。

「なんだ、獅子丸。寝技もなかなか上手くなったじゃないか。しかしワシはまだまだ返す用意があるぞ？」

「いや、ここらで止めておく。この点に関しては論争しようにも、死体や現場が焼けてしまったからな。この線でいくら言い争っても水掛論になる。それに今回は相手が悪い」

「解ってて持ち出すとはな。何がしたかったんだ？」

「だから立ち技で決めるつもりだ。今からより説得力があって、シンプルな解答を示そうと思う……大河、もう一度レインコートを着てくれ」

「いいけど、裏返さなくていいのか？」

「裏返されたら困る。今回はな」

大河がレインコートを再び着用すると、獅子丸は柔道の組み手をするように大河の懐に潜り込んできた。

「ところで大河、第二ボタンが壊れているのはある意味で都合がいいとは思わないか？」

「どういう意味だ？」

「だから、こういうことだ」

獅子丸は右手で手刀を作ると、大河の着ているレインコートの第二ボタン部分にできた隙間から手刀を差し入れた。

自分の肋骨に獅子丸の指先がコツンと当たる感触とともに、大河は獅子丸の言わんとすることをようやく理解した。

「そうか、返り血を浴びない方法は一つじゃない……もう一つあった！」

大河の叫びに獅子丸は肯くと、解説を始める。

「犯人は被害者の着ていたレインコートの隙間からナイフを差し入れ、心臓を突き刺した。心臓を刺すのだから当然出血は激しかっただろうが、何せ被害者はレインコートを着ている。ナイフを刺してない方の手で第二ボタン周辺を閉じてしまえば、血がレインコートの外に飛ぶこともない。

論語がレインコートを慌てて裏返しに着てしまったと考えるより、レインコートを着ていた慈恩が刺殺されたと考えたほうが筋が通るだろう?」

「しかし獅子丸よ。それではレインコートの裏に血がついていた理由は説明できても、背中側にも血が付いている理由の説明にはならんぞ?」

「説明は最後まで聴いて貰おうか。このようにレインコートの隙間から慈恩を刺した後、犯人は慈恩の身体を手早く仰向けに転がした……胸から出た血は両脇を伝い、背中へと流れる……これでレインコートの不審な点は全て説明できるだろう」

どうしてこの可能性を思いつかなかったのだろう。今となっては義出臣の説明が全て子供騙しのように思える。

「さらにレインコート上衣の裾をズボンの中に入れてしまえば血が外に流れ出ることもない。これで悩虚堂以外のどこで刺殺しても現場を汚すことはなく、死体の出血が落ち着いた頃に抱き上げて悩虚堂に運び込むことができるというわけだ。勿論、刺した方の手の周辺は血で汚れるわけだが、主目的は現場を汚さないことだし、前面が血まみれになるよりはマシだろう」

「刺殺現場は悩虚堂やないってことか? そしたらこれまでの前提が全部壊れるで」

「ええ。悩虚堂を焼いたのも偽装工作の一環でしょう。家屋や庭で血痕が発見されなければ、消去法で悩虚堂が現場だということになりますからね」

　これは悩虚堂現場説を唱えた義出臣への挑発であることは明らかだった。現に義出臣はこれまでと打って変わって険しい眼で獅子丸を凝視している。

「ほう、面白いことを言うな。しかしどうして慈恩さんがレインコートを着ていたのかな？　事件当夜は晴れだと言っていたのはお前自身だぞ。慈恩さんには自発的にレインコートを着る理由はなかろう」

　もっともな反論だ。

　だが獅子丸はもうその答えを持っているのだろう。まったく動じた様子がない。

「この話題については言いたいことが沢山あるが……結論だけ先に言えば、慈恩がレインコートを着用したのは血を浴びることを防ぐためだ」

「おヌシ、今なんと言った？」

「だったらこう言ったら伝わるか？　城坂慈恩はただの善良な被害者ではなく、これから殺人に手を染めようとしていた悪人だった」

　いきなり話が飛躍した。義出臣を打ち倒すために必要な手順だとは思うが、本当に大丈夫だろうか。

　大河と同じ心配をしたのだろう。山風がこんなことを訊ねた。

「一応訊いとくけど、誰を殺すつもりやったんや？」

「さあ？」

「なんやて？」

獅子丸は億劫そうにため息を吐いた。説明が面倒になり始めているサインだ。

「山風さん、起きなかった事件を説明することにどれだけ意味があると思いますか？」

「いや、言いたいことは解るけどな。その聞き捨てならんことを口にした以上、最低限の説明をしておくのが話し手の義務やと思うねん。いや、僕だけの問題でなく、これを観てはるお歴々のためにもな」

獅子丸はやれやれと言わんばかりの表情でカメラのほうに向き直ると、説明を始めた。

「これは推理……いや、詮の無い想像ですが、純紀の話によると慈恩は我鷹尊さんを自分の地位を脅かす存在として恐れていたようです。大口の患者を取られたことがそう思うようになったきっかけとも聞きました。我鷹さんを殺すことを考えていたとしてもおかしくはありません」

「しかしこう言うたらあれやけど、我鷹君とこの病院って城坂一族の病院群に比べたら小さいもんやんか？　そんな何人か患者取られたところで知れてるやろ」

「その辺の事情はまた後で話すとして、今は我鷹さんを恐れていたという事実だけを憶えておいて下さい。ところで慈恩は悩虚堂の金庫に、解錠に数回続けて失敗すると刃物が飛び出すという恐ろしい仕掛けを施していたことをご存じでしょうか？」

「いや、知らんけど……それ普通に死なんか？」

「ええ。ちょうど心臓を狙うような設計になっていたそうです」

獅子丸の返事に山風は少し眼を剝くと、義出臣にこんなことを訊ねた。

「ちょっと河原町先生、そんな洒落にならんもんがあったって知ってはりましたか？」

「一応、顧問探偵としてそういう仕掛けがあることは承知していたが……まあ、ワシには関係のない話だからのう。金庫を破りに行くわけでもないしなあ。所詮は盗人向けの仕掛けよ」

そう言って義出臣は腹を叩く。この腹ではにじり口はくぐれないというアピールか。

「獅子丸よ。一つ釘を刺して置くと、金庫の仕掛けが慈恩さんの命を奪った凶器ではないことは既に確認させた。確かに金庫は開いてて空になってはいたが、仕掛けは動いていない。つまり力技で破ったわけではなさそうだな。まあ、後継者の論語なら金庫の番号を知っていてもおかしくはないがのう」

獅子丸の逃げ道を一つ潰し、自分の推理を補強する……実に抜け目がない。しかし獅子丸だってそんなことは昨日の悩虚堂の捜査で理解しているはずだ。ならばまだ先があるということだ。

「金庫の仕掛けが凶器でないことぐらいは承知している。ただ仕掛けがあったこと自体が重要なんだ」

「獅子丸君、僕ら一般人にも解るように説明してくれへんか？　ギア上げすぎやで」

「慈恩がわざわざ会合に出たのは、我鷹さんを悩虚堂に誘い込むためだと考えられませんか？　そのために使用人を外に出し、孫もホテルに泊めた」

「しかし、それだけやと何とも言われへんな」

「根拠もあります。一昨日の時点で慈恩はプルガ熱を発症してました。夕方に会った純紀の証言によると、明らかに体調が悪そうだったという話でしたが……会合ぐらいであれば長男の影彰を大阪から呼び寄せて、代理を任せればいいとは思いませんか？」

「それは……まあ、僕やったらそうしてるな」

「そうせずに無理をしたのは延期ができない大事な予定があったからです。それが殺人の計画だったと考えるとしっくり来るんですよ」

少なくともプルガ熱を堪えるほど重要な用事があったことは確かだ。

「君が考える殺人計画ってどんな感じなん？」

「悩虚堂で我鷹さんが忍び込んで来るのを待ち受け、にじり口から侵入してきたところを胸に一突き入れて殺害……これなら老人にだって殺せるでしょう。勿論、返り血を浴びないようにレインコートを着用して」

それが慈恩がレインコートを着用した理由だと言うのか。

「このやり方にはまだメリットがあります。金庫の仕掛けを作動させて、死体の胸に刺しておけば、悩虚堂に忍び込んだ我鷹さんが金庫破りに失敗して命を落としたように偽装できると踏んだのです。検死の結果、我鷹さんが二十時以降に死んだということになれば、会合に出ていた慈恩にはアリバイが成立します。

勿論、相応の罪には問われたことでしょう。しかし盗みに入った我鷹さんにも非があるのは明白、世間も多少は慈恩に同情的な目を向けたはずです。あるいは慈恩の方で更に有罪判決を避ける策があったのかもしれません。何せ、優秀な顧問探偵がついてますからね」

「ワシは別に弁護士じゃないぞ」

義出臣はそう言うが、慈恩の罪が軽くなるような推理の十や二十、すぐに用意できるだろう。

「けど獅子丸君、君の話は肝心要なところがアカンで。そもそも我鷹君が死んでないというところに目をつぶるとしてもや。我鷹君は慈恩さんが会合に出てて、城坂邸がもぬけの殻やから二十時過ぎてから悩虚堂に行くわけやろ。そこで慈恩さんがレインコート着て待ち受けてたら会合どないなってんねんって話になるやんか」

山風の突っ込みはもっともだった。

「まあ、百歩譲って会合はドタキャンするなり、抜け出すなりしたとするよ。けど、そんなんでは慈恩さんのアリバイは成立せえへんやろ？　あちらが立てばこちらが立たずやで、獅子丸君」

しかし獅子丸は山風の言葉を不敵な笑みで受け止めていた。

「ところで山風さん、東京から来た医療関係者は慈恩とは初対面だったそうですね」

「そうやったな」

「だったら、別に慈恩本人でなくとも構わないのでは？」

大河は獅子丸の言わんとすることを理解した。替え玉か！

確かに初対面の相手なら本人でなくても、よく似た人間で誤魔化すことができる。

「替え玉となる人物を会合に送り込むことで自身のアリバイを確保し、殺人を実行する。それが慈恩の取ろうとした方法だったのでしょう。無論、それを裏付ける根拠もあります。件の医療関係者たちは会合中、慈恩に特におかしな様子はなかったと証言してましたから」

そうだ、プルガ熱を発症していたのだから特におかしな様子がなかったはずがないのだ。仮に薬を飲んでいたとしても完全に症状を抑えきれるものではない。

「替え玉の方は至って健康だったようですね。まあ、替え玉が病人では会合そのものが中止になってしまうから仕方がなかったのでしょうが」

「待ち待ち！　そっくりさんを用意するとこまではええよ。けど、向こうの人たちの話では結構みっちりと業界のことを語り合ったらしいで。そんなん、そっくりさんにあれこれ仕込むにしても限界があるやろ？」

「要は城坂慈恩とよく似ていて、なおかつ相応の医療知識のある人間なら替え玉を務められるということですよね」

「それってもう本人やん！」

「少なくとも慈恩もかなりの信頼を置いていたんでしょう。そうでなければ真正面から刺殺なんてことは不可能ですから」

「え、なんて？」

「慈恩が自分の意思でレインコート姿を見せられる相手は共犯者以外にいませんからね。おそらく凶器を手渡しするフリをして例の第二ボタンのスリットから突き刺したのでしょう。勿論、袖回りは血で汚れますが、何せ替え玉ですから悩虚堂の箪笥に着替えがあります。焼いてしまえば着替えたことも解らない」

「いや、そうでなくて……そのそっくりさんがなんで慈恩さんを殺してるの？」

「そいつが黒幕……真犯人だからですよ」

そんな話、聞いてないぞ？　いや、百歩譲ってそれが正しいとして、慈恩のそっくりさんなんてどこに……。

そこまで考えた時、大河の頭にある推理が去来した。

確かに一人、候補がいるではないか！

「動機はまだ解りません。ただそいつは慈恩を殺害した上、その容疑を論語に着せるという離れ業をやってのけたんですよ」

大河の思考に構うことなく、獅子丸は説明を続けていく。

「悩虚堂を焼いた理由も簡単です。火事と消火活動で死亡推定時刻に幅が出れば、生前の目撃情報を優先する形でアジャストされるからです」

「あ、そうか。二十時前より前に殺し、慈恩として二十時からの会合に出れば、その間は生きてたと見做されるもんな！　となると、完全にあの坊ちゃんを狙い撃ちしてたってことになるけど？」

「論語が東山の店で食事をしていることは慈恩からも聴いていたのでしょう。会合を少し早めに切り上げたのは、あまりに遅いと論語にアリバイができてしまうからですよ」

黙って獅子丸の説明を聴いていた義出臣が突然大笑する。

「論語が無罪であるという結論に拘りすぎて、どんどん空論めいていくな。仮定に仮定を重ねても説得力は増さんぞ」

「だったら、犯人をこの場に連れてきて尋問すれば満足するんだな？」

獅子丸がそう言い放つと流石の義出臣も絶句した。手打ちを引き出すとかそういう発想抜きで決めに行くつもりらしい。

「君、まさか犯人が誰だか解ってるんか？」

「ええ。要は慈恩の影武者になることができる人物がいればいいんです。そういえば慈恩には天央という双子の弟がいましたね。数十年前に父親である城坂語詰を殺して逃亡してますが」

「あ、その話ここでしちゃうん？」

山風は渋々といった様子でカメラの向こうの人間にも解るように説明を始めた。自分が入る前の話とはいえ、山風も京都本社の不祥事を他所の理事たちに話して気分がいいはずなかろう。

「……こんなもんかな。けど、天央は依然として消息不明やん。とっくの昔に死んでてもおかしくないやろ」

「消息不明と思われていた天央が、新しい身分を得て別の人間として生きていたら……そしてほとぼりが冷めた後、慈恩とまた兄弟の親交を回復していたとしたらどうします？」

「んん？」

大河は獅子丸がこれから指摘しようとしている人物に心当たりがあった。我鷹敬だ。記憶喪失の状態で発見された敬が婿養子として我鷹家に入ったのは四十年前だ。その間、敬の素性が判明することはなかったが……敬が密かに城坂天央としての記憶を取り戻していたらどうだろう。なんとしてでも慈恩と接触を図ったのではないか？

勿論、仮にそうだったとして二人の力関係がどうなっていたのか解らない。ただ敬は医師免許こそ持ってないが、長年妻や息子の仕事を手伝っているわけで最低限の医療的な知識は有している。慈恩の協力さえあれば、替え玉としての役割を果たすことは難しくなかろう。

「そいつは慈恩から信頼を得ていた一方で、我鷹さんに『悩虚堂が空いている』と告げられるような立場の者ということになる」

……まずい。これでは本当に辻褄が合ってしまう。

一つ気になるとすれば動機だろうか。獅子丸の話を前提にすれば、敬は尊を殺すために協力したことになる。勿論、実際に殺されたのは慈恩のほうだが……被害妄想に取り付かれた慈恩が敬に尊を生け贄に差し出せと言ってきたため、息子を助けようと計画に乗るフリをして慈恩をやむなく殺したといったところだろうか。もしそうだとしたら余計に救われない。

真実を明かすことが探偵の仕事かもしれない。しかしそれで論語は助かるが、今度は敬と尊が不幸になる。真犯人は指摘できたとしても論語の注文通りの結果だ。

しばらく考え込んでいた山風がやがてぽつりとこう言った。

「……もしかして我鷹敬さんか？」

ああ、とうとうその名前が出てしまった……獅子丸、本当にこれでいいのか？

だが獅子丸はそう答えた山風をまるで汚らしいものでも見るかのような眼で眺めていた。

「城坂慈恩と我鷹敬、確かにこの二人はどことなく顔立ちが似ていて、おまけに敬さんは過去に記憶喪失を経験している。しかし仮に敬さんが記憶を失った天央だったとして……天央のホームである京都に住んでいてどうして誰も気がつかなかったんですか？」

「ん、まあ、それはそうやけどさ。他に思いつく候補がおらんかったから……」

「敬さんはこの数十年、孤独を抱えて生きてきました。それは実の家族にだって完全には溶かすことのできなかった孤独です。こんな形でケリがついていいはずがありません。それに確かに敬さんが真犯人の条件に近いことは認めますが、実はもう一人候補がいます」

「うむむ……それ誰やのん？」

山風の質問を受けて獅子丸は静かにその人物を指差した。

「河原町義出臣、アンタだ」


義出臣が天央だって？

あまりのことに大河は理解が追いつかなかった。

「何を言い出すかと思ったら……正気か？　まさか苦し紛れじゃあるまいな、獅子丸」

「そうや、そうやで獅子丸君。河原町先生の胴回りを考えたら、悩虚堂のにじり口なんてとても通られへんやろ？」

義出臣の言葉で甦った山風が当然の疑問を口にする。

「だからそれがこの事件を解く最後の鍵なんですよ……なあ、ジジイ。大河が面白いことを教えてくれてな。昨日、廊下の角で大河とぶつかったアンタがよろめいたそうだが……もしかして今はもう大河より軽いんじゃないのか？」

ああ、そうだ。なんでそんな単純なことに気がつかなかったのだろう。昨日の義出臣はまず間違いなく大河より軽かった。つまり外見のほうがおかしいということだ。

大河が義出臣の答えを待っていると、義出臣は大河を手招きした。

「なあ大河、そこのゴミ箱を持って来てくれるか」

「……ゴミ箱ですか？」

大河は言われた通り、ゴミ箱を持って義出臣の傍に近づいた。すると義出臣はゴミ箱の中に何やらガムのようなものを吐き出す。

含み綿だ！　それも大量の。人相を変えるために口の中に入れるものだが、本来はこんなには含まない。訓練の賜物だろうが、よく普通に喋れたものだ。

「いやあ、綿ってやつは本当にマズくてな。グルメなワシには拷問じゃったわい。礼を言うぞ」

そうやって現れた顔はとてもシャープで……確かに慈恩によく似ていた。

「本当は腹にもタオルや何やらを巻いてるが、それは勘弁してくれ。服が脱げてしまう」

「それじゃあ……」

哀しいことに、獅子丸の指摘は正しかったということだ。

「ああ、お前たちと稽古していた頃の肉体はとうに失った。全盛期を考えたら文字通り、馬の骨のようなもんだ」

そして義出臣は獅子丸に向き直ると、何故か優しい眼差しで見つめていた。告発を受けた犯罪者とは思えない表情だ。

「見事だ獅子丸。お前はついにワシを超えた」

「……ジイさまはとうに超えていると思っていたがな。それでも答え合わせなんかしたくはなかった」

「言いおるわい。だが、お前の推理には一つ決定的な間違いがある」

「……なんだ？」

獅子丸が解せないという表情で義出臣を見つめ返す。

「ワシの本当の名前は城坂慈恩じゃ」

どういうことだ？

「と言っても、別にあの慈恩が生きていたわけでもワシが二重生活を送っていたわけでもないぞ。とうに時効だが一応話しておこうか。ワシが父親を殺したのはひょんなことからあの男の正体を知ってしまったからだ」

「正体？」

「自らは手を汚さず、悪人に犯罪計画を授けることが父親の……城坂語詰の生業だった。陳腐な呼び方をすれば犯罪王かのう」

それではまるで論語と同じではないか！

「医学部への合格が決まってしばらく経った晩のことだ。ワシは父親から書斎に呼び出された。ワシが医学部に進もうとしていることが気に食わない様子でな。医学部への進学を止めて、滑り止めで受けた他の大学に行くように強く勧めてきた。納得が行かなくて、どうしてそんなに医学部に進ませたくないのかと問い質したところ、父親は突然自分の正体を明かした。要は大学には進んで欲しいが、忙しい医学部では自分から犯罪帝王学を学ぶ時間がないだろうと……ここでワシは決断を迫られたわけだ。

ワシに犯罪王の跡を継ぐつもりはなかった。しかし断れば父親がワシの口を封じにかかる可能性があった。そればかりか、この話が天央に行ってもおかしくない……出来は悪くても可愛い弟、やはり悪の道には向かわせられん。

そう考えると他に選択肢はなかった。ワシは父親に心酔したフリをして油断させると、背後から殴った。凶器は暖炉の傍に立てかけてあった火掻き棒だったかな？　まあ、それで死んだのは確実だ。

幸い、家人の誰にも気づかれなかったが、ワシは父親の犯罪者としての痕跡を消し去らないとマズいと思った。だがワシには書斎のどこに何があるかさっぱりだった。だから火をつけて全部燃やしてしまおうと考えた」

乱暴なやり方だが、公社の資料にも残っていないことを考えると結果的に上手く行ったわけだ。

「ただ、火をつけてすぐに逃げても捕まるリスクは高い。だから放火は天央に頼んだ。勿論、全てを話した上でだ。そして『もうここには帰らないからお前が城坂慈恩になって医学部に入れ』とも言ったんじゃ。勿論、天央は随分悩んだようだが結局そうしたそうだ。後で話を聞いたらかなり苦労したそうだがの。まあ、キツい浪人生活と思えばのう」

入学して二年間成績を落としたというのはそういう理由があったのか。

「それから十年ほどあちこちを彷徨（さまよ）ったが、上手いこと新しい戸籍を拾うことができての、残してきた天央のことを思い出したんじゃ。きっと苦労しているだろうから、手助けをしてやりたいと思ったワシは、何年もかけて体重を増やし外見を大きく変えた。苦労の甲斐があったのか、京都で暮らし始めても誰もワシの正体に気がつかなかった」

それから義出臣は試験を受け探偵公社に入ったこと、探偵として成功を摑んでから弟に会って正体を打ち明けたこと、顧問探偵として城坂家の利益を守ったことなどを話した。

「事件の話もしておこうか。まずワシが我鷹君を殺害する計画を持ちかけ、弟がそれに乗った。時間をかけて弟に我鷹君への不信を植え付けていたお陰だな。まあ、マッチポンプというやつだ。ただしワシには我鷹君を殺害するつもりは毛頭なかった。しかし決して行われない計画でも、弟を納得させるだけのリアリティは必要だわな。

詳細はこうだ。ワシがまず我鷹君に弟との不仲を匂わせた上で、例の会合の日に岡崎の屋敷がもぬけの空になると教え、悩虚堂の金庫を狙うようにそそのかす。そこに城坂慈恩の秘密が隠されていると。そうすれば弟の破滅を願う我鷹君は悩虚堂に忍び込むだろう。これが大前提だが、まあ真っ赤な嘘だな。我鷹君は空き巣という手段に訴えるほど愚かな青年ではないし、そもそも弟に特に恨みを抱いてない。

さて、肝心の計画だが……会合当夜、にじり口から悩虚堂に侵入しようとした我鷹君を堂内に潜んでいた弟が胸に一突き入れて殺害する。そして、我鷹君がさも金庫の解錠に失敗して、例の仕掛けによって死んだように偽装して岡崎から逃げて姿を隠す。その際、金庫の警報装置を起動させておけば弟と入れ替わりで警備会社の人間がやってきて、我鷹君の死体を発見する……金庫の解錠に失敗して死んだという結論が出れば、警報装置が作動した時間が我鷹君の死亡推定時刻になる。しかしその時刻、部屋の主である城坂慈恩はブライトンで会合中のため、抜け出すことは不可能だった……言うまでもなくこれはワシなんだが、見破られない限りアリバイ成立だ。あとは隙を見てワシが弟と入れ替わればいい。勿論、過失致死には問われるだろうがそこから先はどうにかしてやると言ったら、弟は納得した。

これがスタート地点だ。もっとも弟がワシの作り話を信じてくれた時点で全体の九割は済んだようなものだったがな」

客観的に見れば粗も目立つ計画だが、義出臣の剛腕ぶりを知っていればそれぐらいはどうにでもなる気がする。それが付き合いの長い兄弟だったら尚更だろう。

「実際にワシが弟を殺したのは会合へ行く前のことだ。十八時過ぎだな。ワシは城坂慈恩の姿で岡崎を訪れた。弟には外に出るなと言っておいたからな。近所の人間に入るところを見られても不審がられる心配はない。

先ほどあの日の夜は月が明るかったという話が出たが、そもそも実際にワシらが顔を合わせていたのはまだ黄昏時だった。外はいくらか明るかったから、ワシらは家の玄関で決行直前の打ち合わせをした。その折、弟が具合悪そうにしていることに気がついたが、自分の口から中止を申し出たりはしなかった。千載一遇のチャンスを逃すまいという気持ちだったのだろうな。

　ワシがレインコートの件を切り出したのはその時だ。玄関にボタンの壊れたレインコートが置いてあることは知っていたからな。レインコートを差し出しながら『万が一返り血を浴びると後始末が大変だ。これでも着ておけ』と言ったら素直に従いおった。

　レインコートを身につけた弟とワシは玄関を出て、庭の悩虚堂へ向かった。あとはもうタイミングの問題だった。ワシは悩虚堂に入ろうとしていた弟を後ろから『おい』と呼び止め、振り向いたところを『ボタンが留まってないぞ』とレインコートのボタンをかけてやるフリをした。弟は『ボタンが壊れてるだけだ』と弱々しく笑って軽く払おうとしたが……手遅れだったな。その時にはもう、ワシが右手に隠していたナイフが弟の胸に刺さっていた。ほぼ即死だったはずだ」

　おそらくプルガ熱が抵抗する元気を奪っていたのも大きかったのだろう。

「さて、こちらに倒れ込んできた弟の身体を抱き留めたワシはまず胸に深く刺さったナイフから手を離し、弟のシャツの胸元のあたりをぐっと握りこんだ。そして左手を背中に回して仰向けに抱え直し、そのまま悩虚堂のにじり口に頭から押し込んだ。

　手際よくやり遂げたお陰で地面もレインコートの表面も汚れなかった。まあ、右手は血まみれ、シャツの袖口も真っ赤だったが手早く引き抜いて自分のシャツで拭ったから、血でぼたぼたという状態にはならんかった。

　手を拭った後は弟の死体を更に奥へ押し込んで、ワシも悩虚堂に入った。そしてレインコートを手早く剝ぎ、凶器となったナイフと一緒に袋に入れた後、弟の簞笥から替えのシャツを拝借した。汚れたシャツはナイフの柄をよく拭った後、簞笥に丸めて投げ込んでおいた。どうせ放火する予定だったからな。

それから警報装置を解除した上で金庫を開け、中身を全部さらった。ワシの個人情報に関するものも入っていたからな。まあ、保身というか、論語を有罪にするための駄目押しだ」

それで金庫が開いていたのか……。

「そして悩虚堂を出て家の中に入り、血まみれのレインコートと凶器を論語が使っている部屋の屋根裏に隠した。あとは何食わぬ顔で門から堂々と出て、タクシーでブライトンホテルへ向かった。そうやって城坂慈恩として会合に参加したというわけだ」

義出臣の説明をずっと黙って聞いていた大河だったが、いささか引っかかる点があることに気がついた。

「先生、ちょっといいですか？」

「なんじゃい？」

「全てが先生の計画通りに運んだことは解りましたけど、そもそも先生は替え玉をしてもしなくてもいいんじゃないですか？　むしろ先生が殺人を担当することになってもおかしくないですよね？」

大河の質問に義出臣は悪戯っぽい笑顔で応じる。面相は変わっていても間違いなく本人の笑顔だと解るのが嬉しくもあり、哀しくもあった。

「もっともな疑問だが、そうさせないのが腕だ。ワシは弟に計画を説明する際、第一容疑者として真っ先に疑われる人間が替え玉を利用して鉄壁のアリバイを作ることがキモだということをそれとなく強調した。おまけにワシと奴が双子同士で、しかもワシが顔や体型を誤魔化していることは二人だけの秘密だ。

　この秘密を効果的に利用しようと思ったらワシが会合に出て、弟が殺人を担当するのが自然なわけで……それを逆にしてしまっては意味がないことぐらい弟も解っていただろう。それに我鷹君を殺したいのは弟の都合だ。そこら辺を意識させておいたお陰かのう。弟はワシに殺人を頼まなかった」

　確かに義出臣は言葉巧みに人を操るのも上手かった。探偵としての長年の経験が義出臣を一流のメンタリストにしたのだろう。

「……まあ、実のところワシが殺人担当になっても同じことなんだがな」

「え？」

「どうせ十八時には本番前の打ち合わせを直接顔を合わせて行うんだから、弟が会合担当だったとしてもそこで弟を殺してワシが会合に行けば済むだけの話だ。無論、レインコートを着せられないから別の方法を使っただろうがな」

　バックアッププランは万全だったわけだ。おそらく話を持ちかける段階で計画を何十パターンか用意しておいたのだろう。

「ええと、どこまで話したかな。そうだ、会合……会合をやり過ごすのは実に簡単だったな。むしろ全員初対面だったせいで騙し甲斐もなくて、つまらんかった。大事なのはその後だ。退屈な会合を終えたワシはタクシーで岡崎の屋敷に戻る。城坂慈恩という人間が出火の少し前までは生きていたと印象付けたかったからな」

放火と消火活動によって、発見された死体の死亡推定時刻が曖昧になるというのは義出臣も解っていたはずで、上手いことコントロールしてやる必要があったわけだ。確かに結果的には会合を終えた城坂慈恩が一度岡崎に帰り、そこで殺されたようにしか見えない。

「とはいえ、やることはそんなになかった。悩虚堂に火を放ったら即座に離脱だ。勿論、河原町義出臣にも城坂慈恩にも見えない老人の姿に変装してからな。目撃されても構わんようにとの用心だったが、幸いにして誰もワシのことを気に止めなかった。あとは悠々と小一時間ほど歩いて、自宅の近所の公衆トイレで体型と顔をいつものワシに戻して帰宅するだけ……以上がこの事件の大まかな顛末だ。ただ、当然のことながらワシにはアリバイがない。だから万が一ワシにも捜査の手が伸びアリバイを訊ねられた場合は、家で飲んでいたとでも答えるしかなかっただろう。まあ、疑いをかけられた時点で負けみたいなもんだから、その時は腹を括ろうと思っていたがな」

全て余さず話してくれるつもりでいるのは伝わってきたが、大河には一刻も早く知りたいことがあった。

「どうしてこんなことを？　美食家の河原町先生が食事を我慢し瘦せてまでする価値があったんですか？」

「……瘦せたのはこの犯罪のためじゃないぞ。これまで気力と薬で騙し騙し現場に立っていたが、ワシは癌でもう長くないんだ。これから裁判にかけられるだろうが、果たして判決まで生きているかどうかも解らん」

「そんな……」

義出臣なら死ぬまで衰えを感じさせないと思っていたのは確かに大河の願望に過ぎない。だが、それにしたってそこまで重症だったとは思わなかった。

「まあ、犯罪者として捕まったところで、寿命的に勝ち逃げになってしまうのは心苦しかったのだがな。こちらにも事情があったんだ」

「何故、論語に罪を被せようと？」

「あ奴から父親と同じ邪悪なものを感じたからだ。おそらくこのまま放置すれば父親と同じ、いやそれ以上の犯罪王になる予感があった。勿論、根拠もない勘じゃがな」

「だったら何もこんな遠回りな方法を取る必要はなかろうに。慈恩を殺してその罪を着せるより、論語を殺したほうが早い」

「ワシがそうしなかった理由を言おうか？　殺そうとしても殺せなかったからだよ」

義出臣は苦虫を嚙み潰したような表情で名探偵にあるまじきことを告白した。

「ワシは城坂家の顧問探偵だったからな。論語の命を狙う機会は何度でもあった。しかし何度やろうとしても必ず計画の延期を余儀なくされた。そうさな、まるであ奴には強運が味方しておるようだった。やがてワシには時間がないと解ったので、方法を変えることにした。弟に架空の犯罪を持ちかけ、共犯になると見せかけて裏切って殺し、その罪を論語に被せた」

「血を分けた大切な弟だったのにえらくあっさりと殺したものだな」

「弟にはすまないことをしたと思っている。天央が医者として成功してくれたからこそ、ワシはワシで医学への未練を捨てて探偵道を邁進することができたのだし、何よりワシにとって、あいつを失うのは耐え難いことだった。まあ、お前たちみたいな関係だ。しかし弟が論語の守護者の役割を果たしていたのも事実だ。論語はこれからもっとその邪悪さを増すだろう。あ奴から感じられる禍々しさはそれほどのものなのだ。どうしても今のうちに取り除かねばならなかった」

獅子丸も、初めて会ったときから論語を警戒していた。義出臣といい獅子丸といい、名探偵の嗅覚は我々の比じゃないということなのだろう。

「人生最後の犯罪を上手くやりきった気がしていたが……プルガ熱とキングレオの介入だけは計算できなんだ」

「不愉快だが、オレをこの事件に引きずり込んだ論語は正しかったということだ」

「だがこれでおヌシも解っただろう。何をどうしようが、全てがあ奴の味方をする。少なくともワシには倒せんかった。弟には詫びのしようもないが、これが現実だ」

そうなのだ。論語はおそろしく強力な何かに守られている。もし論語が運を味方にできるというのなら、獅子丸だって勝てないかもしれない。

「とはいえ、希望がないわけではない。ワシがいなくても必ずおヌシがあ奴をどうにかするだろう」

「言われなくてもそうするつもりだ」

流石にこんな別れは想像できなかった。きっと超人的な洞察力を持つ獅子丸にだって無理だったはずだ。

「安心した。まあ、決着を見届けられないのが残念だがのう」


祖父殺しの罪から一転、無罪と証明された論語は大きく伸びをした。

「流石はキングレオ、まさか本当にぼくの身の潔白を証明してくれるとは」

義出臣と別れて小一時間後、大河たちは留置場で論語と面会していた。

「しかしまだ自由になれないんですか？」

「この社会には手続きが色々あるんだ。我慢して待っていろ」

「まあ、ここで一泊したのも悪くない経験でしたよ。もう結構ですけど」

獅子丸に社会を説かれても全く説得力がないが、相手が論語ならちょうどいい。

「次は刑務所へ行けるように願っていろ」

獅子丸が論語をこうも蛇や蝎のように嫌っているのは単に陽虎のことだけが原因ではないような気がしてきた。これは獅子丸に訊いたら否定するだろうが……おそらく論語の中に自分と同質の何かを見出したのではないかと大河は思っている。おまけに二人は探偵と犯罪者、決して解り合うことはない。

「そういえばぼくを捕まえた河原町先生はどうなったんですか?」

「お前がそれを知る必要はないし、教えてやる義理もない」

「まあ、こんな冤罪事件を起こしたんですから潔く引退するしかないと思いますけどね……」

こちらの雰囲気からある程度察したようだ。流石に自分を直接的に陥れた相手ということまでは解らないだろうが……。

「お前は今からどうするつもりだ?」

「さあ、どうしましょう。今日は月曜ですが今から学校という気分でもないですしね。またあのゲームセンターで遊んで、それからゆっくりと帰りますか」

論語がそんなプランを口にした瞬間、獅子丸はニヤッと笑った。

「残念ながら、そういうわけにはいかないんだ。実は面白いことが解った」

「まだ楽しませてくれるんですか?」

「慈恩も純紀も話題のプルガ熱を発症していてな。岡崎の屋敷にキャリアの蚊がいる可能性が高いと踏んで昨夜から夜を徹して調査した結果、プルガ熱のウイルスを持った蚊を捕獲することができた」

「それはそれは……一度屋敷ごと焼いて全滅させたほうがいいかもしれませんね」

「その時はお前も一緒に焼かれてるだろうがな」

「それはどういう意味でしょうか？」

「心当たりはないか？　捕獲された蚊がお前の血液を吸っていたんだが……」

そう言われて大河はようやく気がついた。昨日、論語の首元に赤い跡があったことを
……あれは蚊に吸われた跡だったのだ！

「まあ、晴れてお前もキャリアだ。ウイルスの拡散を防ぐために、お前はこれから施設で隔離されることになる」

獅子丸は論語を単なる刑罰では縛れないと踏んで、別の方法を探していたのだろう。なるほど、これなら義出臣との勝負の結果がどうなろうと論語はダメージを受ける。

「へえ……一週間ぐらいで帰れますか？」

「もう発症していればその程度で帰れただろうが……拡散の危険性なしという結論が出るまでは解放されない。潜伏期間は最長半年だがお前の悪運を考えればおそらく発症しないだろう。まあ、降って湧いたようなバカンスだ。半年間、楽しんでくれればいい。ただし、一人きりでな」

「慰めの言葉ですか？」

「まさか」

獅子丸は席を立つと、吐き捨てるようにこう言い放った。

「……お前の人生から短くない時間を削り取ってやった。いい勉強になっただろう」

学校の進級は課題をこなせばどうにかなるとしても、外を好きに出歩く自由を奪われるというのは相当キツいはずだ。それが京都で過ごすつもりだった時間なら尚更。

しかし当の論語に落胆した様子はなかった。

「ぼくは本当に運がいい。獅子丸さんの本気に触れてたったこれだけの代償で済むんですから」

そう語る論語の姿にはやせ我慢と断定してしまうのは躊躇われる、妙な凄味があった。

「ただ、獅子丸さんと遊ぶのはこれで最後にしておきましょう。きっと遊びじゃ何度でも同じ結果になりそうな予感がします」

「まるで本気じゃなかったみたいな言い草だな」

その時、防護服を装備した職員たちが論語を迎えに来た。思っていたよりも早い到着だ。

論語は職員に挟まれながら、獅子丸のほうを真っ直ぐ見据えてこう言った。

「では次にぼくが京都に戻って来たら……その時は本気でやってあげますよ」

そして「またお会いしましょう」と言い残して、面会室から出て行った。

「とりあえずこれで時間は稼いだな。今日から奴に関係のある犯罪者を片っ端から挙げていかないと」

一仕事終えたばかりだというのに獅子丸は次の仕事に取りかかる気でいるようだった。だからこそ、切り出すのは今しかない。

「なあ、獅子丸」

大河は勇気を振り絞って獅子丸に語りかけた。

「どうした？」

「お前の助手を辞めようかと思うんだ」

そう言った大河の顔を獅子丸はまばたきもせずに眺めていた。そしてややあった後、笑いながらこう応える。

「……退職のことを考えるのは気が早いぞ。多分、あの賞の審査員はお前の原稿の面白さを解さない。今回もデビューはなかろう」

冗談めかして言っているのは深刻な空気を和らげるためだろう。だが、大河には冗談でこの話を終わらせるつもりはない。

「賞の結果は関係ないんだ。今回の一件を冷静に振り返ってみたけど……僕はお前の助手に相応しくない」

「それはどういう意味だ？」

「今日の勝負は僕の原稿さえなければ前半戦で終わっていた。結局、僕がお前を窮地に陥れたようなものだ」

「しかし、あれがなければここまで真実は明らかにならなかった。お手柄だろう」

「けど、それは結果論じゃないか！　少なくとも僕がお前の意図さえ正確に摑めていれば、こんな窮地にはならなかった。論語と戦うのに僕じゃ足手まといになる」

大河は自分が助手として一流とは到底思えなかった。きっと探せばどこかに大河以上の適任者がいるはずだ。

「山風さんと相談して後任を探すつもりだ。完璧な探偵に相応しい、完璧な助手が必要なんだ」

「……お前は足手まといなんかじゃないぞ」

それは大河にとって思わぬ返事だった。

「確かにオレは探偵として完璧かもしれないが、探偵は一人で完璧になるわけじゃない。助手のお前がオレを完璧だと思ってくれているからこそ、オレは完璧になるんだ。下手に鼻っ柱の強い生意気な助手が来たら、オレは完璧ではなくなってしまう」

そう言って獅子丸は大河の肩に手をかける。

「……オレにはお前が必要だ。少なくとも、まだしばらくはな」

獅子丸は大河に今しばらく一緒に戦ってくれと言っている。

「僕が助手では勝てないかもしれないんだぞ？」

「オレがあんな奴に負けると思ってるのか？」

ああ、そうだ。獅子丸が負けるはずはない。それに獅子丸こそが真の絶対だということを今日知ったばかりではないか。

「……いや、キングレオが負けるはずないものな」

「そういうことだ」

獅子丸はそう答えると大河の肩を叩いて、助手を次の戦いへと誘った。

解説

円堂都司昭

京都市四条烏丸の一等地に本社オフィスをかまえる日本探偵公社。この組織に所属する探偵は公的に警察と連携し、犯罪捜査にかかわっていた。探偵たちのなかでも傑出した才能を誇っていたのが、天親獅子丸（あまちかししまる）だ。推理力に優れるだけでなく、スポーツ万能な美男子。公社では広報活動の一環として、脚本室で探偵の扱った事件を脚色した物語の原作を作り、各種メディアに供給している。なかでも、獅子丸がモデルの「キングレオ」シリーズは、人気が高かった。シリーズのスクリプトライターである天親大河（たいが）は獅子丸の従兄弟であり、この傲岸不遜な名探偵の助手でもあった。本書は、そんな獅子丸と大河の活躍を描いた円居挽の連作短編集『キングレオの冒険』（二〇一五年）の文庫化である。

綾辻行人、法月綸太郎、麻耶雄嵩など多くの本格ミステリ作家を輩出した京都大学推理小説研究会（以下、京大ミステリ研）の出身である円居挽は『キングレオの冒険』刊行時、サークルの先輩であり『密室蒐集家』などで知られる大山誠一郎と対談していた（文藝春秋ＢＯＯＫＳ http://books.bunshun.jp/articles/-/3299）。そこで円居は、本作について「京都、探偵の会社、シャーロック・ホームズ。自分の好きなものを全部盛り込みました」と語っていた。著者本人があげたこの三つを軸にして『キングレオの冒険』を解説しようと思う。

探偵と助手というと、ホームズとワトソンのコンビがまず思い浮かぶ。ミステリに親しむ入口が、アーサー・コナン・ドイル作のホームズ・シリーズだった人は多い。円居も小学三年生の時、岩波書店のジュブナイル版『シャーロック・ホウムズの冒険』を読んだという（『2014本格ミステリ・ベスト10』）。『キングレオの冒険』は、収録された五作それぞれでホームズの短編に見立てた事件が起きる趣向となっている。「赤影連盟」は「赤毛連盟」、「踊る人魚」は「踊る人形」、「なんたらの紐」は「まだらの紐」、「白面の貴公子」は「白面の兵士」、「悩虚堂の偏屈家」は「ノーウッドの建築家」へのオマージュでありパロディである。また、獅子丸は、ホームズと同じく日本の謎の格闘術バリツの使い手だ。ホームズにモリアーティ教授という好敵手がいたごとく、獅子丸に対しても事件の続発を経てやがて強敵が現れる。

『キングレオの冒険』はこのようにホームズにこだわった内容だが、それ以外にもミステリ愛好者をにやりとさせるネタが投入されていた。「悩虚堂の偏屈家」では、ある殺人事件をめぐって日本探偵公社の伝説的な探偵・河原町義出臣（かわらまちぎでお）と獅子丸が推理対決する。相手の老探偵は、ジョン・ディクスン・カーが生んだ名探偵ギデオン・フェル博士にちなんで和製ギデオン・フェル、河原町ギデオンと称されている設定だ。この最終話は、カーが別名義カーター・ディクスンで発表した『ユダの窓』を意識したと、著者自身が語っていた（前掲、文藝春秋BOOKS）。

さらに本書では、城坂論語（しろさかろんご）という一筋縄ではいかない美少年が重要な役割を果たす。円居挽は二〇〇九年の『丸太町ルヴォワール』が単行本デビュー作であり、同作から始まるルヴォワール四部作が話題となり、ミステリ読者に存在が認知されたのだった。双龍会という私的裁判を舞台にして、龍師と呼ばれる者同士が、アクロバティックな論理だけでなく華もある弁舌で対決する。そんな設定の同シリーズでも、城坂論語という青年が異彩を放っていた。彼に限らず、本書にはルヴォワール四部作と関係がありそうな名前がちらほら出てくる。

一方、円居挽は『キングレオの冒険』の発表と同じく二〇一五年に『シャーロック・ノート　学園裁判と密室の謎』、二〇一六年に『シャーロック・ノートⅡ　試験と古典と探偵殺し』を刊行している。日本探偵公社なる組織が日本に存在し、キングレオこと天親獅子丸という探偵に人気があると言及されるこのシリーズは、『キングレオの冒険』と地続きの世界観なのだろう。そして、探偵養成のための高校を舞台にした『シャーロック・ノート』では、上級生が弁護人、新入生が検事の役回りで論理をぶつけあう星覧仕合という裁判ゲームが恒例になっており、そこでの口上の決まり文句は「我らの祖たるシャーロックの名にかけて問う」、「我らの祖たるシャーロックの名にかけて応じる」なのだ。ホームズへのリスペクトという点でも『キングレオの冒険』と『シャーロック・ノート』は近しいところがある。

また、先に触れた京大ミステリ研先輩後輩対談では、大山誠一郎が『シャーロック・ノート』に登場する名称について、「現衛庁」は「幻影城」（江戸川乱歩の評論集。後に同名のミステリ雑誌が発行された）、「九哭将（ナインテイラーズ）」はドロシー・L・セイヤーズの『ナイン・テイラーズ』を踏まえたものだと指摘していた。円居は、過去の名作や他の自作にちなんだネタをちりばめる遊戯的なふるまいをしばしばみせる。

円居が本書に盛り込んだ好きなものの一つにあげた「探偵の会社」に関しては、京大ミステリ研の先輩である清涼院流水のJDCシリーズからの影響が大きい。JDCとは日本探偵倶楽部のことであり、集中考疑の鴉城蒼司（あじろそうじ）、神通理気の九十九十九（つくもじゅうく）といったぐあいに様々な推理の得意技を持つ探偵たちの集団だ。『コズミック』から始まるJDCシリーズは、風変わりなキャラクターの魅力がある一方、各人の推理術に派手な呼び名がつけられているわりに内実は書かれていなかったので毀誉褒貶（きよほうへん）があった。

このため、円居が京大ミステリ研に入る際、好きな作品としてJDCシリーズをあげたら先輩たちの反応が渋かったというエピソードを本人がたびたび話している。ルヴォワール四部作、『キングレオの冒険』、『シャーロック・ノート』など、登場する探偵役たちが強い個性を持ち、キャラクターの魅力だけでなく論理を駆使した弁舌で状況を二転三転させる特有の作風は、JDC的な設定に対する円居流のヴァージョン・アップであるわけだ。

彼は、本書に盛り込んだ好きな要素として「京都」もあげていた。森見登美彦や万城目学など、怪異やファンタジーを帯びた空間としてこの土地を描く作家は多い。ミステリ研の先輩作家たちも京都で不可思議な事件が発生する話をたくさん書いてきた。円居もデビュー作の『丸太町ルヴォワール』以来、奇妙な出来事が起きる場所として京都を繰り返し選んでいる。大学構内で神出鬼没の営業をする都市伝説的なバーが推理の舞台となる『クローバー・リーフをもう一杯　今宵、謎解きバー「三号館」へ』(二〇一四年。文庫版は『京都なぞとき四季報　町を歩いて不思議なバーへ』に改題)などは、身近に不思議が転がっていそうなこの街の雰囲気がよく描かれている。一連の作品は虚構の度合いが高いけれど、著者自身の記憶や体感が反映された部分もあるだろう。円居が日本探偵公社の本社を京都に置いたのは、JDC本部が京都にあったことを踏襲しただけではないはず。

円居の好きな「京都」ということには当然、ミステリ研時代の記憶も関連していると想像する。このサークルでは、犯人当て小説を書く慣習があったが、在学時代の彼の作品は評判がよくなかったという。当時のことについては、前述の大山誠一郎との対談のほか、『2014本格ミステリ・ベスト10』掲載の後輩作家・森川智喜(著書に『スノーホワイト』など)との対談、ミステリ研で二学年上だった薗田竜之介による『河原町ルヴォワール』文庫解説などに詳しい。かつての周囲の批判について円居は、森川との対談でこうふり返っていた。

全部受け止めたよ。でも、全部受け止めるとおかしくなるのは間違いないよ！　適当に受け流して自分の作風を守ったのが森川で、全部受け止めたうえで作風を作ったのが僕なんです。

よく知る後輩を相手にした冗談交じりの発言ではある。ただ、円居は、デビュー作の時から、作品のメインキャラクターは大学の先輩や京都の知人をモデルにしており、『キングレオの冒険』の論語もミステリ研の先輩がモデルだと明かし、いちからキャラクターを作れるようになったのは最近（二〇一五年当時）だと語っていた（文藝春秋ＢＯＯＫＳ）。ミステリ研時代の経験や出会いは、円居が小説を書く際、様々な意味で糧になっているようだ。

それでは、彼が批判を全部受け止めたうえで作った作風とはどんなものだったのか。円居の作品は、探偵同士、あるいは名探偵と天才犯罪者の対決に主眼があると指摘した大山誠一郎に対し、本人はこう答えていた。

真相はひとまず措いておき、探偵vs.犯人の頭脳対決に絞ったほうが小説としておもしろく読ませられるのではないかと思って、対決という点を押し出してみました。

『キングレオの冒険』の場合、ホームズの短編に見立てた事件が続くうちに背後にいた天才犯罪者の姿が浮かび上がる一方、老獪な河原町義出臣とスター的存在の天親獅子丸という二人の探偵の推理が対立し、いわば三つどもえのねじれた戦いになる。本書に限らず、円居作品の多くでは、事件の構図を二転三転させる弁舌合戦のヒートアップによって、ただでさえ個性の強いキャラクターたちの魅力が増幅される。論理的な推理の畳みかけという、やりかたによっては面倒くさいものになりかねない部分を、対決の図式の強調によってエキサイティングなものに変換している。

本稿の最初のほうで作品にちりばめられたミステリ・ネタについて触れたが、それらになじみのない読者に対してもキャラクターの魅力で引っぱっていける。円居がまわりからのダメだしを全部受け止めた結果、できあがったのは、論理とキャラクターが両立したエンタテインメント性あふれる作風なのだった。

（文芸評論家）

初出一覧

赤影連盟 …… 別冊文藝春秋電子増刊「つんどく!」vol.1（2013年 4月）
踊る人魚 ……………………………… 「つんどく!」vol.2（2013年11月）
なんたらの紐 …………………………… 「つんどく!」vol.3（2014年 5月）
白面の貴公子 …………………………… 「つんどく!」vol.4（2014年 8月）
悩虚堂の偏屈家 ……………………………… 単行本刊行時に書き下ろし

単行本 ……………………………………… 2015年6月 文藝春秋刊

DTP制作 ………………………………………………………… 言語社

文春文庫

キングレオの冒険（ぼうけん）

定価はカバーに表示してあります

2018年4月10日　第1刷

著者　円居（まどい）　挽（ばん）
発行者　飯窪成幸
発行所　株式会社　文藝春秋

東京都千代田区紀尾井町3-23　〒102-8008
TEL　03・3265・1211㈹
文藝春秋ホームページ　http://www.bunshun.co.jp

落丁、乱丁本は、お手数ですが小社製作部宛お送り下さい。送料小社負担でお取替致します。

印刷・図書印刷　製本・加藤製本

Printed in Japan
ISBN978-4-16-791050-1

（　）内は解説者。品切の節はご容赦下さい。

愛川 晶
十一月に死んだ悪魔
売れない作家・柏原は交通事故で一週間分の記憶を失う。十一年後、謎の美女との出会いをきっかけに記憶が戻り始めるが。幾重にもからんだ伏線と衝撃のラスト！　究極の恋愛ミステリー。
あ-47-6

愛川 晶
神楽坂謎ばなし
出版社勤務の希美子は仕事で大失敗、同時に恋人も失う。どん底の彼女がひょんなことから寄席の席亭代理に。お仕事小説兼本格ミステリのハイブリッド新シリーズ。（柳家小せん）
あ-47-3

愛川 晶
高座の上の密室
華麗な手妻を披露する美貌の母娘の悩み。超難度の技を繰り出す太神楽界の御曹司の不可解な行動。寄席「神楽坂倶楽部」で出来する怪事件に新米席亭代理・希美子が挑む。（杉江松恋）
あ-47-4

愛川 晶
はんざい漫才
スキャンダルの過去を持つ漫才コンビが神楽坂倶楽部に出演することに。席亭代理・希美子は怪事件に遭遇。三十一歳のヒロインが活躍する寄席ミステリ第3弾！（三浦昌朗／ロケット団）
あ-47-5

有栖川有栖
火村英生に捧げる犯罪
臨床犯罪学者・火村英生のもとに送られてきた犯罪予告めいたファックス。術策の小さな綻びから犯罪が露呈する表題作他、哀切でエレガントな珠玉の作品が並ぶ人気シリーズ。（柄刀 一）
あ-59-1

有栖川有栖
菩提樹荘の殺人
少年犯罪、お笑い芸人の野望、学生時代の火村英生の名推理、アンチエイジングのカリスマの怪事件とアリスの悲恋。「若さ」をモチーフにした人気シリーズ作品集。（円堂都司昭）
あ-59-2

青柳碧人
西川麻子は地理が好き。
「世界一長い駅名とは」「世界初の国旗は？」などなど、世界地理のトリビアで難事件を見事解決。地理マニア西川麻子の事件簿。読めば地理の楽しさを学べる勉強系ユーモアミステリー。
あ-67-1

（　）内は解説者。品切の節はご容赦下さい。

松本清張
強き蟻
三十歳年上の夫の遺産を狙う沢田伊佐子のまわりには、欲望にとりつかれ蟻のようにうごめきまわる人物たちがいる。男女入り乱れ欲望が犯罪を生み出すスリラー長篇。（似鳥　鶏）
ま-1-132

松本清張
疑惑
海中に転落した車から妻は脱出し、夫は死んだ。妻・鬼塚球磨子が殺ったと事件を扇情的に書き立てる記者と、国選弁護人の闘いをスリリングに描く。「不運な名前」収録。（白井佳夫）
ま-1-133

松本清張
証明
作品が認められない小説家志望の夫は、雑誌記者の妻の行動を執拗に追及する。妻のささいな嘘が、二人の運命を変えていく。狂気の行く末は？　男と女の愛憎劇全四篇。（阿刀田　高）
ま-1-134

松本清張
遠い接近
赤紙一枚で家族と自分の人生を狂わされた山尾信治。その裏に隠されたカラクリを知った彼は、復員後、召集令状を作成した兵事係を見つけ出し、ある計画に着手した。（藤井康榮）
ま-1-135

麻耶雄嵩
隻眼の少女
隻眼の少女探偵・御陵みかげは連続殺人事件を解決するが、18年後に再び悪夢が襲う。日本推理作家協会賞と本格ミステリ大賞をダブル受賞した、超絶ミステリの決定版！（巽　昌章）
ま-32-1

丸山正樹
デフ・ヴォイス
法廷の手話通訳士
荒井尚人は生活のため手話通訳士になる。彼の法廷通訳ぶりを目にし、福祉団体の若く美しい女性が接近してきた。知られざるろう者の世界を描く感動の社会派ミステリ。（三宮麻由子）
ま-34-1

宮部みゆき
誰か Somebody
事故死した平凡な運転手の過去をたどり始めた男が行き当たった、意外な人生の情景とは——。稀代のストーリーテラーが丁寧に紡ぎだした、心を揺るがす傑作ミステリー。（杉江松恋）
み-17-6